Detlef Jens

Black Jack
Ein Schiff verschwindet

Detlef Jens
Black Jack
Ein Schiff verschwindet

Roman

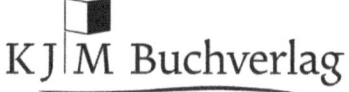
KJM Buchverlag

KJM MARITIM &
Abenteuer

Das Werk einschließlich aller seiner Teile ist
urheberrechtlich geschützt. Jede Verwertung ist ohne
Zustimmung der Urheber unzulässig.
Das gilt insbesondere für Vervielfältigungen, Übersetzungen,
Mikroverfilmungen und die Einspeicherung und Verarbeitung
in elektronischen Systemen.

2. Auflage April 2020
Copyright © 2019 Klaas Jarchow Media Buchverlag GmbH & Co. KG
Simrockstr. 9a, 22587 Hamburg
www.kjm-buchverlag.de
ISBN 978-3-96194-062-2

Satz, Gestaltung: Svenja Wiese, Hamburg
Umschlaggestaltung: Rothfos & Gabler, Hamburg
Umschlagfoto: Nico Krauss, Hamburg
Lektorat / Korrektorat: Rainer Kolbe, Hamburg, Kay Dohnke, Hitzacker
Herstellung: Eberhard Delius, Berlin
Druck & Bindung: CPI, Leck
Alle Rechte vorbehalten

Mehr zu den Büchern des KJM Buchverlags:
www.kjm-buchverlag.de

Für Catherine
(stellvertretend)

Prolog

Schnell trank der Mann seinen Weißwein aus und schob sich, rechte Schulter voran, durch die Menge hindurch zur Tür. Trat aus dem Licht und dem Lärm hinaus auf die Straße.

Dunkel lag das Wasser des alten Hafens von Saint-Raphaël vor ihm. Boote dümpelten träge an ihren Leinen.

Der Mann holte ein paar Mal tief Luft. Langsam ging er an der Pier entlang auf das entlegene Ende des Hafens zu, wo er ein Boot zwischen den Fischerbooten vertäut hatte. Dort war es ruhig und dunkel, dort gab es nur noch parkende Autos auf der einen und die festgemachten Boote auf der anderen Seite.

Ein Motorrad fuhr langsam an ihm vorbei. Er sah es nicht, als es stehen blieb und er daran vorbeiging.

Dann traf ihn ein Schlag, mit einem schweren, harten Gegenstand, am Hinterkopf.

Es krachte und knirschte. Knochen splitterte.

Der Mann taumelte, ein zweiter Schlag traf seinen Hinterkopf, er knallte auf das Pflaster und blieb, blutend, liegen. Dann packte ihn jemand und rollte seinen Körper über die Kante.

Sonntag

Bamm. Bamm. Bamm.

Krachend trifft das Wasser auf den Bug.

Welle auf Welle.

Mit einer Wucht, die jedem Angst machen würde, der das nicht schon oft erlebt hat. Wie die beiden hier an Bord, die das kennen.

An den dicken Holzplanken des Schiffes zerstiebt das Wasser, es explodiert zu tausend kleinen Tropfen, die manchmal das Sonnenlicht einfangen und für Sekunden wie ein knallbunter Regenbogen aufleuchten.

»Hast du das gesehen?«, ruft Felix.

Die nächste Bö fällt ein.

Wieder taucht das Boot tief in die See und legt sich unter dem Winddruck weit über, bis grünes Wasser auf dem Leedeck entlang schäumt.

»Klar! Wunderschön!«, ruft Fabian seinem Sohn zu, um das Tosen des Windes im Rigg zu übertönen.

Er muss all seine beträchtliche Kraft aufwenden, um das Schiff auf Kurs zu halten, die schwere Pinne hält er mit beiden Händen fest gepackt.

Die Hände liegen nebeneinander auf dem Rundholz, das er umgreift, und der über beide Handrücken tätowierte Spruch ist gut zu lesen:

BORN ON A PIRATE SHIP.

Sein Motto, seit er die Meere dieser Welt besegelt.

Die Übersetzung lautet »Das Leben ist großartig!«.

Wenn es nur will.

Felix nickt eifrig. Eine nasse Haarsträhne klebt ihm an der Stirn. Er kauert auf dem Brückendeck, ganz vorne im Cockpit, von dem flachen Kajütaufbau nicht wirklich geschützt, alle paar Minuten prasselt überkommendes Wasser auf ihn ein. Es macht ihm nichts aus, das Mittelmeer ist jetzt im September noch warm.

Wieder legt sich das Boot weit auf die Seite, Felix rutscht ein paar Zentimeter über die Schräge des Teakdecks. Stützt sich geschickt mit dem linken Fuß am hölzernen Besanmast ab.

»Wir sind wirklich schnell heute, was?« Kurz dreht er sich nach hinten und grinst seinen Vater an. Fabian lacht.

Felix blickt wieder nach vorn.

Voraus, jenseits des grünlich-blau aufgewühlten Wassers mit den vielen Schaumstreifen, liegen die Îles de Lérins und die ganze weite Bucht von Cannes in einem harten Sonnenlicht. Das Esterel-Gebirge steht wie ein Scherenschnitt über der Küste, bald schon werden ihnen diese Berge etwas Abdeckung vor Wind und dann auch Seegang geben.

Weiter rechts davon Cannes, die Stadt selbst, ein Flickenteppich aus Häusern, der sich die Hügel hinaufzieht.

Unten am Wasser der alte Hafen, gleich neben dem klotzigen ›Palais des Festivals‹ und der sich anschließenden ›Promenade La Croisette‹, wo sich die großen Hotels hinter Palmen aufreihen. Majestic, Carlton, Martinez.

Die Namen, in großen Lettern an den Fassaden, sind in dem grellen Licht gut zu erkennen, genau wie die kleinen Beachbars unterhalb der Promenade. Obwohl sie noch etliche Seemeilen vom Land entfernt sind.

Begeistert schreit Felix etwas, wieder prasselt ein Meerwasserschauer über das Schiff.

»Wie gut, dass wir vorhin schon gerefft haben!«, ruft er und Fabian nickt.

Prall und wie zum Zerreißen gespannt stehen die Segel über ihnen. Schon vor einer guten Stunde haben sie das Großsegel verkleinert, als dieser Wind ebenso heftig wie plötzlich aufkam. Vorne haben sie nur noch eine kleine Fock gesetzt und das zweite Vorsegel ganz geborgen, ebenso wie den Besan am kleinen Mast hinten.

So besegelt arbeitet sich die 20 Tonnen schwere Ketsch MELODIA durch die kurzen, steilen Seen. Scheinbar mühelos schiebt sie die Wassermassen beiseite, noch sind die Seen nicht von der Gewalt, dass es dem Schiff etwas ausmachte.

Für dieses Wetter war dieses Schiff im Jahre 1947 in Argentinien gebaut worden. Um auch bei schwierigem Wetter sicher die sechs oder sieben Weltmeere besegeln zu können.

»Wir müssen gleich wenden!«, brüllt Fabian gegen den Wind. Felix sieht sich kurz um.

»Wir kommen zu dicht an die Inseln, oder?«

Fabian nickt und grinst.

Aus diesem Jungen wird mal ein sehr guter Segler werden. Ach was, das ist er doch längst!

Mit seinen zwölf Jahren hat Felix mehr Seemeilen im Kielwasser, als die meisten Freizeitsegler es im ganzen Leben schaffen. Geschätzte 7.000 oder 8.000. Oder mehr. Irgendwann hört man auf, die Meilen zu zählen auf Strecken wie dieser: von Hamburg aus in die Algarve und weiter, über die Kapverden bis in die Karibik. Von dort nach Bermuda und zurück, ein zweites Mal über den Atlantik, zu den Azoren und schließlich hierher, nach Cannes.

»Klar? ... Jetzt!«

Fabian drückt die Pinne nach Lee und der Bug der MELODIA schiebt sich in den Wind, hebt sich über eine Welle, dass der gut zwei Meter lange Klüverbaum wie ein nasser Finger aus Holz kurz in den Himmel zeigt, bevor das Schiff nun schon auf dem neuen Bug ins nächste Wellental fällt.

Lärmend schlagen die Segel über ihnen auf die andere Seite, gekonnt bedient Felix die Fockschot, bis das Boot auf dem neuen Kurs zu liegen kommt und die Segel sich wieder mit Wind füllen.

Fabian hat etwas gehört. Unter Deck. Im Schiff.

Er winkt Felix zu sich heran.

»Schau mal nach unten in die Bilge. Ich glaube, wir haben vielleicht Wasser im Schiff!«, sagt er so ruhig, wie er sich gar nicht mehr fühlt.

Verdammt. Jetzt, wo Fabian es einmal gehört hat, kann er es auch spüren. Die MELODIA wird träger in ihren Bewegungen. Liegt schwerfälliger in der See. Noch eine Bö, wieder legt sie sich auf die Seite, und nun hören es beide: Es rauscht dort unten im Schiff.

Felix begreift sofort, dass etwas nicht stimmt. Ganz und gar nicht stimmt. Schnell und geschickt turnt er den Niedergang hinab. Taucht dann aber gleich, mit bleichem Gesicht und aufgerissenen Augen, wieder auf:

»Da ist viel Wasser! Es steht schon so hoch über den Bodenbrettern, dass die Kojen in Lee ganz nass sind!«

Erwartungsvoll sieht er Fabian an.

»Verdammt!«, ruft der, hat sich aber augenblicklich wieder im Griff. Sein Gehirn läuft schon im Krisenmodus.

»Geh nochmal schnell rein und schalte die elektrische Pumpe an, an der Schalttafel über dem Navigationstisch, du weißt schon, ja? Versuch zu hören, ob sie auch anspringt und pumpt! Und dann komm wieder raus, ich werde solange das Großsegel bergen, um Druck aus dem Schiff zu nehmen. Danach müssen wir rausfinden, wo das Wasser herkommt!«

Felix nickt und verschwindet wieder nach unten.

Fabian wartet noch eine besonders steile Welle ab, dann macht er die Schot vom Großsegel los. Mit infernalischem Lärm schlägt es im Wind.

Die MELODIA richtet sich auf, als der Druck aus dem Segel weicht, und wieder hört Fabian von unten das Geräusch fließenden Wassers. Fluchend belegt er die Pinne mit einem kurzen Stropp und geht über das bockende Deck nach vorne. Hält sich am Mast fest, bis er stabil steht, macht dann das

Großfall los. Krachend knattert das Segel, bis er es endlich, mit viel Kraft, nach unten ziehen kann. Provisorisch bändigt er das vom Wind aufgebauschte Tuch und bindet es fest.

So wird es schließlich etwas ruhiger, doch nur noch unter der kleinen Fock macht Melodia kaum noch Fahrt, rollt dafür wie besoffen im Seegang hin und her. Unten schwappt das Wasser wie in einer Badewanne.

Felix steckt seinen Kopf aus dem Niedergangsluk und Fabian fragt ihn: »Läuft die Pumpe?«

»Ja.«

»Gut. Steigt das Wasser noch? ... Wird es weniger?«

Felix zögert.

»Kann ich nicht sagen.«

Dann: »Papa – sinken wir jetzt?«

»Oh nein, noch lange nicht«, knurrt Fabian.

»So schnell geht das nicht. Lass mich mal vorbei, ich schau mir das Malheur mal an!«

Doch als er selbst nach unten kommt und plötzlich im Wasser steht, sinkt sein Mut. Das kann doch nicht sein, denkt er. Dieses Schiff darf er nicht auch noch verlieren. Alles andere – egal. Nur nicht dieses Schiff.

Sonne strömt durch die offenstehende Terrassentür herein und lässt das bunte Blümchenmuster der Polsterstühle freundlich leuchten. Julia Jacobsen lehnt sich zurück und nippt an ihrem Mangosaft. Sie genießt diesen süßen, faulen Moment im Café, und das ist ganz untypisch für sie. Meistens kribbelt es förmlich in ihr vor lauter Energie.

Sie ist schön und jung und blond. Und Ingenieurin.

Genauer gesagt: Yachtkonstrukteurin. Naval Architect. Die englische Bezeichnung findet sie besser, sie gefällt sich als Architektin. Zahlen und technische Berechnungen liegen ihr mehr, als ausschweifende, kreative Entwürfe. Vieles von dem, was sich die Designer so ausdenken, lässt sich ja gar nicht bauen.

Denkt sie jedenfalls oft, wenn sie wieder einmal gewagte Entwürfe statisch durchrechnen muss.

Geschwungene Formen, möglichst freischwebend. Auf dem Papier oder in der Computeranimation sehr schick.

Aber in der Praxis extrem schwierig zu bauen. Einigen dieser hoch bezahlten Designer müsste man einfach mal die grundlegenden Gesetze der Physik beibringen, findet sie.

An diesem Sonntag aber ist ihr das alles egal.

Heute hat sie sich, endlich einmal, ein wenig Zeit für sich gegönnt. Wenn auch nicht ohne Bedenken. Jetzt aber, das muss sie sich insgeheim eingestehen, genießt sie es doch.

Nur zugeben würde sie es nicht ohne Weiteres.

»Wie schön, dass du dir wenigstens mal einen halben Sonntag frei genommen hast«, sagt Stefanie, ihre älteste Freundin.

»Hey«, meint Julia. »Du weißt doch, wie es ist!«

Stefanie nimmt in Ruhe eine Gabel voll von ihrer Quiche und antwortet erst, als sie fertig gekaut hat.

»Ja. Aber seit du zurück in Hamburg bist, haben wir uns kaum gesehen!«

»Sorry. Aber mein Job ist eben anstrengend. Und wichtig für mich. Ich bin froh, dass ich in diesem Designbüro wieder einsteigen konnte. Noch eine Chance bekomme ich sicher nicht …«

»Und deine Freundinnen? Freunde? Wie oft hast du mir damals geschrieben, wie du das vermisst, als du auf allen diesen paradiesischen Inseln in der Karibik warst!«

Julia nickt.

»Schon. Aber wir haben gerade dieses super wichtige Projekt. Eine 90-Meter-Yacht!«

Stefanie nimmt ihre Hand.

»Mensch, Juli, du brauchst ein Leben! Flüchte dich nicht nur in deine Arbeit! Du bist wieder hier, in Hamburg! Mitten in deinem geliebten Eimsbüttel! Genieße es endlich!«

Julia seufzt.

»Genießen! Meine Arbeit genieße ich auch! Du glaubst gar nicht, wie komplex so eine Yacht ist, was da alles an Entwürfen und Einzellösungen angefertigt wird. Das ganze Team arbeitet dran, und wenn ich meinen Teil gut mache, steht mir für die Zukunft alles offen!«

»Wirklich?«

»Wirklich.«

»Und das Team ist gut? Ich meine, auch menschlich?«

»Ja. Schon. Allerdings … Peter, der Inhaber des Büros, der interessiert sich sehr für mich. Ich meine, mein Privatleben, meine bisherige Geschichte …«

»Na klar«, sagt Stefanie. »Die ist ja auch ungewöhnlich und spannend. Oder meinst du, er ist auf dem Baggerpfad?«

Julia zuckt die Schultern.

»Kann ich noch nicht so sagen. Aber es irritiert mich schon. Außerdem ist er verheiratet und hat zwei süße Kinder!«

»Ach, so einer?« Stefanie lacht. »Aber du hast doch die richtigen Antennen für sowas. Oder? Sag mal, denkst du noch oft an Fabian?«

Julia zögert. »Denken – klar. Aber sonst, ich meine, unsere Leben passen nun wirklich nicht mehr zusammen!«

»So gar nicht?«

»So ganz und gar überhaupt nicht«, sagt Julia vehement. »Ich meine, schau ihn dir an, der hängt da unten in Cannes auf seinem Boot rum, trinkt Wein und gammelt in den Tag hinein! Und Felix …«

»… der fehlt!«

»Ja. Du glaubst gar nicht, wie sehr ich Felix vermisse!«

***

Wind und Seegang haben weiter zugenommen.

Seit Fabian das Großsegel geborgen hat, taumelt das Schiff in der See, ohne Fahrt über Grund zu machen. Aber sie müssen herausfinden, wo das Wasser ins Schiff kommt, sonst haben sie verloren. Und pumpen.

Nur das hält sie jetzt noch über Wasser.

Fabian ist unter Deck und schaut sich um, ordnet seine Gedanken zu einer Art Plan. Viel Zeit bleibt ihm nicht, er steht knöcheltief im Wasser. Die größere Menge Wasser befindet sich aber unter den Bodenbrettern, also ist das Schiff schon halb voll.

Noch läuft die elektrische Pumpe. Das Wasser darf nicht soweit steigen, dass es die Batterien und die Elektrik erreicht.

Nach draußen ruft Fabian: »Du kannst mal die manuelle Pumpe im Cockpit bedienen, Felix! Das würde sicher helfen! Du weißt ja, wo der Pumpenschwengel ist? Backskiste an Steuerbord!«

»Mach ich!«, bestätigt Felix und öffnet gleich den Deckel der Backskiste.

»Vorsicht! Lass dir den Deckel nicht auf die Finger fallen!«, brüllt Fabian, als eine besonders große See heranrollt und das Schiff weit auf die Seite wirft. Aber Felix grinst und hebt den Pumpenschwengel in die Höhe.

»Hab ihn schon!«

Erleichtert zeigt Fabian ihm seinen erhobenen Daumen und verschwindet wieder nach unten. Pumpen, das ist jetzt das Wichtigste. Damit die elektrische Pumpe weiterläuft, muss er den Motor starten.

Jetzt gleich.

Er schaltet die Sicherung am Motorpanel ein, unter den

Treppenstufen im Niedergang. Gottseidank – die rote Lampe leuchtet auf. Noch funktioniert die Elektrik.

Fabian will den Motor starten – doch – was ist das?

Die Bilgepumpe läuft nicht mehr.

Oder doch? Das Geräusch hat sich verändert, das beruhigende Schlürfen hat aufgehört, die Pumpe gibt nur noch ein helles Sirren von sich.

Das kann nicht gut sein! Instinktiv handelt Fabian. Pumpe aus – bevor sie kaputtgeht. Motor an – wenn ein Diesel einmal läuft, dann läuft er, zur Not eben auch ohne Elektrik.

Der Motor springt brummelnd an. Fabian steckt wieder seinen Kopf nach draußen.

»Felix!«, brüllt er, um nun auch den Motorlärm zu übertönen.

»Ja!«

»Pumpen!«

»Mach ich doch!«

»Gut! Und kuppel mal den Motor ein. Gib aber nicht zu viel Gas. Nur langsam. Und halte dann auf den Hafen zu. Okay?«

»Ist gut, mache ich!«

Felix pumpt tatsächlich, aber das ist anstrengend, und solange die Elektropumpe nicht läuft, wird er nicht gegen das eindringende Wasser ankommen.

Woher kommt es nur?

Fabian geht in Gedanken die wenigen Möglichkeiten durch. Seeventile: Vorne in Klo und Waschraum, hier in der

Küche, dann unter dem Motor. Alle offen. Verfluchte Nachlässigkeit, eigentlich müssten die beim Segeln geschlossen werden.

Aber das ist schnell überprüft, in Waschraum und Küche hebt er die Bodenbretter hoch, fummelt unter Wasser nach den Seeventilen, schließt sie und prüft mit den Fingern die Schlauchverbindungen: alle fest. Hier ist nirgendwo ein Leck.

Also geht er die weiteren Möglichkeiten durch. Am Ende bleibt nur eins. Haben sie etwas gerammt, unbemerkt vielleicht?

Aber das ist auch nicht nötig, denkt er nun, wir haben das Schiff sehr hart gesegelt. Und die arme MELODIA ist schon 70 Jahre alt. Es können nur die Planken sein oder die Nähte zwischen ihnen. Beim Segeln arbeitet alles in so einem alten Holzschiff, irgendwo muss sich eine Plankennaht geöffnet haben ...

Tatsächlich. Jetzt, wo sie nicht mehr segeln, steigt das Wasser zwar immer noch, aber nur sehr langsam.

Die Pumpe! Fabian öffnet das Bodenbrett über dem tiefsten Punkt der Bilge, in dem sich der Pumpensumpf befindet, und legt sich bäuchlings auf den Boden – ins Wasser also.

Mit einem ausgestreckten Arm und den Fingerspitzen kann er da unten im Wasser so gerade eben den Korb erreichen, durch den die Pumpe ansaugt. Verstopft! Eine pampige Masse aus aufgeweichtem Papier hat sich vor den Korb gelegt. Verflixt! Die Weinetiketten!

Einen dicken Eichenspant weiter vorne hat Fabian seinen

»Weinkeller« eingerichtet. Normalerweise ist es dort trocken, aber auch kühl und dunkel: Ideal also, um ein paar Flaschen seines Lieblingsweines zu lagern. Nun aber ist natürlich auch der Weinkeller schon eine ganze Weile unter Wasser gewesen und offenbar haben sich die Etiketten abgelöst und, aufgeweicht, die Pumpe am Ansauger verstopft.

Wenigstens das Problem lässt sich lösen.

Er liegt auf dem Bauch, das Wasser schwappt mit den Schiffsbewegungen hin und her, immer wieder spült es ihm übers Gesicht. Angewidert spuckt er aus, es ist salzig, aber auch angereichert vom modrigen Schleim und Ölresten, die sie da ganz unten in der Bilge eben so ansammeln.

Er klaubt so viel von dem pampigen Papierzeugs vom Pumpenkorb, wie er kann. Erhebt sich dann mühsam und tropfend, und schaltet die Pumpe wieder ein. Welch herrliches, wunderbares Geräusch! Mit einem satten Schlürfen wird das Wasser wieder angesogen und nach draußen befördert.

Steigt es weiter?

Fällt es?

Bei der wilden Schaukelei ist das kaum zu sagen. Fabian greift sich einen Eimer aus der Küche und beginnt, das Wasser damit aus der offenen Bilge zu schöpfen. Es ist mühsam, weil er den vollen Eimer immer den Niedergang hochstemmen und ins Cockpit draußen entleeren muss. Nach einer Weile beginnt er zu schwitzen, aber er ist ja sowieso schon pitschnass. Immerhin scheint der Pegel allmählich zu sinken.

»Die beste Pumpe ist ein ängstlicher Mann mit einem Eimer«, diese alte Weisheit kommt ihm jetzt natürlich in den Sinn.

Und sie stimmt, denkt er.

Verdammt noch mal, wenn man mit einem Eimer um sein Leben schöpft, ist das effektiver als jede verfluchte Pumpe. Die aber schlürft zuverlässig weiter, das Wasser bleibt jetzt immer länger unterhalb des Kabinenbodens, schwappt nur wegen der Wellen immer wieder hoch.

Endlich hört Fabian auf, mit dem Eimer zu schöpfen, und klettert zurück ins Cockpit. Lässt sich, pitschnass, neben Felix auf die Bank fallen.

»Bist du ins Wasser gefallen?«

Felix grinst schon wieder frech.

»Ja. Aber leider unter Deck!«, gibt Fabian, ebenfalls grinsend, zurück. Solange die Pumpe läuft und der Motor sie langsam Richtung Hafen schiebt, ist die unmittelbare Gefahr gebannt. Erstmal.

Julia hat es sich auf ihrem Sofa bequem gemacht, die Füße hochgelegt und unter der schönen alten Wolldecke eingepackt, die sie einst in Irland bekommen hatte, als sie dort segeln waren. Echte, reine Schurwolle. Etwas kratzig vielleicht, aber immer warm und trocken. Fabian hatte sie ihr geschenkt, damals, noch vor ihrem großen Aufbruch über den Atlantik. In Irland war es so kalt und windig gewesen, da hatte die Decke geholfen. Vor allem aber der Entschluss, den sie dort gefasst hatten, nämlich in die Karibik zu segeln und, vielleicht, auch weiter.

Fabian, das ist ihr erst viel später wirklich in aller Konsequenz klargeworden, wäre am liebsten weitergesegelt.

Immer weiter, ohne absehbares Ende.

Ein segelnder Nomade.

Seufzend klappt sie ihren Laptop auf. Ein solches Leben hätte sie auf Dauer nicht ausgehalten. Nein, es ist gut, jetzt hier in Hamburg zu sein.

Sie liebt ihre Altbauwohnung mit den hohen Räumen und großen Fenstern. Hell und gemütlich. Und sicher. Sie braucht einen festen Ort. Sie braucht diesen festen Ort hier in Hamburg. Wo sie gerade im Begriff ist, glaubt sie jedenfalls, zu einer großen Karriere durchzustarten.

Und sie liebt »ihr« Eimsbüttel. Fast mehr noch als die freundliche Palmeninsel Tobago, wo Felix sogar für ein paar Wochen zur Schule gegangen war.

Dort hätte sie bleiben können, wenigstens ein paar Monate mehr. Diese Insel, etwas abseits der üblichen Routen der Langfahrtsegler, vor allem aber auch der mittlerweile riesigen Charterboot-Flotten in der östlichen Karibik. Mit entspannten, überwiegend freundlichen Menschen. Mit schönen Stränden, an denen vielleicht Fischerboote liegen.

Aber, von wenigen Ausnahmen abgesehen, keine Hotels, Beachbars oder Bungalowanlagen für Ferienwohnungen.

Dafür noch vergleichsweise viel Platz und die üppige, verschwenderische Natur der Tropen.

Julia hatte Tobago wirklich noch als eine kleine Idylle erlebt, als einer der ganz wenigen Orte auf ihrer langen Segelreise, die ihr noch authentisch und frisch und irgendwie exotisch vorkamen. Ja, sie hatten schöne Inseln, Häfen und Buchten angelaufen. Aber fast keiner dieser Orte war wirklich noch ursprünglich oder gar einsam gewesen.

Das, denkt sie jetzt, hatte sie wirklich gestört. Da segelten sie lange, weite Strecken über das Meer mit all den dazugehörigen Entbehrungen. Und kommen an einem Ort an, der sich als Ferienort für Leute entpuppt, die ihre Nachbarn aus Hamburg hätten sein können. Oder aus München oder Paris oder London.

Vielleicht, denkt sie nicht zum ersten Mal, wäre es im Pazifik ja wirklich anders geworden. Fabian hatte ihr das immer wieder versprochen. Aber sie hatte Angst davor gehabt, ganz bis auf die andere Seite der Welt zu segeln.

Es ist so unglaublich weit weg.

Außerdem war es dann sowieso ganz anders gekommen.

Und Fabian fühlt sich ja in jedem Hafen der Welt ganz wie zuhause. So, wie jetzt offenbar auch in Cannes.

Und Felix?

Wieder seufzt sie.

Der vergöttert doch seinen Vater.

Obwohl es noch zu früh ist, wählt sie eine Nummer über Skype. Aber es ist ihr schon klar, dass Felix noch nicht rangehen wird. Sie haben einen jour fixe, eine feste Verabredung, jeden Sonntagabend um 18 Uhr zu skypen.

Was Felix wohl gerade macht, denkt sie, aber egal, ich werde es ja bald hören.

Als sie ihn, eineinhalb Stunden später, erreicht hat, ist sie ziemlich entsetzt über das, was sie auf ihrem Monitor sieht. Völliges Chaos an Bord der MELODIA.

Polster stehen senkrecht, Schränke und Schapps sind offen, nasse Kleidung liegt verstreut herum und es herrscht ganz allgemein eine heillose Unordnung.

»Was ist denn bei euch passiert?«, fragt sie Felix.

»Ach, nix weiter«, grinst Felix in die Kamera von seinem Computer. »Wir hatten auf einmal ziemlich viel Wasser im Schiff. War auf dem Rückweg von Porquerolles, von Port-Cros. Vielleicht hätten wir absaufen können, aber dann haben wir, also Papa und ich, das Schiff noch hier in den Hafen gebracht und dort …«

»Moo-ment, Felix«, unterbricht sie ihn. »Was war da los? Das musst du mir genau erzählen!«

Felix grinst. »Was soll schon gewesen sein. Es war halt nass …«

»Du hast gesagt, dass ihr Wasser im Schiff hattet. Das kann ich auch an all den nassen Sachen im Hintergrund sehen!«

»Ja …«

»Und? Wie ist das passiert? Nun erzähl doch schon!«

»Es hat irgendwo geleckt, im Rumpf, ein paar Plankennähte. Papa hat gesagt, es war nicht gefährlich. Erstmal ist es provisorisch abgedichtet.«

»Wirklich? Und jetzt?«

»Ich glaube, Papa macht sich Sorgen, weil das Schiff jetzt repariert werden muss ...«

»So schlimm?«

»Ich weiß nicht. Im Hafen wollten wir eigentlich gleich zum Kran, weißt du, der Travellift, der die Boote raus hebt und an Land stellt. Aber hier liegen ja schon ein paar von den Yachten für die Régates Royales, die nächstes Wochenende sind, und einer von denen hatte einen Taucher unten und den hat Papa sich geschnappt und gleich angeheuert ...«

»Einen Taucher?«

»Ja, du weißt doch, die Klassiker, wenn die ihre Rennen segeln, sind die immer so verbissen, sie lassen die Rümpfe unter Wasser von Tauchern reinigen, damit sie noch schneller werden!«

»Schon, ja. Aber was hat der Taucher bei euch gemacht?«

»Na, der hat das Schiff erstmal wieder abgedichtet, mit irgend so einem Zeug, so eine Gummimasse, die er unter Wasser zwischen die Planken gestopft hat.«

»Oh je.« Julia zog die Wolldecke fester um ihre Füße. »Das klingt nicht gut. Jetzt bleibt ihr im Hafen, oder?«

»Hmm, ich glaube, wir werden wohl erstmal nicht mehr segeln.«

»Du hast ja auch morgen wieder Schule.«

»Ja.«

»Und? Ist da alles okay? Erzähl doch mal …«
»Alles wie immer.«
»Alles wie immer? Ach, Felix …«
»Mama?«
»Ja?«
»Wann kommst du uns mal wieder besuchen?«
»Ich weiß es nicht. Ich muss hier gerade sehr viel arbeiten, weißt du.«
»Ach so.«
»Aber in den Ferien, habt ihr nicht bald Herbstferien? Da könntest du mich besuchen!«
»In Hamburg?«
»Klar!«
»Ich weiß nicht … komm du doch lieber her!«
»Na, das besprechen wir noch. Ach, Felix, ich vermisse dich!«
»Ja, Mama.«
»Ich liebe dich, Felix.«
»Ja, Mama.«

***

Die Miene des jungen Mannes am Black-Jack-Tisch ist ausdruckslos, aber konzentriert. Sechs Spieler sitzen in einem Halbkreis vor ihm, doch abgesehen von dem leisen Wischen, wenn er eine Karte aus dem Holzschlitten gibt, herrscht gespannte Stille. Levent Belmadi muss seine Spieler und vor allem deren Handzeichen genau im Blick behalten.

Der Dealer ist, wie immer, wenn er hier im Dienst ist, elegant gekleidet. Enganliegende schwarze Weste. Schneeweißes Hemd. Gut geeignet, seine vom Fußball durchtrainierte Figur zu betonen. Dazu das markante, gebräunte Gesicht mit den schwarzen, oft funkelnden und immer intensiv blickenden Augen und das bis auf wenige Millimeter kurz geschorene Haar. Ein Kämpfertyp.

Und hier, beim Black Jack, eine Autorität.

Das erlebt Levent in seinem Leben sonst nie. Dass er, endlich, auch einmal das Sagen hat.

Deswegen liebt er seinen Job und übt ihn leidenschaftlich und perfekt aus.

Die zweite Runde des Dealens. Eine wischende Handbewegung des ersten Spielers: Keine Karte mehr, Stand. Der nächste tippt leicht auf den Tisch, Hit, also noch eine Karte. Der dritte ebenso, dann schmeißt er sein Blatt hin.

Bust.

Er hat sich überkauft, sein Blatt hat mehr als 21 Punkte. Levent zeigt äußerlich keine Gemütsregung, mit einem schnellen und geübten Griff zieht er den Einsatz des Spielers ein. Eine Menge Geld.

Dass die Spieler hier oftmals in wenigen Stunden mehr Geld verzocken, als er in einem ganzen Monat oder noch mehr verdient, lässt ihn schon lange kalt. Für seine Verhältnisse macht er gutes Geld. Dass er wegen einiger läppischer

Vorstrafen nicht in einem der staatlichen Casinos an Land arbeiten kann, stört ihn auch nicht. Hier an Bord geht es ganz anders zur Sache, es wird um viel höhere Einsätze gespielt.

Und entsprechend üppiger sind die Trinkgelder für die Angestellten.

Einer spreizt seine Finder wie zum Victory-Zeichen: Split. Er bekommt noch eine Karte, sein Einsatz verdoppelt sich. Der nächste verdoppelt ohne Split: Double Down.

Dann ist Levent dran. Zieht eine Karte, dann noch eine.

Hat keine Mühe, sein Lächeln zu unterdrücken, denn dafür ist er mittlerweile routiniert genug. Aber im Inneren freut er sich.

Black Jack. Bube und As, 21 Punkte.

Das Haus gewinnt. Oder, sollte man hier besser sagen: Die Yacht gewinnt.

Er zieht die Einsätze der Spieler ein, bis auf den ersten, First Base, ganz links, der ebenfalls einen Black Jack hat. Das kommt vor, wenn auch selten. Erstaunlich. Vor allem wenn er, auf Anweisung der Chefin, mit acht Kartendecks spielt. Je mehr Decks, desto schlechter stehen die Chancen für die Spieler.

Theoretisch. Aber was ist schon die Theorie? Hier hat er schon die wildesten Sachen erlebt.

Levent ist dankbar für diesen Job. Eigentlich rundum zufrieden. Etwas Besseres würde er, mit seiner Herkunft, hier kaum finden. Wenn nur nicht sein kleiner Bruder, Lu, immer solchen Ärger hätte.

Um den macht Levent sich echte Sorgen.

Alle sechs Spieler bleiben sitzen. Nächste Runde. Wie eigentlich fast immer hier an Bord: Wenn die mal spielen, dann bleiben die meist lange dabei. Noch ein Unterschied zu den staatlichen Casinos. Dort spielen meist die Amateure. Keine hohen Einsätze, kein Durchhaltevermögen.

Hier hingegen wird richtig gespielt.

Einige seiner Kunden, das denkt Levent öfter, sind bestimmt schon süchtig nach dem Spiel. Nach dem Kick, auch dem mörderischen, vernichtenden Kick, wenn mal wieder ein kleines Vermögen verzockt ist.

Und, natürlich, nach dem Jubel, falls es, was selten genug vorkommt, anders läuft. Aber den meisten dieser Leute hier geht es nicht ums Geld.

Die meisten haben mehr als genug von dem Zeug.

Nein, die brauchen den Kick. Das sind die, die ihm leidtun könnten, wären sie ihm nicht so gleichgültig. Die sonst nichts mehr merken im Leben, keine emotionalen Hoch- oder Tiefpunkte mehr haben außer eben beim Spiel.

Unfassbar.

Dann aber gibt es auch noch die armen Schweine, die sich das hier eigentlich nicht leisten können und die gerade deswegen immer weitermachen, in der vergeblichen Hoffnung, irgendwann einmal ihre angehäuften Schulden begleichen zu können.

Wie dieser ältere deutsche Herr, den Levent fast schon gerne mag.

Der taucht hier eigentlich fast jeden Tag auf. Aber, sonderbar, schon seit einiger Zeit hat er sich nicht mehr blicken lassen.

Levent teilt wieder aus.

Egal.

Um seine »Kunden« soll und darf er sich keine Gedanken machen. Jeglicher Kontakt, außerhalb des Spieltisches, ist strengstens untersagt. Und seinen Job hier wird er gewiss nicht aufs Spiel setzen.

Hier an Bord gibt es keine geregelten Arbeitszeiten, erst recht keine Gewerkschaft oder ähnliches. Levent arbeitet manchmal bis zu zehn Stunden am Stück, mit nur kleinen Pausen dazwischen. Meist kann er jedoch früher Schluss machen, denn nach zu vielen Stunden lässt die Konzentration nach. Und Fehler dürfen ihm als Dealer keine unterlaufen.

Die Spieler heute haben jedoch Ausdauer und es wird entsprechend spät, bevor er endlich Feierabend machen kann. Im Crewbereich der Yacht zieht er sich um, tauscht seine Arbeitskleidung gegen seine Straßenklamotten. Jeans, T-Shirt, helle Sportjacke.

Auf dem Achterdeck bleibt er stehen.

Lu. Unübersehbar, unüberhörbar.

Ziemlich laut redet er mit einer der Stewardessen, Lisa. Laut und affektiert. Zappelt, zieht Grimassen, lacht albern über seine eigenen Sprüche.

Was ist mit dem bloß schon wieder los, ärgert Levent sich.

Lisa aber hat alles im Griff. Kühl mustert sie Lu, lächelt

nachsichtig, schüttelt wiederholt den Kopf. »Du solltest besser auf der Pier auf deinen Bruder warten«, sagt sie zu ihm.

»Ach, komm«, nörgelt Lu. Fügt dann mit einem Grinsen hinzu: »Ist gut. Ich geh auf die Pier. Aber nur, wenn du mitkommst!«

Bevor Lisa antworten kann, ist Levent zu ihnen getreten.

»Lu. Was zum Teufel machst du hier?«, sagt er, sozusagen als Begrüßung.

»Hallo Bruderherz! Ich wollte dich besuchen«, sagt Lu und blinzelt Lisa zu, die mit den Augen rollt.

Levent aber packt ihn am Arm und steuert mit ihm auf die Gangway zu. »Es reicht. Komm mit an Land!«

Zur Stewardess gewandt, sagt er: »Tut mir leid, Lisa …«

Die lächelt ihn an: »Schon gut. Kein Problem, Lev!«

An Land behält Levent seinen kleinen Bruder fest am Arm gepackt. Geht mit ihm ein ganzes Stück die Pier entlang, weg von der Yacht und seinem Arbeitsplatz, bis er endlich stehen bleibt.

Zündet zwei Zigaretten an, reicht Lu eine davon.

»Nun sag. Was ist los mit dir? Warum bist du hier?«

Lu zieht an seiner Zigarette, schaut dann Levent an, mit einem ziemlich dümmlichen Grinsen im Gesicht.

»Die Stewardess. Eine ganz schön scharfe Barbie. Ich glaub, sie mag mich!«

Levent unterdrückt einen kurzen, heftigen Impuls, seinen Bruder zu schlagen. Sagt stattdessen: »Rede keinen Scheiß, Mann. Die kann dich nicht ausstehen!«

Das Grinsen ist weg.

»Sag das nicht, Bruder!«

Levent stöhnt.

»Was willst du überhaupt da. Für die bist du nichts. Kapiert? Weniger als nichts. Halt dich einfach fern, ich will keinen Ärger und womöglich meinen Job verlieren!«

Sieht in dem Moment den Zorn in den Augen seines Bruders aufflammen. Denkt, zu spät, dass er das vielleicht doch nicht so deutlich hätte sagen sollen.

Bei Lu weiß man nie, wie der reagiert.

»Ist das so?«, sagt der, leise, ballt dazu die Fäuste. »Um die muss ich mich wohl mal kümmern!«

»Lu, hör mal ...«, beginnt Levent, wird aber von Lu unterbrochen.

»Ich glaube, ich habe Ärger.«

Ach nee, denkt Lev spöttisch, sagt diesmal aber nichts.

»Ja. Ziemlich großen Ärger, vielleicht.«

»Komm«, sagt Levent. »Lass uns nach Hause gehen. Erzähl mir dort davon!«

Die beiden leben gemeinsam in einer kleinen Wohnung, zwei Zimmer, winzige Küche, Bad, schon seit sie das Schicksal vor Jahren hier nach Cannes gespült hat. Die Wohnung ist zwar klein und dunkel, liegt aber in einer ruhigen Gasse mitten in der Altstadt von Le Suquet.

Damit wohnen die beiden Brüder immer noch viel besser als ihre Landsleute in den riesigen, heruntergekommenen Apartmentblocks weiter draußen. Möglich ist dies alleine durch Levs Job auf der Megayacht hier im Hafen. Denn seit sie klein waren, mussten sie sich alleine durchschlagen.

Ihre Eltern leben schon so lange nicht mehr, dass die beiden kaum noch Erinnerungen an sie haben. Seit sie klein waren mussten sie sich alleine durchschlagen. Levent, vier Jahre älter als Lu, musste sich schon früh kümmern.

Heute ist er froh darüber, dass es ihm gelingt, für sich und seinen Bruder sorgen zu können. Jetzt aber ahnt er Schlimmes. Lu hatte schon so oft Ärger. Und es wird nicht weniger, im Gegenteil. Wegen seines kurzen Geduldsfadens. Wegen seines aufbrausenden Wesens.

Vor allem aber wegen seiner unfassbaren, stumpfen Brutalität. Lu glaubt einfach, er könne jedes Problem mit simpler, roher Gewalt lösen.

Und Lev glaubt allmählich, dass er seinen kleinen Bruder bald nicht mehr aus den Schwierigkeiten wird heraushauen können, in die der sich immer wieder, und immer tiefer, hineinreitet.

Die Spuren des Wassers sind immer noch zu sehen. Der normalerweise so gemütliche Salon der MELODIA ist immer noch nicht ganz wiederzuerkennen. Der Holzboden ist zwar schon wieder trockengewischt, nachdem sie das Schiff noch einmal leer gepumpt haben. Aber eins der zwei gestreiften

Polster und viele der bunten Kissen, die sonst auf den Bänken liegen, sind noch nass und zum Trocknen an Deck gestellt – ebenso wie die Matratze aus Fabians eigener Schlafkabine gleich an Backbord neben dem Niedergang. Hier war das Wasser im Seegang besonders hoch geschwappt und hatte auch viele von seinen Klamotten in den Schubladen und Schränken durchnässt. Fabian hat sämtliches nasse Zeug in zwei große Segelsäcke gestopft und ebenfalls nach draußen gelegt, damit will er gleich am Morgen in das große Waschcenter an Land gehen.

Mithilfe von Mike haben sie das Schiff schon wieder halbwegs wohnlich hergerichtet. Glücklicherweise ist Felix' Kabine im Vorschiff trocken geblieben und Fabian hat sich mit dem Gedanken abgefunden, diese und vielleicht noch die kommenden ein oder zwei Nächte auf dem einen verbliebenen trockenen Polster im Salon zu schlafen.

Jetzt sind alle Luken geöffnet, die warme Abendbrise streicht durchs Schiff und trocknet es weiter.

»Geschafft!«, grinst Mike und öffnet die Flasche Rosé, die Fabian auf den Tisch gestellt hat. Bis eben waren sie noch damit beschäftigt gewesen, alle Oberflächen, auch unter den Bänken und in den Schapps und Schränken, mit feuchten Tüchern abzuwischen, um das Salz zu entfernen.

Felix hat die verbliebenen trockenen Kissen auf die Holzoberfläche der Bank an Steuerbord gelegt, deren nasses Polster draußen an Deck, an die Seereling gelehnt, steht. Noch erreicht ein Rest Abendsonne das Schiff, rötlich schimmert das

Holz der Kajüte im sanften Licht. Ab einer gewissen Höhe ist überhaupt alles, wie immer – glücklicherweise war das Wasser nicht so hoch geschwappt, um Bücher, Bilder oder andere für Fabian wertvolle Dinge zu erreichen.

Auch das Foto von den dreien – Julia, Felix und Fabian – in glücklicheren Tagen in der Karibik, das Sergio irgendwo auf Bequia von ihnen gemacht hat und das immer noch am weiß lackierten Schott über dem Navigationstisch hängt, ist unbeschadet geblieben.

Fabian hat es bisher nicht übers Herz gebracht, es zu entfernen. Zumal er glaubt, dass es auch Felix etwas bedeutet.

Nun macht er sich, mit einem Glas Rosé ausgestattet, in der kleinen Küche zu schaffen, um den dreien ein Abendessen zu kochen.

»Ist doch schon wieder gemütlich, wie immer bei euch an Bord!«, bemerkt Mike fröhlich.

Fabian nickt, dankbar für diesen guten Freund, den er hier in Cannes gefunden hat, eines Abends im ›Tour du Monde‹. Zufällig saßen sie nebeneinander an der Bar und kamen ins Gespräch. Stellten bald viele gemeinsame Interessen fest, obwohl sie auf den ersten Blick so unterschiedlich sind.

Mike, der Engländer, der hier in Cannes in einer großen teuren Wohnung meist alleine lebt, weil sein Partner David als Architekt in London ebenso ehrgeizig wie erfolgreich beschäftigt ist. Die beiden sehen sich also eher selten, denn auch Mike ist, als Yachtfotograf, hier an der Côte d'Azur viel im Einsatz.

»Vielleicht ist das ja das Geheimnis unserer langen Beziehung«, hatte er damals an der Bar zu Fabian gesagt. Aber es hatte eher traurig geklungen, obwohl es wohl eigentlich als Scherz gemeint gewesen war.

Beim Essen um den Salontisch versammelt, kommen sie jetzt noch einmal auf die aufregenden Ereignisse des Tages zu sprechen. Felix berichtet dramatisch und detailreich vom Wassereinbruch und wie sie es in den Hafen geschafft haben. Mike lächelt dazu, beobachtet aber auch Fabian und bemerkt dessen sorgenvolle Miene.

»Das Schiff ist ja schon so alt«, sagt Fabian, an Mike gewandt. »Und es hat was weiß ich wie viele Zigtausend Meilen unter dem Kiel. Es bräuchte vermutlich dringend eine gründliche, professionelle Überholung.«

Mike nickt.

»Sowas ist verdammt teuer ...«

»Zu teuer für mich.« Mit einem Seitenblick auf Felix fügt er schnell hinzu: »Im Moment.«

Mike trinkt einen kleinen Schluck Wein und macht sich seine Gedanken, ohne das Thema weiter zu vertiefen.

»Segelst du eigentlich eines der Schiffe auf den Régates Royales?«, fragt er dann.

Fabian schüttelt den Kopf. »Nein, keine Lust!«

Gefragt hat ihn bisher aber auch noch niemand, obwohl er einen sehr guten Ruf genießt als Steuermann der großen Rennschoner und historischen Yachten.

Schon seit der Zeit vor seiner langen Segelreise mit Julia

und Felix. Damals wurde er gut bezahlt, um die Schiffe in den Regatten der Klassiker an verschiedenen Orten im Mittelmeer zu steuern.

Auch hier, in Cannes, bei den Régates Royales. Diese »königliche Regatta« ist eine der Stationen der Runde der Klassiker von Veranstaltung zu Veranstaltung, die jede Saison im westlichen Mittelmeer stattfindet. Argentario, Korsika, Menorca, Antibes, Cannes, Saint Tropez.

Aber es ist lange her, seit Fabian wirklich aktiv dabei war. Vielleicht zu lange?

»Warum nicht?«, unterbricht Mike seine Gedanken.

»Die Szene ödet mich an«, sagt Fabian.

Mike hebt die Augenbrauen.

»So? Es sind wunderschöne Yachten. Du liebst klassische Yachten. Oder etwa nicht?« Er macht eine kurze Pause und meint: »Eine klassische Fahrtenyacht, ein historisches Exemplar, ist sogar euer beider wunderbares Zuhause!« Klopft dabei an das Holz der Bank neben sich.

Fabian zögert kurz.

Sagt dann, und bemüht dabei unbewusst ein berühmtes Zitat der Seefahrtliteratur: »Es sind nicht die Schiffe. Es sind die Menschen darauf.«

Mike aber lässt nicht locker.

»Die Menschen? Segler wie du?«

Fabian nickt. »Du hast recht. Die nicht. Eher die Eigner.«

»Ach, die zählen doch nicht«, ruft Mike. »Die bezahlen die Rechnungen. Für alle, für ihre Schiffe, die Crews, die Segelmacher und Ausrüster und wen auch immer und sogar für meine Fotos! Ohne die geht es nicht und gäbe es das alles nicht. Seien wir doch dankbar dafür! Aber abgesehen davon zählen die doch nicht, das weißt du doch!«

»Mike«, sagt Fabian. »Wer zahlt, der zählt. Ist doch klar.«

»Es gibt auch viele gute Eigner«, wendet Mike ein. »Die wirklich begeistert sind und die auch Ahnung haben ...«

»Wenige«, meint Fabian, säuerlich. »Es werden immer weniger. Die Neureichen, Ahnungslosen, werden immer mehr.«

»Du siehst das zu schwarz!«

Fabian schüttelt den Kopf, sagt aber nichts mehr. Vielleicht hat Mike ja recht. Doch dann denkt er an frühere Zeiten. Als »Les Voiles de Saint Tropez«, die große Regattawoche, die immer mehr Menschen anzieht, noch »La Nioulargue« hieß. Und ein Fest unter Freunden war.

Er segelte damals als Crew auf einer der neuen Maxi-Yachten. 22 Meter, das war in jenen Jahren noch riesig. HELISARA hieß die Yacht, auf der Fabian damals segelte. Ein brandneuer Aluminiumbau, von einer niederländischen Werft. Die später auch viele Hochsee-Fahrtenyachten für Reisen in weit entfernte Seegebiete baute. Was heute ja eher nach Fabians Geschmack ist. Und die Eigner, es waren ja nur eine Handvoll solcher Yachten, waren noch echte Segler. Steuerten ihre Schiffe selbst. In ihren Crews waren sie, zumindest an Bord, unter Gleichen. Wie es eigentlich auf jedem Segelboot normal ist. Selbst wenn dieser Eigner Herbert von Karajan hieß.

War. Einmal.

Karajan, der Eigner »seiner« Yacht, erinnert Fabian sich, hatte damals für die Dauer der mehrtätigen Regatta jeden Abend ein anderes Restaurant in Saint Tropez angemietet. Komplett. Für seine rund 20 Mitsegler und deren Freundinnen, Freunde, Familien. Es wurde getrunken und gegessen und gefeiert ohne Limit. Und am nächsten Tag, egal wie verkatert alle waren, auf Teufel komm raus gesegelt.

Alle gaben immer ihr Bestes. Und wenn es nicht reichte, um zu gewinnen – dann gaben sie alle am nächsten Tag wieder ihr Bestes. Und am Tag danach. Bis es vorbei war.

Daran denkt Fabian, ohne es zu erwähnen.

Wahrscheinlich hat Mike ja recht. Auch wenn viele der Eigner heute keinen Stil mehr haben und keinen Sportsgeist. Ohne sie würde es das alles nicht geben und viele gute Menschen müssten sich andere Jobs suchen.

Fabian ist plötzlich sehr müde.

»Es war ein verdammt langer, aufregender und anstrengender Tag«, sagt er zu Mike und Felix. »Wir sollten jetzt lieber schlafen gehen.«

Womit ein aufregendes Wochenende zu Ende geht.

Montag

Montagmorgen im Büro. Und gleich schlechte Laune.

Unwirsch schiebt Joachim Breuer seinen Kaffee mitsamt dem kleinen silbernen Tablett zur Seite. Faltet die Hände. Dreht sie nach innen und lässt die Gelenke der verschränkten Finger laut knacken.

Wo zum Teufel bleibt er denn?

In diesem Moment öffnet sich auch schon die schwere Mahagonitür und Bruno Bartels betritt zögernd den hohen Raum.

Ein Büro, so monumental wie das ganze Gebäude.

Das Chilehaus, eine architektonische Ikone der Hansestadt Hamburg. In den Zwanzigerjahren aus 4,8 Millionen Ziegelsteinen in Schiffsform gemauert.

Bartels' Schuhsohlen quietschen ein wenig auf dem gebohnerten Eichenparkett, als er die Tür hinter sich zuzieht.

»Bartels«, sagt Breuer zum Leiter seiner Schadensabteilung als Begrüßung und wedelt ungeduldig mit der Hand durch die Luft, deutet vage auf den schlichten Stuhl vor seinem wuchtigen Schreibtisch. »Dieser neue Claim hier aus Cannes. Was ist da los?«

Joachim Breuer hat diese Versicherungsagentur über Jahrzehnte hinweg aus dem Nichts aufgebaut. Die Spezialadresse für Yachten und Wasserfahrzeuge aller Art. Heute sind über seine Firma Hunderte, wenn nicht schon Tausende Boote versichert. Dennoch behält Breuer die Übersicht, auch in den scheinbar bedeutungslosen Dingen des Alltags. Das erst vor knapp zwei Jahren gegründete Büro in Cannes, sein Ableger am wichtiger werdenden Mittelmeer, wo auch so viele Deutsche ihre Yachten liegen haben, liegt ihm besonders am Herzen.

Bartels setzt sich, aufrecht.

»Ja, das. Ein geklautes Schiff. Angeblich.«

»Das sehe ich auch«, sagt Breuer.

»Ja.«

»Was zum Teufel ist da unten los?«

Bartels zuckt die Schultern. Wagt ein vorsichtiges Grinsen.

»Keine Ahnung. Heißes Pflaster, vielleicht, dieses Südfrankreich?«

»Werden Sie nicht komisch«, bemerkt Breuer. »Diese Fälle häufen sich dort. Wie lange war dieses verschwundene Schiff bei uns versichert?«

»Ehm, etwa ein Jahr, denke ich.«

»Gerade mal. Wie die anderen …«

Breuer blättert in einigen mit handschriftlichen Notizen vollgeschrieben Papieren auf seinem Tisch.

»Hier: Eine Swan 42. Spurlos verschwunden aus Menton. Der Eigner hatte das Schiff an einem Sonntagabend im Hafen vertäut und war nach Hause gefahren, zwei Tage später war es dann weg. Geklaut, vermutlich. Nie wieder aufgetaucht.«

Breuer stöhnt.

»Oder hier: Die WINDSPIEL. Von einem deutschen Eigner, ein besonders teures Schiff, feinster Werftbau aus Aluminium. Verschwunden aus, ehm – Hyerès. Dann das dickste Ding, eine Motoryacht, Sunseeker, so hässlich wie teuer. Lag in Nizza. Englischer Eigner. Dann war auch die eines Tages weg und wurde nie wiedergefunden!«

Bruno schaut Breuer aufmerksam an, sagt aber nichts.

Er kennt seinen Chef und weiß: Da kommt noch was.

»Das ist doch eine Sauerei!«, poltert Breuer plötzlich.

»Jetzt der vierte Fall. In kürzester Zeit. Und alle in unserem Büro in Cannes versichert!«

Bruno nickt.

»Das ist doch wohl kein Zufall!«, stellt Breuer fest.

»Schwer zu sagen«, meint Bruno. »Aber auffällig ist es schon!«

»Das will ich meinen. Wir müssen das prüfen. Warum hat diese Frau, diese Fleury, das noch nicht veranlasst?«

Bartels sieht seinen Chef an, sagt aber nichts. Er fühlt sich nicht zuständig, für Catherine Fleury, die Leiterin ihres Büros in Cannes, antworten zu müssen.

»Wie lange können wir die Regulierung noch herauszögern?«

Breuer sieht ihn eindringlich an.

»Nicht mehr lange«, muss Bruno zugeben. »Der Claim an sich ist schon etwas her. Der Kunde macht bereits Druck!«

»Verfluchte Schlamperei! Wie kann das sein? Polizei ist verständigt?«

»Ja, all die üblichen Stellen. Hafenmeister, Zoll, Polizei. Bislang ohne Ergebnis.«

»Gutachten?«

»Der Gutachter ist ausgefallen. Schwerer Autounfall.«

»Und? Gibt es dort unten nur den einen?«

»Dieser eine, Walter Lang, der hat dort bisher immer alles für uns gemacht ...«

»Nein! Der alte Lang! Nicht wahr. Ernsthaft?«

»Verletzt, meinen Sie? Ja, ich denke es ist wohl ernst.«

Breuer schließt kurz die Augen und lehnt sich zurück. Walter Lang kennt er noch aus seinen frühen Jahren, vom gemeinsamen Segeln auf der Elbe und in der Nordsee.

So etwas verbindet.

Als Lang dann, viele Jahre später, von Frau und Tochter verlassen vor einem persönlichen Scherbenhaufen stand, hat Breuer sich seines alten Segelkameraden erbarmt und ihn als Gutachter zur Beurteilung von Schadensfällen eingestellt. Zuerst in Hamburg, dann allerdings ist Lang auf eigenen Wunsch und eigene Rechnung nach Südfrankreich gezogen. Seither arbeitet er dort regelmäßig und oft für Breuer.

»Lang. Wird er es überleben?«

»Er ist ja nicht mehr der Jüngste«, beginnt Bruno, sieht dann aber seinen Chef an und bremst sich. Breuer hat sich verdammt gut gehalten für seine mehr als 70 Lebensjahre, denkt Bruno. Schlank, braun gebrannt, volles weißes Haar.

»Sein Zustand ist wohl kritisch, aber nicht wirklich lebensgefährlich. Heißt es aus dem Krankenhaus.«

»Gut.« Breuer richtet sich wieder auf, Ellenbogen auf dem Schreibtisch. »Ich kenne da jemanden, der könnte den Fall untersuchen. Sohn vom alten Timpe ...«

»Timpe? Wer ist das?«

Breuer seufzt. »Ist? War. Deutschlands letzter anständiger Reeder!« Und ein guter Freund, denkt er wehmütig. Ein Gentleman aus einer längst vergangenen Zeit. Mit tragischem Ende.

Verwirrt fragt Bruno weiter. »Was macht er? Der Sohn, meine ich. Hat der Ahnung vom Geschäft?«

»Nein.« Breuer kritzelt eine weitere Notiz auf den obersten Zettel. »Hat er nicht. Aber er ist gerade mit seinem Schiff in Südfrankreich, wie ich gehört habe.«

»Ja ... Kann der das denn?«

»Klar. Der ist nicht blöd. Rufen Sie in Cannes an. Sie muss sich gleich darum kümmern.«

»Catherine Fleury? Gut. Ehm, wie finden wir diesen Timpe?«

»In Cannes. Auf seinem Schiff. Kein Problem. Aber – warten Sie.«

»Ja?«

»Ich mache das selbst. Sagen Sie, Lang. Hat der nicht damals vorgeschlagen, diese Fleury einzusetzen?«

»Na ja, sie war in Hamburg, hatte hier studiert und bei uns gejobbt.«

»Jaja, ich weiß! Aber Lang, der hatte sich sehr für sie stark gemacht ...«

Bruno zuckt wieder die Schultern.

»Kann schon sein.«

»Ist gut. Ich rufe sie an.«

Damit ist das Gespräch mit Bruno beendet. Sofort ruft Breuer in Cannes an, kriegt die Fleury auch gleich ans Telefon und kommt direkt zur Sache. Macht ihr unmissverständlich klar, was er von ihrem Versäumnis, wie er es nennt, hält. Und dass sie jemanden anheuern muss, der die Sache untersucht. Schnell, gründlich und geräuschlos.

Fabian Timpe.

Mangels anderer Alternativen, das muss Breuer sich eingestehen, aber Bauchgefühl sagt ihm, dass es funktionieren könnte.

Catherine kennt diesen Timpe nicht, hat aber von ihm gehört. In der Seglerszene am Hafen reden sie über ihn, seit er vor einigen Monaten hier eingelaufen ist mit seiner wunderschönen Holzketsch.

Über dieses Schiff äußern sich alle anerkennend. Aber ihn selbst können sie nicht einordnen, er sprengt jede ihrer Schablonen. Guter Segler, das schon. Nachlässig gekleidet, aber keinen dieser modernen Designerbärte, sondern immer frisch rasiert. Einige halten ihn für einen exzentrischen Millionär, andere schwören, er habe keine zehn Cent auf der Naht. Vielleicht ja auch beides? Die wildesten Gerüchte kursieren.

»Ich kann den doch nicht einfach fragen, ob er für uns arbeiten will«, wendet Catherine ein.

»Nein?« Dafür hat Breuer kein Verständnis.

»Er scheint nicht den Eindruck zu machen, als warte er auf einen Job …«

»So? Finden Sie es heraus. Sie müssen es ihm eben anders verkaufen, nicht als Jobangebot, sondern …«

»Sondern?«, forscht Catherine nach.

»Denken sie sich was aus!«

Und Catherine denkt sich etwas aus.

Catherine lässt sich immer etwas einfallen, wenn es nötig ist. Und wie man Männer einfängt, auf die charmante Art, weiß sie auch. Ein wenig hilflos tun, natürlich nicht zu sehr, denn als dumm darf man auch nicht rüberkommen. Aber doch gerade eben so, dass die Männer sich gut fühlen, ihr so ganz leicht überlegen. Wenn die das Gefühl haben, sie könnten einem helfen.

Sie lacht still in sich hinein.

So war sie schließlich auch zu diesem Job gekommen.

Zu dieser Versicherung.

Also wird sie das jetzt auch hinbekommen.

Mal schauen, was dieser Fabian Timpe für einer ist.

Der Wind vom Vortag hat sich vollkommen gelegt. Die Luft im Hafen steht, von der Sonne aufgeheizt, dass sie flimmert. Das Wasser schwappt schmatzend hin und her, trotz der

Windstille bewegen sich die Boote immer ein wenig, ziehen und zerren träge an ihren Festmacherleinen.

»Der Atem des Meeres«, nennt Fabian dieses Phänomen.

Denn der Ozean ist niemals ganz still, auch wenn es oberflächlich so scheint.

Irgendeine Strömung geht immer, irgendeine Bewegung fließt ständig. Das Meer, es lebt.

Glaubt Fabian.

Sein Schiff hingegen lebt vielleicht nicht mehr lange. Und das macht ihn fertig. Er hat die leckende Stelle untersucht, so gut es geht, von innen. Hat den halben Salon auseinander gebaut, Tisch weg, Fußboden hoch.

Einige Planken im Rumpf sind weich. Rott. Das ist keine Bagatelle, das Schiff macht auch jetzt Wasser, während es einfach im Hafen liegt.

Nicht viel, aber immerhin. Zweimal hat Fabian schon gepumpt, gestern Abend und heute Morgen.

Es waren jedes Mal nur ein paar Liter, aber auch das sind ein paar Liter zu viel.

Es ist, wie er es bereits gestern geahnt, befürchtet hat. Sein Schiff, das ist sicher, braucht eine komplette Restaurierung, wenn es gerettet werden soll. Fabian weiß genau, wie das ist mit diesen alten Holzschiffen. Fängt man erstmal an, Stellen auszubessern, findet man immer mehr zu tun. Aber ein totaler Refit, das übersteigt seine finanziellen Möglichkeiten.

Um sich zu beruhigen, um seinem armen Schiff trotz allem etwas Gutes zu tun und um in Ruhe nachdenken zu können, lackiert er die Schanz. Solche Holzarbeiten, schleifen und lackieren, beruhigen ihn. Das hat schon fast etwas Meditatives.

Von außen sieht man der M<small>ELODIA</small> nicht an, dass sie todkrank ist. Das Teakdeck makellos, der Aufbau strahlend weiß gemalt, und nun glänzt auch die massive Mahagonileiste, die an der Nahtstelle von Deck und Rumpf einmal außen um das Schiff herum verläuft, frisch lackiert im satten, rötlichen Ton des Holzes. Liebevoll bringt Fabian die letzten Pinselstriche an, mit Genuss atmet er den Duft des Lacks ein. Für ihn ist das wie Parfum.

Seit Jahren benutzt er keinen anderen als diesen einfachen Lack, der seit Generationen in einer kleinen Firma in Holland hergestellt wird.

Ein Tropfen Lack, ein winziger Klecks nur ist auf das Teakdeck gefallen. Fabian schüttelt den Kopf über seine Nachlässigkeit. Nimmt einen mit Terpentin getränkten Lappen und wischt den Fleck sorgfältig weg.

Lautes Geknatter, irgendwo hinter ihm im Hafen, holt ihn in die unbequeme Realität zurück. Und es kommt näher.

Was für ein nerviger Außenborder, denkt Fabian verärgert.

Dann stirbt das Ding. Mit einem letzten Aufbäumen, einer letzten, laut knallenden Fehlzündung geht der Motor aus.

Eine weibliche Stimme flucht leise, Fabian hört, wie jemand hektisch die Anlasserleine reißt. Schaut sich um. Blickt geradewegs in das Gesicht einer Frau. Bevor er etwas sagen kann, rummst es an seiner Bordwand, sie ist mit ihrem Dinghi angekommen. Und natürlich greift sie mit ihrer Hand an die Schanz, um sich am Schiff festzuhalten.

»Nein!«, ruft er, aber zu spät.

Überrascht zieht sie ihre vom frischen Lack klebrige Hand zurück.

»Oops, desolée«, meint sie und lächelt entschuldigend.

»Merde«, sagt Fabian übellaunig, besinnt sich dann aber seiner Manieren und zuckt die Schultern. »Na ja. Macht ja nichts.«

Sie bedankt sich, lächelt schon wieder und erklärt ihm, dass ihr Motor schon seit einiger Zeit so kapriziös sei und dass sie nur eben auf diese Seite vom Hafen wollte und ob sie nun ihr Boot hier für eine Weile … dabei beginnt sie, mit ihrem Boot ein Stück von der MELODIA wegzutreiben.

Wieder greift sie mit der Hand nach der Schanz.

»Stopp!«, sagt Fabian. In einem Ton, der sie sofort innehalten lässt.

Einen Moment schauen sie sich an. Bürofrau, denkt Fabian und sieht vor allem die teure Bluse und dass sie, trotz der Hitze, einen hellen leichten Blazer trägt. Aber nur deswegen kann ich sie ja nicht einfach durch den Hafen treiben lassen. Also sagt er: »Gib mir eine Leine, dann kann ich dein Boot hier festmachen, bevor es wegtreibt.«

Fabian sagt immer »du«, vor allem auf dem Wasser, vor allem auf Booten. Alles andere käme ihm albern vor.

Sie nickt, schließlich hilft er ihr an Bord. Sie kann nicht vermeiden, dabei noch einmal auf die lackierte Schanz zu treten, Fabian erträgt es so gerade eben noch mit Fassung. Immerhin trägt sie Segelschuhe, Docksides, und keine Strümpfe. Und sie zieht die Schuhe an Deck aus, wie es auf den großen Klassikern üblich ist. Vielleicht macht sie es aber einfach auch nur, um keine Lackspuren auf dem Teakdeck zu hinterlassen.

Wie auch immer, es stimmt ihn milder. Diese Geste. Und das ihre Zehennägel nicht angemalt sind.

»Danke für Ihre Hilfe«, sagt sie.

Fabian denkt: Gerne. Und tschüss, aber so unhöflich ist er nicht.

Streckt ihr also die Hand entgegen und stellt sich vor.

»Fabian.«

Er hat nichts von ihrer gepflegten, dezenten Eleganz. Ist aber eine imposante Erscheinung. Groß und barfüßig, mit ausgeblichenen Bermudashorts, deren Farbe nicht mehr zu erkennen ist, lose darüber hängend ein weites, kurzärmeliges Hemd, welches auch nicht gerade frisch aus dem Laden gekommen ist. Die dunklen Haare stehen widerborstig vom Kopf ab. Seine Augen, hell und freundlich und von einer undefinierbaren Farbe, grünlich-braun vielleicht, finden viele Frauen anziehend. Das weiß er natürlich.

Diese Augen und seinen Mund. Den Mund eines sinnlichen Genießers. Und ein Mund, wie Fabian zuweilen selbstbewusst denkt, der auch äußerst charmant und verführerisch lächeln kann. Besonders wirkungsvoll im Zusammenspiel mit seinen Augen ...

Sie blickt auf seine tätowierten Handrücken. Dann in sein Gesicht. Braungebrannt, irgendwie offen, auch wenn er sich nicht unbedingt vor lauter Freundlichkeit überschlägt.

»Catherine Fleury«, sagte sie und hält ihm dabei ihr Handgelenk hin. Ihre Finger sind noch klebrig vom Lack.

»Hier«, meint Fabian und reicht ihr den mit Terpentin getränkten Lappen. »Nimm dies, damit geht der Lack ab.«

Sie macht sich die Finger sauber, es entsteht eine kleine Pause.

Und nun? Doch so ganz allmählich beginnt die Situation Fabian zu interessieren. Schaut genauer hin. Ihr Gesicht, nicht wirklich hübsch, aber irgendwie markant. Alter? Mitte dreißig, schätzt er.

Und ihre Augen ... natürlich merkt sie gleich, dass er sie mustert. Sie wendet sich ab, betrachtet sein Schiff. Nickt anerkennend.

»Schönes Schiff! Wirklich. Sieht man heute ja nicht mehr so häufig. Wie alt ist es denn und woher kommt es?«

Fabian ist baff. Beeindruckt.

»Juan Campos hieß der Konstrukteur. Argentinien. 1947.«

Sie nickt. »Eine Rarität. Toll! Wo haben Sie es gefunden?«

Das ist eine lange Geschichte, denkt Fabian. Wird dann in seinen Gedanken unterbrochen, bevor er etwas sagen kann. Auf der Pier, vor seinem Schiff, steht ein Polizist. Und ruft.

»Monsieur Timpe?«

Irritiert sieht Fabian hin.

Der Polizist ist ungeduldig.

»Monsieur!« ruft er, diesmal lauter.

»Vielleicht sollten Sie mal hören, was er will?«, schlägt Catherine vor.

»Wirklich?«, meint Fabian, ehrlich überrascht. »Der soll bloß nicht nerven.«

Schüttelt den Kopf.

Zum Polizisten auf der Pier gewandt: «Was ist denn?«

»Monsieur! Bitte! Es ist dringend!«

Fabian rollt mit den Augen.

»Entschuldige.«

Geht dann nach vorne, zum Bug, mit dem das Schiff zur Pier liegt. Bleibt allerdings an Deck stehen, so dass er zum Mann auf der Pier leicht hinabsieht.

Sie wechseln ein paar Worte. Schließlich reicht der Polizist Fabian eine Visitenkarte, dreht sich um und marschiert fort.

Fabian kommt zurück ins Cockpit und dreht die Karte nachdenklich zwischen seinen Fingern.

»Was ausgefressen?«, fragt Catherine ihn.

»Tja, das kann man ja nie so genau wissen!« Fabian lächelt kurz. »Keine Ahnung.« Blickt auf die Visitenkarte.

»Ein Kommissar Raynaud will mich jedenfalls unbedingt sprechen …«

»Na dann«, sagt sie. »Vielen Dank nochmal.«

»Moment!«, sagt Fabian. »Und das Dinghi?«

»Ach ja«, meint sie, als habe sie das schon vergessen. »Darf das vielleicht noch eine Weile hier liegen bleiben? Ein oder zwei oder drei Tage? Bis ich mich wieder drum kümmern kann?«

Fabian zuckt die Schultern. »Warum nicht. Ich werde in nächster Zeit wohl sowieso nicht segeln.«

Aufmerksam sieht sie ihn an. Sagt nichts weiter dazu, zögert aber einen winzigen Augenblick. Lang genug, dass er es bemerkt.

»Schade, dass du gehen musst.«

»Ja?«, lächelt sie. »Warum?«

»Ach, ich hätte dir gerne noch mehr über mein Schiff erzählt…«

Sie nickt. »Na, vielleicht ergibt sich irgendwann noch eine Gelegenheit.«

»Das wäre schön. Wie wäre es mit heute Abend?«

Sie lacht.

»Heute Abend?«

Fabian lässt sich nicht abschrecken.

»Nur zum Aperitiv.«

»Na, warum nicht. Wo, sagten Sie?«

»In der ›Crystal Bar‹. Gleich da vorne an der Ecke.« Dabei zeigt er auf die Altstadt.

»Natürlich.« Sie hält ihm diesmal die Hand hin. »Dann bis später, zum Apéro!«

Fabian begleitet sie nach vorne, beschwingt.

Etwas Ablenkung kann dir heute nur guttun, mein Alter!

Sie balanciert über die als Passerelle dienende Holzplanke, die neben dem Klüverbaum befestigt ist, an Land. Barfuß.

Fabian findet es nur ganz richtig, dass sie ihre Schuhe erst auf der Pier wieder anzieht. Und sie macht damit einen Punkt bei ihm.

***

Die Schule ist aus. Felix poltert an Deck, stürmt den Niedergang hinab und knallt seinen Ranzen in eine Ecke des Salons.
»Hallo Papa! Hunger! Gibt's was zu essen?«
»French Basic: Baguette. Butter. Käse. Kannst dich bedienen. Wie war's in der Schule?«
»Wie immer.« Seine Standardantwort auf diese Frage. Es ist schon fast ein Ritual zwischen den beiden. Fabian fragt »Wie war's« und Felix antwortet »Wie immer«.

Das würde er auch tun, wenn die Schule abgebrannt wäre oder ein gerechtes Erdbeben alle Lehrer verschluckt hätte. Naja, im letzteren Fall vielleicht nicht.

Aber sonst: Wie immer.

»So? Na … Übrigens, an Deck musst du vorsichtig sein, ich habe heute die Schanz lackiert.«
»Oh, ist aber bestimmt schon trocken, oder? Bei der Sonne.«
»Oberflächlich vielleicht, aber darunter ist der Lack garantiert noch weich.«
»Du auch wieder!« Felix kramt in der Pantry herum, bricht sich schließlich ein Stück trockenes Brot ab und stopft es sich in den Mund.

»Abendessen gibt es später«, sagt Fabian. »Ich bin gleich noch kurz verabredet.«

»Okay, ich auch.«

»Du auch?«

»Ja, Mike will noch raus und ein paar Bilder machen, einer der großen Schoner liegt in der Bucht vor Anker und um diese Tageszeit ist das Licht immer am besten!«

Fabian lächelt.

»Und er nimmt dich mit? Störst du ihn nicht bei der Arbeit?«

»Nee«, grinst Felix. »Ich helfe ihm. Kann das Boot für ihn fahren, während er fotografiert. Außerdem mache ich selbst Bilder mit meiner eigenen Kamera!«

Fabian nickt, freut sich, will etwas sagen, da klopft es hinten an ihr Boot. Eine Stimme ruft: »Hello, guys!«

Mike ist schon da, mit seinem Boot. Ein Sieben-Meter-Schlauchboot mit festem Boden. Starker Außenbordmotor, Sitzbank wie ein Motorradsattel in der Mitte. Schnell und seetüchtig, der perfekte Arbeitsuntersatz für einen professionellen Yachtfotografen.

Fabian steckt seinen Kopf aus dem Niedergang.

Mike hält sein Rennboot locker mit einer Hand an der MELODIA fest. Er sieht cool aus. Kurze karierte Hosen. Eine dünne Jacke schützt gegen das Spritzwasser. Sonnenbrille und dick eingecremtes Gesicht. Bisschen englisch, bisschen Cote, so ein Redford-Typ. Fabian mag den Kerl!

»Hi, Mike! Bring mir Felix nicht zu spät zurück, Okay?«

Felix zieht eine Grimasse, Mike grinst und hebt den Daumen. Dann stoßen sie sich von der MELODIA ab, Mike gibt Gas und schon sind sie weg.

***

Die ›Crystal Bar‹ ist, wie immer gegen 18 Uhr, brechend voll. Alle Tische im Freien sind von größeren Gruppen besetzt, an der Bar stehen sie zwei Reihen tief.

Fabian bleibt kurz an der Straße stehen, hinter sich der Busbahnhof am Hafen, und verschafft sich einen Überblick. Lässt sich von der Geräuschkulisse aus Musik, Gelächter und Gesprächsfragmenten nicht ablenken.

Catherine sitzt an einem Tisch ganz links, an der Straßenecke. Natürlich nicht allein. Sie unterhält sich – nein: Sie redet auf einen jungen Mann ein, der neben ihr sitzt. Ein Bürotyp mit weißem Hemd, Krawatte, dunkler Hose und blassem Gesicht. Allerdings athletisch gebaut unter seinem eng anliegenden Hemd. Fabian tippt auf Fitnessstudio.

Er tritt an den Tisch und begrüßt beide, Catherine mit Wangenküsschen in die Luft links und rechts. Zwängt sich in einen freien Stuhl neben sie und beginnt mit ihr zu plaudern.

Der junge Mann an ihrem Tisch guckt irritiert und fragt Catherine: »Wer ist das?«

Fabian antwortet für sie.

»Fabian Timpe. Sagte ich doch eben schon … oder nicht?«

Der andere starrt ihn kurz an, wendet sich dann wieder fragend an Catherine, doch die lächelt nur still.

Dann sagt sie plötzlich zu Fabian: »Ja, gute Frage, wer sind Sie? Was machen Sie eigentlich so?«

»Was ich mache?« Die Frage überrascht ihn. »Na, ich lebe an Bord. Ich würde sagen, ich bin ein Segler, ein Liveaboard.«

»Sonst nichts? Keine Arbeit?«

»Arbeit?«

Es klingt wie: »Pest?«

Dann lacht er.

»Das Schiff instand zu halten ist Arbeit. Das Leben ist Arbeit!«

Der junge Büromensch, er hatte sich als Franck vorgestellt, betrachtet ihn nahezu angewidert.

Fabian schmunzelt, der hält mich wohl für einen Angeber, aber das passiert ihm nicht zum ersten Mal und es ist ihm mittlerweile herzlich egal. Bestellt sich einen Kir Blanc, als die Bedienung sich an ihrem Tisch blicken lässt, und gleich einen zweiten für Catherine dazu. Ungefragt, aber sie nimmt es lächelnd an. Dann insistiert sie.

»Sie sind also einer der glücklichen Menschen mit einem privaten Einkommen?«

Fabian trinkt einen Schluck und sagt nichts dazu. Lässt ihre Vermutung unkommentiert. Er ist nicht hierhergekommen, um sich ausfragen zu lassen. Sondern um sich zu vergnügen, wenn möglich ein wenig mit ihr zu flirten. Und vielleicht mehr über sie zu erfahren.

Falls sich das lohnt, was er allerdings gerade bezweifelt.

Aber vielleicht täusche ich mich ja auch, denkt er und beschließt, ihr noch eine Chance zu geben.

Also erzählt er mehr über sein Schiff. »Das wolltest du doch wissen«, wobei ihm blöderweise herausrutscht, dass es eine umfassende Renovierung benötigt.

Dann schickt sie Franck weg.

»Alles Geschäftliche haben wir ja nun besprochen«, sagt sie zu ihm.

Er ist zwar unsympathisch, findet Fabian, aber diesen Hinweis wenigstens kapiert er und geht tatsächlich sofort. Und sie erklärt Fabian, was er schon vermutet hatte, nämlich dass Franck bei ihr angestellt ist und für sie arbeitet.

So hingerissen, wie der Typ Catherine immer angeschaut hat, vermutet Fabian außerdem, dass er in seine Chefin verknallt ist. Das sagt er aber lieber nicht.

Vielleicht täuscht er sich ja auch.

Allmählich wird sie lockerer. Sie trinken noch einen weiteren Kir, sie erzählt von sich. Dass sie in Hamburg studiert hat, und in Hamburg finden sie eine weitere Gemeinsamkeit, neben dem Segeln und ihrem Interesse an alten Holzyachten.

Mittlerweile sagt sie »du« zu ihm, aber als sie dann auf ihren Job, ihr Büro und die Versicherung zu sprechen kommt, knabbert Fabian eher abwesend auf den Erdnüssen, die mit dem Kir gekommen waren, und denkt daran, dass er bald an Bord muss, um das Abendessen zu kochen.

Bürogeschichten interessieren ihn nun wirklich nicht.

Scherzhaft wirft er ein, dass er ja auch immer mal wieder Gutachten über Yachten schreibt. Aber auch andere Dinge, nautische Fachliteratur und Hafenhandbücher.

Plötzlich sitzt sie kerzengrade.

»Du bist Gutachter?«

»Naja, ich schreibe ab und zu mal Gutachten, meistens Verkaufsgutachten für Guillaume, den Yachtmakler.«

»Darf ich dich mal was fragen?«

Amüsiert schaut Fabian sie an.

»Du fragst mich doch schon die ganze Zeit aus. Alles Mögliche. Aber frag nur. Ob du eine Antwort bekommst, sehen wir dann!«

Sie nickt.

»Ich würde dir gerne einen Job anbieten. Du würdest mir sehr helfen!«

»Einen Job?« Jetzt wird Fabian aufmerksam, er denkt an seine Schiffsreparatur.

Allerdings hat er auch einen Ruf zu verlieren. Ein Job!

Geht gar nicht. Dummerweise braucht er Geld.

»Ich? Ein Job?«

»Ja, ich kann mir schon denken, dass du wohl nicht unbedingt scharf darauf bist. Aber wie gesagt, du würdest mir helfen!«

Fabian tut, als würde er nachdenken. »Ich soll dir helfen können?«

Catherine nickt. »Ja.«

»Hm. Worum geht's denn überhaupt?«

Also erzählt sie. Dass ihr Gutachter ausgefallen ist und dass sie gerade einen ungewöhnlichen Versicherungsfall auf dem Tisch hat, der dringend näher untersucht werden muss.

»Und du meinst, ich soll das machen?«

Sie nickt wieder.

»Es geht um eine Versicherungssumme von knapp einer Million Euro. Wenn wir die sparen, bekommst du drei Prozent davon.«

Fabian bleibt still.

»Und auf jeden Fall einen Tagessatz als Festhonorar.«

Fabian bleibt weiterhin still. Irgendwo in ihm kribbelt es, angenehm.

»Und du würdest mir wirklich helfen«, bekräftigt Catherine noch einmal.

Fabian schaut sie an. Ihre wunderbaren Augen.

Dann das Geld. 30.000.

Damit könnte er sein Schiff retten. Wenn er den Job gebacken kriegt. Keine Ahnung, wie das gehen soll.

»Ich bin dein Mann«, sagt er zu ihr.

Wie an jedem Abend ist es früh ruhig geworden auf der Außenmole und in diesem Teil des alten Hafens. Auf den grob aufgestapelten Steinen im Wasser direkt vor der Pier lungern fünf Jugendliche herum, blinzeln in die tiefstehende Sonne, ein paar werfen gelangweilt herumliegende Dosen und Steine ins Meer.

»Was soll denn hier gehen, Leute?« fragt einer, unwirsch.

»So ein Mist, hier abzuhängen«, mault der nächste. »Keine Action, Mann.«

»Er wird schon gleich kommen«, erwidert ein anderer. In Designerjeans, feinem Pullover und Lederschuhen hebt er sich schon rein äußerlich deutlich von den anderen ab. Paul Raynaud, von allen nur PR genannt.

»Der Bodenturner aus Afrika lässt sich aber reichlich Zeit!«, mault einer, der mit Baseballkappe und weit ausgebeulten Cargo Pants schon eher dem ästhetischen Klischee seiner Gruppe entspricht. Halbstarke Vorstadtrowdys.

»Pass du bloß auf, dass er sowas nicht hört«, rät ihm PR. »Der macht dich platt, bevor du überhaupt quieken kannst!«

Niemand sagt etwas dazu, zumal gerade jetzt ein schwarzes Motorrad auf die Pier geknattert kommt.

Direkt vor der Gruppe bremst es scharf und bleibt stehen.

Der Typ macht den Motor aus, zieht sich langsam den schwarzen Vollvisierhelm vom Kopf.

»Was ist«, fragt er die Jugendlichen, die ihn gebannt anstarren. Ehrfürchtig und ein wenig ängstlich, fasziniert. Kein Wort, kein Gedanke mehr vom afrikanischen Bodenturner.

»Komm her, Mann«, sagt er zu PR. »Hier ist das Zeug. Feinste Chocolate. Und eine Familienpackung Bumble-Bee!«

Er legt zwei Päckchen vor sich auf den Tank. Haschisch aus Marokko und eine Schachtel voller Ecstasy-Pillen.

»Das ist viel«, murmelt PR.

Die anderen starren und staunen.

»Was denn, ihr Lutscher? Wollt ihr dealen oder nicht?«

Dabei schmeißt er seine Maschine wieder an und setzt den Helm auf.

»Schon gut«, sagt PR. »Gib mir das Zeug.« Und reicht ihm ein fettes Bündel Geldscheine. Bei laufendem Motor zählt der andere nach, nickt. Steckt das Geld ein.

»Shit, Mann. Dahinten ist doch wer!«, ruft der mit der Baseballkappe plötzlich. Lu reagiert sofort. Schmeißt die zwei Päckchen mit den Drogen auf den Boden, gibt Gas und rast davon.

»Krass!«, sagt einer der jüngeren und weiß selbst nicht, was genau er damit meint.

»Was hast du gesehen? Wo?«, fragt PR eindringlich.

»Ich weiß nicht«, sagt der Junge. »Da drüben hat sich was bewegt. Bei den Ölfässern!«

»Ne Katze, du Nerd!«, sagt einer der drei jüngeren vorlaut.

»Vielleicht«, sagt PR. »Wir checken das mal besser!«

Über das Gespräch mit Catherine ist es später geworden, als Fabian gedacht hatte.

Erst kurz vor acht kommt er zurück an Bord, aber es ist kein Felix da. Fabian ärgert sich. Vor allem, weil er sich schon ein schlechtes Gewissen gemacht hatte wegen des noch nicht gekochten Abendessens. Also ruft er Mike an.

»Hello? Hier ist Michael Forrester.«

Dieser unnachahmliche Singsang, den er vor allem fürs Telefon reserviert hat. Fabian ranzt ihn gleich an: »Wo ist Felix? Ich hatte dich doch gebeten, ihn nicht zu spät zurückzubringen!«

»Habe ich ja auch nicht«, mault Mike, halb überrascht, halb beleidigt.

Im Hintergrund hört Fabian den Motor brummen und das Wasser rauschen. Mike ist also noch da draußen.

Schnell stellt sich heraus, dass Mike Felix schon vor etwa einer Stunde im Hafen abgesetzt hat. Allerdings gleich vorne am Ende der Außenmole, direkt hinter dem Leuchtturm. Er selbst wollte noch einmal rausfahren und länger bleiben. Nun macht er sich Vorwürfe und Fabian ist plötzlich so besorgt, dass er Mike noch nicht einmal widerspricht.

Wo kann Felix nur stecken? Was, wenn ihm etwas passiert ist? Aber daran mag Fabian nicht so recht glauben. Felix ist selbstständig genug.

Felix liebt es, am Hafen die Boote zu betrachten, das Kommen und Gehen auf dem Wasser, aber auch die Schiffe zu studieren, die, für Überholungs- oder Reparaturarbeiten, auf dem großen Parkplatz an Land abgestellt sind. Wie gestrandete Wale, riesengroß, irgendwie hilflos an Land.

Aufrecht gehalten nur von hölzernen Stützen, die im Boden verkeilt sind, damit sie nicht wegrutschen.

Im Vergleich zum Hafengebiet kommt ihm jeder Abenteuerspielplatz so öde vor wie sein Klassenzimmer.

Man darf hier nur nicht die falschen Leute treffen.

Ganz bestimmt nicht abends, wenn hier niemand mehr an den Schiffen arbeitet, wenn fast alle schon in den Bars beisammensitzen.

Leider trifft Felix genau jetzt die falschen Leute.

Vor Angst schlägt ihm das Herz bis zum Hals.

Er kennt die Jungs vom Schulhof.

Mike ist nicht mehr da, er hat ihn eben abgesetzt und ist wieder rausgefahren. Genau wegen Mike machen sie ihn gern fertig. Sie haben natürlich bemerkt, dass er mit Mike befreundet ist und viel Zeit mit dem Fotografen verbringt.

So wie neulich erst, in einer Ecke des Schulhofs: »Macht es dir Spaß, dich von ihm ficken zu lassen? Oder seinen dreckigen Schwanz zu lutschen?« Und so weiter. »Schäm dich, du kleine Tunte! Sei froh, dass wir hier auf dem Schulhof sind! Aber warte nur ab, bis wir dich mal woanders kriegen!«

Zum Glück sieht Felix die Typen, bevor sie ihn entdecken. In einer Gruppe stehen sie beisammen, auf der Mole am Rand des Platzes, neben dem Zaun und den Planen, unter denen kistenweise Teile und Werkzeuge lagern. Felix kann gerade noch hinter den Mülltonnen und Ölfässern verschwinden.

Was sie reden, kann er nicht verstehen. Ihm schlottern die Knie vor Angst, fast macht er sich in die Hose. Er drückt sich so dicht an die Tonnen, dass er sein Hemd beschmiert, macht sich so klein wie möglich.

Gedanken rasen ihm durch den Kopf, dabei kommen ihm die Tränen. Was die neulich in der Schule mit einem anderen Jungen aus seinem Jahrgang angestellt haben! Ins Krankenhaus eingeliefert werden musste der, so übel haben sie ihn zugerichtet.

Es ist eine Gruppe von fünf Jugendlichen. Claude und Luis und dieser etwas kleinere, ein echter Sadist, dessen Namen Felix nicht kennt. Und dann noch jemand, älter als die anderen, den er schon mal vor der Schule gesehen hat, der wohl auf fein macht, mit teuren Klamotten ... Dabei ist der aber ein ganz übler Typ, andere Schüler haben Felix vor ihm gewarnt: Komm dem bloß nicht in die Quere, der kann sich hier in der Stadt alles leisten.

Ob das einer der Drogenverkäufer ist?

Gerade erst vor zwei Tagen hatte ihr Klassenlehrer sie darüber aufgeklärt. Dass ein oder zwei Ehemalige von ihrer Schule im Verdacht stünden Drogen zu verkaufen. Hier, auf dem Schulhof oder direkt vor dem Tor der Schule auf der Straße. Und dass sie, die Schüler, unbedingt sofort Bescheid sagen sollten, wenn sie etwas davon sehen oder gar angesprochen werden.

Voller Panik bemerkt Felix, dass sein rechtes Bein einschläft. Sehr vorsichtig und langsam versucht er, sich ein wenig zu bewegen, eine etwas bequemere Position zu finden. Bloß kein Geräusch machen, womöglich ein Fass umwerfen oder so etwas!

Wenigstens scheinen sie sich nicht mehr darum zu kümmern, ob sie ihn gesehen haben oder nicht. Sie stehen da einfach herum, rauchen, reden.

Leider macht es nicht den Eindruck, als wollten sie bald gehen.

Was mache ich nur?

Felix ist verzweifelt, aber es gibt keine andere Möglichkeit, als eben genau hier auszuharren, bis die endlich gehen. Und in der Zwischenzeit zu hoffen, dass sie ihn nicht doch noch entdecken.

Ganz langsam schiebt er sich um die Tonne herum, noch tiefer in die Schatten zwischen den Fässern.

Müll liegt herum. Es stinkt nach Altöl und Urin und der Boden ist matschig und kalt, als er sich vorsichtig hinkniet. Seine Klamotten sind schon jetzt vollkommen versaut, aber das ist ihm egal, nur seine Kamera drückt er eng an sich, um sie zu schützen.

Dann kommt ein Motorrad auf die Mole gebraust, viel zu schnell, und bremst erst direkt vor der Gang.

Irgendwas reden sie.

Den Motorradfahrer hat Felix noch nie gesehen.

Was ist das für einer?

Felix hält den Atem an.

Soll ich?

Er presst die Kamera enger an sich, hat große Angst, aber vielleicht kann ich denen damit ja mal was heimzahlen.

Unendlich vorsichtig klappt Felix das Display von seiner Kamera auf und bringt es in Position, nun kann er von oben drauf schauen. Hält das Objektiv auf die Gang und drückt den Auslöser. Es klingt wie Donner in seinen Ohren, aber die Jungs kümmern sich um überhaupt nichts anderes als um den Kerl auf dem Motorrad.

Der Typ hat seinen Helm abgenommen. Legt irgendwas vor sich auf den Tank.

Felix macht noch mehr Fotos.

In der Abendsonne, dem schönsten Licht des Tages.

Dann hört er es.

»Dahinten ist doch wer!«, ruft einer von denen.

Mike ist nach dem Telefonat sofort umgekehrt und in den Hafen zurückgebraust, zur MELODIA, um Fabian beizustehen. Obwohl, wenn ein zwölfjähriger Junge mal eine Stunde später nach Hause kommt, ist das ein Grund zur Verzweiflung?

Mike kann es nicht sagen.

Was er aber sagen kann ist, dass Fabian wirklich verzweifelt klang, eben, am Telefon.

Trotzdem empfindet er Fabian als schon fast hysterisch.

Als er an Bord kommt, telefoniert Fabian mit dem Krankenhaus, ob dort ein Junge eingeliefert sei. Aber Mike kennt sich nicht aus mit Kindererziehung, vielleicht hat Fabian ja Recht.

Um ihn zu beruhigen, abzulenken, erzählt er von dem Schoner draußen. 30 Meter, zwei Masten, AEOLUS heißt er und wird an den Rennen teilnehmen, die hier ab Freitag stattfinden.

Mike macht sich, noch, mehr Sorgen um Fabian als um Felix. Der wird schon wieder auftauchen.

»Du solltest doch einen der Klassiker steuern«, sagt Mike. »Wird doch gut bezahlt!«

Fabian schüttelt den Kopf. »Nein. Bis jetzt hat mich außerdem noch niemand gefragt.«

»Oh. Dabei bist du doch eigentlich so begehrt? Als Steuermann, meine ich ...«

Wieder schüttelt Fabian den Kopf.

»Hör mal, wir sollten uns jetzt mal dringend um Felix kümmern!«

»Ja. Klar. Meinst du nicht, er taucht gleich auf? Vielleicht ist er noch am Strand oder so? Am Wochenende kommt übrigens David eingeflogen, endlich mal, vielleicht gehen wir alle zusammen was essen?«

»Das freut mich für dich«, meint Fabian. Seine Unruhe aber kann er nicht länger zügeln. Abrupt steht er auf und geht zum Niedergang.

»Komm!«, sagt er. »Wir müssen Felix suchen! Ich kann hier nicht einfach nur so herumsitzen!«

»Nein? Ja, ist klar«, meint Mike. »Wo fangen wir an?«

Fabian ist schon draußen an Deck.

»Wir gehen zuerst dahin, wo du ihn vorhin abgesetzt hast. Dann sehen wir weiter.«

»Na, immerhin ein Plan«, murmelt Mike und läuft Fabian hinterher, der jetzt schon an Land ist. Und obwohl Mike für seine 45 Jahre sehr gut trainiert und in Form ist, hat er fast Mühe, hinter Fabian herzukommen.

Ein paar Minuten laufen sie auf der Pier entlang Richtung Mole und Leuchtturm, dann kommen sie zum abgezäunten Platz, auf dem die Boote aufgebockt stehen.

Sie hören es gleichzeitig.

Das Scheppern umfallender Tonnen.

Geschrei. Gejohle. Und dazwischen, angsterfüllt und laut, Felix' Stimme.

»Nein! Lasst mich! Lasst das!«

Dumpfes Klatschen.

Mike und Fabian rasen los. Diesmal, im Sprint, ist Mike deutlich schneller. Springt über den hüfthohen Zaun, als wäre es nichts.

»Ihr Schweine!«, brüllt er, »lasst den Jungen in Ruhe!«

Sprintet quer über den Platz auf die Ecke mit den Mülltonnen zu, wo er nun eine Gruppe, ein Knäuel Jugendlicher erkennt. Fabian rennt ihm hinterher, braucht ein paar Sekunden länger, um, fluchend, über den Zaun zu kommen.

Mike ist angekommen. Reißt den erstbesten Kerl am Ohr nach hinten, dass der vor Schmerz aufheult. Schlägt ihm sofort mit der Handkante unters Kinn, dass er, nach Luft japsend, zu Boden geht. Mike will gleich noch mal nachtreten.

Er hat es auf die schwere Art lernen müssen, als Kind und Heranwachsender, sich zu wehren. Konnte es schließlich so gut, dass sie ihn nicht mehr mobbten. Sondern Angst vor ihm hatten.

Der Kerl am Boden flennt und versucht, seitwärts robbend wie eine Krabbe, außer Reichweite von Mike zu kommen. Ohne Zögern nimmt Mike sich den nächsten vor, verpasst ihm einen Kinnhaken mit solcher Wucht, dass der rückwärts taumelt.

Mike weiß, dass er das Momentum jetzt nicht verlieren darf, denn sonst fallen sie alle gemeinsam über ihn her.

Die Jugendlichen jedenfalls sind so überrascht, dass sie nicht wissen, was sie tun sollen.

Dann kommt auch noch Fabian heran. Sein Handy klingelt, aber es schert ihn nicht.

»Da kommt noch einer!«

»Der telefoniert!«, ruft ein anderer.

»Na los! Hauen wir ab!«

»Felix!«, ruft Fabian. »Was ist mit dir?«

Mike holt Luft und schaut sich um, aber von der Gang ist keiner mehr da.

Weg.

Verschwunden. Von einem Augenblick zum anderen, wie in Luft aufgelöst.

»Papa!«

Sie fallen sich in die Arme, Felix schluchzt, vor Erleichterung oder Schock. Fabian drückt ihn an sich, streichelt ihm über die Haare.

»Felix! Es ist ja gut! Was haben die mit dir gemacht? Was haben sie dir angetan?«

Felix weint, schüttelt den Kopf, kann noch nichts sagen. Eine ganze Weile stehen sie einfach so da. Mike etwas abseits, beobachtet die beiden.

Fabian geht in die Hocke und sieht Felix an: »Mein Gott, mein armer Felix!«

Öl- und Dreckverschmiert steht der da, zerrissenes Hemd, zerrissene Hose.

»Was haben die mit dir gemacht?«

Endlich findet Felix Worte.

»Ich glaube, also, die wollten … sie wollten mir die Hose ausziehen.«

Seine Stimme bricht, er schüttelt den Kopf.

»Was?« Fabian kann es nicht glauben. Diese Schweine wollten seinen Sohn vergewaltigen!

Felix weint, schüttelt immer noch den Kopf.

Mike steht wie eingefroren daneben.

Das darf doch nicht wahr sein! Bitte nicht! Tränen laufen auch ihm übers Gesicht. Das alles kennt er noch zu gut. Und darum weiß er auch, warum sie Felix das antun wollten: seinetwegen.

»Verzeih mir, Felix«, flüstert Mike, obwohl es nichts zu verzeihen gibt, weil es nicht seine Schuld ist. Aber keiner der anderen beiden hört ihn. Dann denkt Mike: Wenn es wirklich so ist, dann lassen sie ihn nach dieser Abreibung hoffentlich in Ruhe ...

»Kommt, gehen wir an Bord«, sagt Fabian.

»Meine Kamera«, schluchzt Felix.

Mike schaut ihn an, mit einer unguten Ahnung.

»Ja, wo ist die, Felix?«

»Dahinten, wo ich mich versteckt hatte, zwischen den Tonnen. Ich hab sie fallen gelassen, als sie mich erwischt haben.«

»Ich schau mal nach«, meint Mike.

»Du hast sie fallen gelassen?«, murmelt Fabian. »Naja, klar. Hoffentlich findet Mike sie.«

»Die durften die Kamera doch nicht sehen«, schnieft Felix. »Die durften doch auf keinen Fall merken, dass ich sie fotografiert habe!«

Fabian pfeift leise.

»Du hast sie fotografiert? Gut gemacht! Mal sehen, was wir mit den Bildern so machen können!«

»Das war also gut?«

»Aber ja!«, meint Fabian. »Große Klasse!«

»Hier! Ich habe sie«, ruft Mike und kommt zu den beiden zurück. »Allerdings fürchte ich, dass diese Kamera hinüber ist ...«

»Der Chip ist aber noch drinnen, oder?«, fragt Fabian, während Felix wieder weint, diesmal um seine geliebte Kamera.

»Moment. Ja, ist da. Warum?« fragt Mike.

»Nur so.« Dann versucht er, Felix zu trösten. »Du kennst dich doch aus, Mike. Kann man die nicht reparieren?«

Der zögert keine Sekunde. »Ich denke schon.«

Sicher ist er sich da gar nicht, aber Mike weiß, wie sehr Felix an seiner Kamera hängt. Mit welcher Begeisterung er Bilder macht. Und er kann sich denken, dass Fabian nicht mal eben so eine neue Kamera kaufen kann.

Ich werde sie reparieren lassen. Oder sie ihm ersetzen, beschließt Mike in Gedanken. Das ist das Mindeste, was ich tun kann …

Mike dreht die Kamera in seinen Händen hin und her.

»Das Gehäuse hat ganz schön was abgekriegt«, sagt er dann. »Das Display auch, zum Glück scheint das Objektiv heil zu sein. Aber der Chip – den kriege ich gerade nicht raus.«

Felix schaut ihn an, nickt niedergeschlagen. Ein Blick, den Mike kaum ertragen kann.

»Ich bring sie zu meiner Spezialwerkstatt! Das wird schon wieder, Felix. Die haben schon so einige von meinen Kameras wieder ins Leben zurückgezaubert!«

Dienstag

Dieser Morgen ist anders.

Es fängt damit an, dass Fabian nicht alleine im Bett liegt, als er aufwacht.

Das ist ihm natürlich schon oft passiert.

Allerdings ist es ihm auch schon viel zu lange – und viel zu oft, wie er findet – nicht mehr passiert.

Aber er liegt auch nicht in seinem Bett, denn seine Kabine ist wegen des Wassereinbruchs noch ausgeräumt. An diesem Morgen wacht er in der Kabine von Felix auf, im Vorschiff. Auch dort gibt es ein schönes, breites Bett. In dem Felix allerdings unter normalen Umständen alleine schläft.

Und im Bett seiner Eltern hat Felix zuletzt geschlafen, als er sechs war. Verdammt lange her. Und das ist auch gut so, wie Fabian findet.

Gestern Abend aber war Felix so verwirrt, verschreckt und traurig, dass er ohne die körperliche Nähe zu seinem Vater wohl gar nicht eingeschlafen wäre. Und es hatte lange gedauert, bis Felix einigermaßen beruhigt war. Fabian kann nur hoffen, dass der Junge sich bald wieder einkriegt und darüber hinwegkommt. Vorsichtig, ohne Felix zu wecken, steht Fabian auf. Heute wird sein Sohn jedenfalls nicht zur Schule gehen.

Fabian macht sich den ersten »Petit Café« des Tages und schaut auf die Uhr. Spät genug ist es, er ruft den Direktor der Schule an und erklärt ihm die Lage. Dass drei seiner Schüler abends durch die Gegend laufen und kleine Jungs vergewaltigen wollen, zum Beispiel. Und wie denn das wohl sein könne. Er vereinbart einen Gesprächstermin mit dem Direktor und mit dem Klassenlehrer von Felix. Einigt sich darauf, dass Felix bis auf Weiteres, zumindest bis zu diesem vereinbarten Gespräch, nicht zur Schule kommen wird.

Eigentlich müsste er auch die Polizei verständigen. Da hat er heute ja sowieso eine Verabredung.

Er weckt Felix.

»Komm, wir frühstücken heute bei Jacques. Du hast schulfrei!«

Fabian beginnt fast jeden Tag an einem der kleinen Tische vor dem Bistro ›Tour du Monde‹, die auf der Pier nur wenige Meter vom Bug seines Schiffes entfernt stehen. Allerdings auf der anderen Straßenseite, und das ist wie am anderen Ufer eines Flusses. Autos, Lieferwagen, Mopeds fahren in einem endlosen Strom vorbei. Hupen und stinken, doch für ihn gehört das mit zu dem großen Theaterstück, das sich tagtäglich rund um den Hafen abspielt und welches er tatsächlich ganz gerne mag. Solange er nur seinen Café bekommt oder – falls es schon später am Tag ist – einen Kir oder Rosé und alles ungestört betrachten kann, während er gemütlich in der Sonne sitzt.

So am Hafen sitzen, die Wärme der Sonne im Gesicht genießen und seinen Gedanken in aller Ruhe nachspüren, das ist für Fabian der ideale und, meist, auch normale Tagesbeginn.

Heute ist alles anders, nun sitzt er hier mit Felix und bestellt Orangensaft und Croissants, Butter und Marmelade. Ein Spatz hüpft auf ihrem Tisch herum. Völlig unbeeindruckt von den beiden beäugt er das Frühstück aus schwarzen Knopfaugen und flattert schließlich davon. Dreht eine Kurve und landet auf dem Nebentisch.

»Ganz schön zutraulich«, findet Felix. »Der hat jedenfalls keine Angst vor uns!«

»Vielleicht aber auch doch«, sagt Fabian. »Angst zu haben ist wichtig.«

»Wie meinst du das?«

»Nur wer Angst hat, kann sie überwinden. Anders gesagt: Nur wer Angst hat, kann auch mutig sein!«

»Ach so«, meint Felix und schaut auf den Hafen hinaus.

Die beiden genießen ihr Frühstück, bis Fabian aufbrechen muss: »Ich muss zu diesem Kommissar. Ich hoffe, dass es nicht lange dauern wird. Du gehst an Bord und bleibst solange da, bis ich wiederkomme, okay?«

»Ist gut.«

Die Polizei sitzt in einem großen, modernen Eckhaus ein paar Minuten zu Fuß in die Stadt hinein, auf der anderen Seite der Voie Rapide, der Schnellstraße nach Antibes, die wie eine Schneise quer durch Cannes geschlagen ist und die

Stadt in zwei Hälften teilt. Auf dem Weg dorthin überlegt Fabian, was die Polizei wohl von ihm will.

Dazu fällt ihm aber rein gar nichts ein.

Und als er dort ist, hat er noch reichlich Gelegenheit, weiter darüber nachzudenken.

Auf einem Flur mit ein paar Stühlen lässt man ihn geschlagene zwanzig Minuten lang warten.

Fabian hasst es, zu warten.

Schlecht gelaunt und gehässig mustert er daher das schäbige Büro des Kommissars, als er endlich hereingebeten wird. Es steht im umgekehrten Verhältnis zu der penibel gepflegten Erscheinung des Monsieur le Commissaire Jean Raynaud in seinem schneeweißen, eng sitzenden Hemd mit Manschettenknöpfen. Linoleumfußboden, blassgrün getünchte Wände, halb vertrocknete Zimmerpflanzen. Regale voller Aktenordner, Kunstdrucke von Sonnenuntergängen und Stränden an den Wänden: Das Persönlichste an diesem Büro ist der überquellende Aschenbecher auf dem von Papieren übersäten Schreibtisch. Abgesehen von einem Foto, aufgestellt in einem silbernen Rahmen in einem Regal hinter dem Schreibtisch, welches den Kommissar mit einer, wie Fabian zugeben muss, sehr attraktiven Frau und einem Teenager zeigt.

Aber Fabian beachtet es nicht weiter.

Der Kommissar ist Kettenraucher, ungerührt qualmt er vor sich hin und Fabian ist ziemlich irritiert davon.

Kein Wunder, dass der Aschenbecher schon so überquillt. Ekelhaft.

Irgendwas hat er eben zu Fabian gesagt.

»Ich soll Ihnen helfen können?«, fragt Fabian, verwundert.

Raynaud bläst theatralisch einen Ring aus Rauch in die Luft, betrachtet den zufrieden und lächelt.

»Mais oui. Sie leben hier im Hafen«, an dieser Stelle legt er eine winzige, dramaturgische Pause ein, »an Bord ihres Segelbootes?«

»Ja. Mit meinem Sohn.«

»Seit wann?« Raynaud richtet die Zigarette auf ihn wie eine glühende Kanone.

Fabian überlegt.

Polizeilich angemeldet hat er sich noch nicht.

»Seit etwa zwei Monaten.«

Raynaud lächelt gönnerhaft.

»Eh bien. Und Sie arbeiten … ?«

Fabian wird es heiß. Beim Finanzamt hat er sich auch noch nicht angemeldet.

»Als Gutachter und Übersetzer. Freiberuflich.«

»In maritimen Dingen?«

Schon wieder. Das gleiche hat ihn doch gestern erst diese Catherine gefragt.

»Ja. Für Yachtmakler und nautische Verlage.«

»Sie sind also ein Experte …«

Fabian lehnt sich in seinen unbequemen Holzstuhl zurück.

»In nautischen Belangen, vielleicht.«

»Gut.«

Weil der Aschenbecher schon überquillt, drückt Raynaud seine Kippe gleich auf der Schreibtischplatte daneben aus. Nicht, dass das noch einen Unterschied machen würde. Fabian betrachtet die Sauerei auf dem Schreibtisch mit einer Mischung aus Faszination und Abscheu.

Raynaud aber beugt sich nach vorne und fixiert Fabian aufmerksam.

»Im Hafen von Saint-Raphaël wurde eine Leiche gefunden.«

Fabian blickt Raynaud erwartungsvoll an.

Was hat das mit mir zu tun?

Der kramt in den Papieren auf seinem Schreibtisch.

»Es handelt sich um – Sergio Amaral. Aus Portugal. Ehm, nein, Brasilien. Oder? Ja, er kam zuletzt wohl aus Portugal, war aber Brasilianer ...«

Fabian hat sich verhört.

Oder?

Klopfenden Herzens fragt er nach. »Sergio?«

»Sie kannten ihn.« Es ist eine Feststellung.

»Aber ja!«

Die Lagune von Faro.

In der Algarve hatten sie Monate gemeinsam verbracht, Sergio auf seinem kleinen Holzboot und Fabian, noch mit Julia und Felix, auf ihrer MELODIA.

Gute Zeiten, mit Ausflügen zu den vorgelagerten einsamen Stränden und Grillpartys dort, und einer mehrtägigen Fahrt mit beiden Schiffen den Guadiana hinauf, dem Grenzfluss zwischen Portugal und Spanien ... Raynaud reißt ihn aus seinen Gedanken.

»Er schuldete Ihnen Geld.«

Der Kerl spielt mit seiner Zigarettenschachtel, zündet sich aber keine neue an. Behält Fabian im Auge.

»Geld? Ach, äh, ja, ich denke wohl. Ja, ja. Sergio – wie ist es passiert? Wann? Warum? Was wissen Sie?«

Raynaud mustert Fabian noch immer eindringlich.

»Immerhin 4.000 Euro ...«

Fabian wundert sich, woher der Kommissar von ihrer Beziehung weiß. Es ist paradox, er selbst weiß nicht einmal, dass Sergio in der Nähe ist – oder war. Der Kommissar aber kennt ihrer beider Geschichte ...

»4.000?«

Fabian hat Mühe sich zu erinnern: Sergio brauchte ein neues Großsegel und einiges mehr.

Laut sagt er: »Woher wissen Sie das?«

»Das Geld ist nun wohl weg«, gibt Raynaud zu bedenken.

Sergio ist tot! Scheiß auf das Geld!

»Das scheint Ihnen nicht viel auszumachen. Sind Sie so wohlhabend?«

»Wohlhabend? Gar nicht. Aber – es ist doch nur Geld ...!«

Raynaud schweigt einen Moment, murmelt dann kopfschüttelnd: »Nur Geld. Bien ... « Nimmt sich nun doch eine Zigarette aus der Packung und zündet sie an.

Fabian hat Mühe, seinen aufsteigenden Zorn zu unterdrücken.

»Was, zum Teufel, wissen Sie? Über seinen Tod? Und woher wissen Sie etwas über mich?«

Raynaud blickt ihn durch eine Rauchwolke hindurch an.

»Es ist anscheinend Samstagabend passiert. Der Hafenmeister hat die Leiche gefunden und identifiziert. Die Kollegen haben sein Schiff untersucht. Dabei haben sie auch das Logbuch und andere Unterlagen gelesen. Wussten Sie, dass er zu Ihnen unterwegs war?«

Tränen steigen in Fabian hoch.

Traurigkeit verdrängt den eben noch aufgeflammten Zorn. »Zu mir? Wieso?«

»Können Sie sich das erklären? Seinen Tod, meine ich?«

»Überhaupt nicht. Ich dachte, er sei noch in der Karibik.«

»Er hat Ihnen also nichts über seine Pläne mitgeteilt?«

»Wie ist es denn passiert? Sein Unfall in Saint-Raphaël, meine ich?«

»Das, Monsieur Timpe, würden wir ganz gerne herausfinden. Wie es aussieht, war es nicht unbedingt ein Unfall.«

Fabian schluckt.

»Nein?«

Raynaud pafft noch ein paar Züge, drückt dann auch diese Kippe auf dem Schreibtisch aus.

Dann fragt er: »Wo waren Sie, Samstagabend?«

Fabian starrt ihn an, klopfenden Herzens.

»Wie bitte?«

»Wo waren Sie?«, wiederholt Raynaud seine Frage.

»Sergio war mein Freund! Wir haben uns in Portugal kennen gelernt, sind dann nacheinander über den Atlantik gesegelt, haben uns in der Karibik wieder getroffen …«

»Monsieur Timpe. Eine ganz einfache Frage. Wo waren Sie Samstagabend?«

Traurig schüttelt Fabian seinen Kopf.

»An Bord.«

»Alleine?«

»Mit meinem Sohn.«

»In Cannes?«

»Nein. Port-Cros.«

»Hm. Das lässt sich überprüfen.«

Fabian nickt, fragt sich aber, wie.

Sie haben geankert, wie immer, vor der kleinen Insel.

Ohne sich beim Hafenmeister oder sonstwo anzumelden.

Raynaud erhebt sich umständlich, beide Hände flach auf der Kunststoffplatte seines Schreibtisches.

»Ich muss Sie bitten, Cannes bis auf weiteres nicht zu verlassen.«

»Wie bitte?«

»Ja. Falls doch, müssen Sie sich bitte vorher bei uns hier im Kommissariat abmelden.«

»Das meinen Sie nicht im Ernst!«

»Natürlich, doch. Es ist eine ernste Angelegenheit. Sie hören von mir!«

Raynaud reicht Fabian über den Schreibtisch hinweg eine Hand. Fabian steht auf, blickt Raynaud kurz an und dreht sich um, ignoriert die ausgestreckte Hand.

Das schäbige Büro erscheint ihm nur noch deprimierend und bedrohlich.

Er kann nicht schnell genug hinauskommen, in den Wind und an die helle Sonne.

***

Catherine Fleury steht etwas verloren im Eingangsbereich des Centre Hospitalier Intercommunal Frejus-Saint-Raphaël. Das Krankenhaus ist riesig und sehr betriebsam. Dies könnte auch das Foyer eines modernen Kongresszentrums sein. Bodentiefe Fensterfronten lassen das Licht in die Halle strömen. Menschen laufen eilig hin und her, die Schritte hallen auf dem Boden: klack, klack, klack.

Nach einem Moment entdeckt Catherine eine Infotheke, eine Art Empfang, falls man das hier so nennt.

Sie erkundigt sich nach Walter Lang.

Es dauert eine Weile, bis die ältere Dame hinter dem Tresen den Namen in ihrem Computer gefunden, auf der Station angerufen und mit jemandem dort gesprochen hat.

»Tut mir leid«, erklärt sie dann. »Sein Zustand ist zwar einigermaßen stabil, aber er ist noch sehr schwach. Vielleicht sollten sie ein anderes Mal …«

»Bitte, Madame!«, fleht Catherine. »Ich muss ihn sehen! Es ist wichtig!«

»Sind sie … gehören Sie zur Familie?«

»Nein, nicht direkt. Aber er hat auch gar keine Familie mehr. Ich bin …«

Die Dame lächelt und nickt freundlich. Und als ob sie Catherine eine Peinlichkeit ersparen möchte, unterbricht sie: »Schon gut. Bleiben sie nicht zu lange. Ich rufe noch einmal auf der Station an.«

Catherine weiß nicht, wie sie darauf reagieren soll. Entscheidet sich dann dafür, nichts weiter zu sagen.

Umständlich und ausführlich beschreibt die Dame ihr den Weg. Hier kann man sich aber auch wirklich glatt verlaufen, denkt Catherine, und niemand beachtet sie, wie sie die endlosen Gänge entlanggeht.

Endlich hat sie das Zimmer von Lang gefunden.

Catherine klopft an, zaghaft zuerst, doch als sich hinter der Tür nichts regt, klopft sie noch einmal, diesmal energischer. Wieder nichts. Vorsichtig schiebt sie die Tür einen Spalt weit auf, eine breite schwere Krankenhaustür, durch die auch die Betten passen. Ein solches Bett steht vorm Fenster, unter der schneeweißen Decke liegt jemand.

Catherine tritt ganz ein, schließt die Tür hinter sich.

Der Jemand bewegt seinen Kopf, langsam, mühevoll. Schläuche hängen aus seiner Nase und führen zu einem Gerät am Kopfende, weitere Schläuche hängen an einem Tropf und verschwinden unter einer dicken Bandage am Arm. Walter Lang sieht nicht gut aus, ganz und gar nicht. Doch als er Catherine erkennt, versucht er ein Lächeln.

»Catherine, mein Mädchen«, flüstert er.

Catherine lächelt zurück, auch wenn sie bestürzt ist über seinen Zustand. Er darf sie so nennen, er hat sie vor zwei Jahren quasi unter seine Fittiche genommen und dafür gesorgt, dass sie die Leitung des für die Versicherung sehr wichtigen Mittelmeer-Büros übertragen bekam. Und danach hat er ihr, wann immer es nötig war, geholfen, wo er nur konnte. Es bricht ihr fast das Herz, ihn hier so hilflos liegen zu sehen.

»Walter – mein Gott! Wie geht es dir?«

»Ich werde es überleben.« Nach einer kleinen Pause dann: »Vielleicht. Ich habe Hoffnung!« Wieder versucht er zu lächeln, aber er verzieht nur den Mund und es sieht aus, als habe er Schmerzen.

»Wie ist es bloß passiert, Walter?«

»Auf der Corniche. Kurve.« Catherine schaut ihn an, wartet ab, kann ihn kaum verstehen, so leise spricht er.

»Mein Telefon klingelt. Laster kommt in der Kurve von vorne.«

»Oh Gott!« Catherine legt die Hand vor den Mund.

Walter flüstert weiter.

»Keine Kontrolle, ich schleudere gegen den Laster. Peng. Ab in den Graben. Perdu!«

Catherine stockt der Atem.

»Kann – kann es sein, dass ich es war?«

Walter flüstert, nach längerer Pause: »Was?«

»Ich wollte dich anrufen. Wegen der verschwundenen Yacht. Es klingelte ein paar Mal, dann war das Telefon aus. Nichts mehr …!

Walter seufzt.

»Kann sein. Oder nicht. Spielt keine Rolle.«

»Aber, wenn ich es war …!«

Lang dreht den Kopf zur Seite, weg von Catherine. Und wieder zurück. Sehr langsam, wie eine uralte Schildkröte.

»Ach, Walter! Wäre das doch nie passiert!«

Walter hat die Augen geschlossen und sagt nichts.

Eine Weile schweigen beide. Catherine sieht sich im Zimmer um. Es ist angenehm groß und hell, das Bett steht wie eine Insel mitten im Raum. Ein Fernseher hängt von der Decke und der Blick aus dem Fenster geht hinaus in einen kleinen Park mit gelblich vertrocknetem Rasen und ein paar Palmen. An der Wand gegenüber gibt es einen Waschtisch und einen Kleiderschrank. Sauber ist es und angenehm, aber auch gänzlich unpersönlich. Catherine denkt an die Dame vom Empfang. Nein, Walter hat wirklich keine Familie mehr. Doch, eine Tochter, irgendwo in Deutschland. Von ihr hat er mal erzählt. Sie habe ihm niemals verziehen, erzählte er, dass er sich von ihrer Mutter getrennt habe, und den Kontakt zu ihm abgebrochen. Vor vielen Jahren schon.

Catherine atmet tief ein.

»Was ich dich noch fragen wollte …«

Walter dreht den Kopf und sieht sie an. Müde.

»Weißt du etwas über die verschwundene Yacht? Hamburg hat schon angerufen und die wollen wissen, was damit los ist. Es geht um eine größere Summe. Fast eine Million!«

Walter schließt die Augen.

Murmelt leise: »Noch eine!«

Catherine ist irritiert.

»Was meinst du? Aber du weißt doch von dem Fall?«

Walter schweigt. Schweiß perlt auf seiner Stirn, die Finger seiner rechten Hand arbeiten. »Nein«, flüstert er.

Pause.

Dann: »Doch. Ich weiß es.«

Jetzt keucht er, hechelt, als würde er keine Luft bekommen. Ein Gerät neben seinem Bett beginnt schrill zu piepen. In Panik greift Catherine zum Klingelknopf an seinem Kopfende und drückt. Einmal, zweimal, dreimal.

Walter hat die Augen aufgerissen. Verzweifelt.

»Ich – muss – dir – was sagen«, röchelt er, sehr leise. Catherine ist zu aufgeregt, um ihn zu verstehen.

Die Tür fliegt auf, zwei Krankenschwestern stürmen herein.

»Was ist hier los?«, fragt die ältere. Erfasst die Situation scheinbar mit einem Blick, macht sich an den Geräten zu schaffen und sagt zu ihrer jüngeren Kollegin: »Der Stationsarzt. Schnell!«

Walter versucht die Aufmerksamkeit von Catherine zu kriegen, aber er hat jetzt keine Chance mehr. Die Schwester herrscht sie an: »Und Sie? Was machen Sie hier?«

Empört setzt Catherine sich zur Wehr.

»Ich? Nichts! Ich habe ihn besucht!«

Aber da kommt auch schon der Arzt.

»Sie müssen jetzt gehen«, sagt er zu ihr, nicht unfreundlich, während er sich schon um Walter kümmert, ihm eine Spritze setzt. »Er braucht so dringend Ruhe und darf sich nicht aufregen.«

Walter aber versucht immer noch, Catherines Blick zu fangen. Hebt die Hand, will nach ihr greifen. Schafft es nicht.

»Komm bald wieder«, flüstert er. »Versprich mir ...« Dann fällt sein Kopf zur Seite. Immerhin scheint er nun ruhig zu atmen. Catherine verlässt das Zimmer. Ganz still. Und sehr traurig.

Und ganz plötzlich muss sie an ihren Vater denken. Ein anderes Hospital, ein anderes Krankenzimmer, nicht so hell und groß und ruhig wie das von Walter.

Papa! Wo bist du jetzt?

Sie war noch ein kleines Mädchen, als sie ihn zum allerletzten Mal sah. In diesem grässlichen Krankenhaus in einem Vorort, weit draußen vor Paris. Metallbetten, vier Stück nebeneinander, in einem winzigen, dunklen Raum. Durch Vorhänge voneinander getrennt. Dann sie beide, an seinem Bett.

Ihre Mutter, weinend.

Ihr Vater, der aussah wie ein Gespenst. Mager, hohlwangig, mit fiebrig glänzenden Augen.

Sie wollte es damals nicht, so wollte sie ihn nicht noch einmal sehen.

Sie hasste ihre Mutter jahrelang dafür, dass sie noch einmal mit ins Krankenhaus hatte kommen müssen. Catherine hätte sich ihren Vater in ihrer Erinnerung lieber so bewahrt, wie sie ihn gekannt und geliebt hatte, bevor diese Krankheit ihn dahinraffte. Lebensfroh, stark, übermütig.

Und nun lag er da, hilflos, ein Häufchen Elend.

Ein schreckliches Bild, das alle anderen, früheren überlagerte, verblassen ließ.

Es war so furchtbar gewesen. Und nun liegt Walter genauso da. Zwar in einem modernen, hellen Zimmer, aber ebenso hilflos.

Und sie, Catherine, fühlt sich wieder einmal komplett machtlos. Tränen laufen über ihre Wangen.

Sie blinzelt in die Sonne.

Sei stark, mein Mädchen, flüstert sie sich zu.

Die letzten Worte, die ihr sterbender Vater ihr zugeflüstert hatte.

»Sei stark, mein Mädchen, du schaffst es!«

Und ich werde es schaffen, sagt Catherine sich. Draußen, in der hellen Sonne vor dem Krankenhaus. Um ihre Gedanken zu ordnen, spaziert sie durch den frisch duftenden Palmengarten.

Der alte Breuer soll sich nur nicht so aufplustern, ich werde den Fall schon geregelt bekommen.

Ob allerdings dieser Fabian Timpe ihr eine wirkliche Hilfe sein wird, bezweifelt sie. Na ja, den wird sie sich nochmal genauer anschauen. Heute Abend.

Interessant scheint er ja zu sein, als Mann. So alleine auf seinem Segelboot. Ein Nomade?

Statt sich weiter auf ihren Fall konzentrieren zu können, schweifen ihre Gedanken ab. Das hätte ihrem Vater auch gefallen können. Ein Leben an Bord.

Plötzlich ist alles wieder da. Die Familienurlaube am Meer. Ihr Vater, der ihr in einer kleinen Jolle das Segeln beibringt. Aber damit auch noch so viel mehr. Einen Bezug zur Natur, vor allem aber zum Meer. Das viele Leben im Wasser! Wie lebendig er davon erzählt hat. Und von den fremden, exotischen Inseln und Küsten jenseits dieses kleinen, sichtbaren Stück Meeres.

Und jetzt ist sie hier in Cannes.

In einem Versicherungsbüro.

Catherine seufzt.

Immerhin hat sie den Laden im Griff. Bis jetzt, jedenfalls.

Gut, denkt sie. Das hier wird sie auch schaffen und dann wieder etwas stärker daraus hervorgehen. Während sie noch an ihren Vater denkt, nimmt sie sich das fest vor. Und er hilft ihr dabei. Obwohl er doch schon so lange tot ist und viel zu früh starb, hat sie doch immer das tröstliche Gefühl, dass er sie niemals verlassen hat.

»Ich mach das schon, Papa«, flüstert sie.

An diesem Vormittag machen sie sich in Hamburg so ihre eigenen Gedanken um den Fall. Bruno Bartels sitzt wieder bei seinem Chef. Der ist mit sich zufrieden. »Die Fleury hat wenigstens gespurt. Den Timpe hat sie sich gleich gestern noch geangelt!«

»Ich weiß«, sagt Bruno trocken. »Mir hat sie auch gemailt. 500 Euro Tagessatz kriegt der jetzt von uns.«

Breuer klappt die Kinnlade runter. »Was? Ist die wahnsinnig? Warum hat sie mir das nicht gesagt?«

Bruno grinst. »Das kann ich mir komischerweise denken. Aber sicher wollte Catherine Sie auch nicht mit solch alltäglichen Lappalien aufhalten ...«

»Lappalien! Ich bitte Sie!«

Er greift schon zum Telefonhörer.

»Wie auch immer. Umsonst arbeitet heute niemand mehr«, wendet Bruno ein. Denkt dabei, dass er selbst eigentlich auch mal etwas besser bezahlt werden könnte. Doch Gehaltsverhandlungen müssen jetzt warten.

Breuer nickt. Legt den Hörer wieder zurück.

»Wenn es denn zum Erfolg führt!«

»Na, sie wird uns ja wohl regelmäßig berichten.«

Das ist das Stichwort für Breuer, Catherine Fleury doch anzurufen. Er bekommt aber nur diesen Mitarbeiter von ihr, diesen Franck Dupont, ans Telefon. Der berichtet, dass Madame Fleury diesen Vormittag nicht erreichbar sei. Nein, er wisse nicht, wo sie sei. Und im Fall der verschwundenen Yacht seien sie auch noch nicht wirklich weitergekommen. Aber er könne ihn gerne weiter auf dem Laufenden halten.

Angewidert legt Breuer auf.

»Sie ist nicht da. Dieser junge Kerl da in ihrem Büro. Unangenehm. Sein Ehrgeiz ist deutlich größer als sein Verstand!«

Bruno nickt. Das Gefühl hatte er auch schon.

Breuer stellt die Ellenbogen auf seine Stuhllehnen und legt die Fingerspitzen aneinander. »Also. Ich denke, wir sollten sie von hier aus etwas begleiten.«

Bruno wartet ab.

»Sie wissen schon. Unser Büro in Cannes mal etwas mehr im Auge behalten. Genauer nachfragen, was da so passiert. Und von hier aus recherchieren.«

»Von hier recherchieren?« Bruno hat ein ungutes Gefühl, er ahnt, was kommt.

»Zum Beispiel alle ähnlichen Fälle aus Südfrankreich der letzten zwei, drei Jahre noch einmal ganz genau durchsehen. Vielleicht fällt uns dabei etwas auf!«

Bruno nickt. Eine Scheißarbeit, die da wieder an ihm kleben bleiben wird. Vielleicht kann er das an diesen Dupont delegieren? Immerhin, die entsprechenden Akten befinden sich ja ohnehin alle in Cannes. Aber das muss er zugeben: Breuer liegt mit seinem Gefühl selten daneben.

Fabian ist erleichtert, als er aus dem Polizeigebäude hinaus in die helle Sonne tritt. Kurz bleibt er stehen, schließt die Augen, lässt sich von der Sonne wärmen, während der Autoverkehr auf der vierspurigen Schnellstraße direkt vor ihm vorbeibrandet. Es ist, als würde er wieder in das normale Leben zurückkehren. Das allerdings gerade überhaupt nicht mehr so normal ist. Ohne Sergio. Womöglich bald ohne sein Schiff.

Und Felix? Wird der wirklich bei ihm bleiben können?

Energisch schüttelt er seinen Kopf. Er muss sich um Felix kümmern. Und um seinen neuen Job. Nur so kann er sein Schiff retten.

Schnell läuft er zum Hafen hinunter. An Bord bereitet er ein einfaches Lunch für sich und Felix zu. Erleichtert bemerkt Fabian, dass es Felix schon wieder sehr viel besser geht. Von Sergios Tod allerdings will er ihm noch nicht erzählen. Das wäre dann wohl doch etwas viel auf einmal.

»Meinst du, du kannst morgen wieder zur Schule?«, fragt Fabian seinen Sohn und schaut ihn an.

»Klar, warum nicht.« Felix zögert. »Aber vor denen, du weißt schon, da habe ich schon noch Angst!«

»Kann ich verstehen«, meint Fabian. »Aber die sind zwei Klassen über dir, oder?«

Felix nickt.

»Der Direktor hat mir heute Morgen am Telefon versprochen, sich um die zu kümmern, er glaubt zu wissen, wer es ist. Ach, verflixt, wenn wir doch nur deine Fotos hätten! Hat Mike die Kamera schon zur Reparatur gebracht?«

»Weiß nicht«, sagt Felix. »Ich hab nichts von ihm gehört.«

Felix zögert. »Ich mag Mike doch. Der tut mir doch nichts? Wegen ihm machen die mich immer so fertig!«

»Felix. Mike ist unser Freund! Ein sehr guter Freund, der würde alles für uns, für dich, tun.« Diese kleinen Schweine.

»Er ist ein prima Kumpel! Er nimmt dich mit aufs Wasser raus, bringt dir das Fotografieren bei. Und er würde alles tun, um dich zu beschützen. Das hast du doch gesehen!«

Felix nickt.

»Weißt du«, sagt Fabian, »er hat doch keine Kinder. Und ich glaube, er liebt dich fast so wie einen eigenen Sohn. Fast so sehr, wie ich dich liebe!«

Felix nickt wieder, schmiegt sich an Fabian.

»Also, morgen. In den Pausen wollen sie in der Schule jedenfalls ganz besonders auf dich achtgeben. Und am besten ist wohl, du bleibst immer in größeren Gruppen von deinen eigenen Mitschülern!«

»Ja …«

»Und noch was. Ich bringe dich hin und hole dich ab. Den Schulweg musst du erstmal nicht mehr alleine machen!«

»Echt? Das ist klasse!«

Felix scheint wirklich sehr erleichtert zu sein und endlich guckt er auch wieder etwas froher.

Fabian spürt etwas wie ein Stich im Herz. Hoffentlich schaffe ich es, dieses Versprechen einzuhalten und werde nicht vom Job davon abgehalten. Aber ich muss!

Bald darauf betritt Fabian das Büro von Catherine.

»Bonjour, Chef, melde mich zum Dienst!«

Catherine schaut ihn an.

Fabian kann ihren Blick nicht deuten.

Kühl?

Genervt?

Ruhig und betont sachlich sagt sie zu ihm: »Es geht um eine Segelyacht vom Typ Stockholm 65. Schwedische Nobelwerft. Dieses Exemplar ist vor einiger Zeit verschwunden, vom Liegeplatz in Saint-Raphaël. Spurlos, bis jetzt.«

Fabian hat sich in einen Stuhl vor ihrem Schreibtisch gesetzt, sie lehnt davor, Beine gekreuzt und Po an der Tischkante. Ein weißes Funktionsmöbel, seelenlos, wie das ganze Büro.

Komisch. Fabian hatte erwartet, dass Catherine, als Frau, ihr Büro etwas heimeliger eingerichtet hätte, mit irgendeinem persönlichen Touch, liebevoll. Aber das hier? Sieht aus, als wäre sie auf der Durchreise. Quasi ein provisorisches Büro, zwar sehr zweckmäßig, aber eben ohne Seele. Offensichtlich hält sie sich hier nicht länger und nicht öfter auf, als wirklich nötig.

Und es gibt auch kein gerahmtes Familienfoto – Mann, Kind, Hund, so etwas.

Ein warmes Gefühl durchströmt ihn. Kurz fühlt er sich ganz und gar zu ihr hingezogen – ist sie mir am Ende vielleicht sogar ein wenig ähnlich?

Sieht sie an.

Nein, hier ist kein Raum für romantische Anwandlungen.

Schnell und präzise doziert sie die Fakten.

Fabian fragt sich, ob er sich nicht lieber Notizen machen

sollte. Kommt sich vor wie ein Student in einer Vorlesung. Unbehaglich. Fabian war kein guter Student gewesen, konnte sich schon damals nicht auf kleinteilige Informationen konzentrieren.

Seine Sache ist das Große und Ganze. Wo andere mit exakten Strichen penibel zeichnen, so wie Julia, fällt ihm ausgerechnet jetzt ein, malt er sozusagen lieber mit großzügigen Gesten an einem expressionistischen Stimmungsbild.

Catherine unterbricht seine Gedanken. »Soweit alles klar?«

»Ehm, ja. Gibt es irgendwelche Unterlagen, in die ich mich vertiefen kann?«

»Natürlich. Schiffsdetails, Versicherungsvertrag, Eigner und so weiter. Die Akten stehen drüben bei Franck im Büro.«

Fabian nickt.

»Da ist noch ein freier Schreibtisch, dort kannst du dich ja einrichten. Lies es dir alles in Ruhe durch, dann setzen wir uns zusammen und planen die nächsten Schritte.«

Na toll. Bei Franck im Büro. Wo ich Büros an sich doch schon so liebe. Und dann bei dem!

Dass er und Franck harmonieren wie Austern und Senf, hat sich ja schon gezeigt.

Fabian seufzt und steht auf. Als er dir Tür öffnet, lächelt sie kurz. Aber das kann er nicht sehen.

»Ah, unser neuer Sherlock«, begrüßt Franck ihn. Catherine hat ihn also schon angekündigt.

»Hallo, Watson«, grinst Fabian zurück. »Wie ist denn Ihre Meinung zu unserem Fall?«

Franck schüttelt den Kopf. »Das Schiff ist doch längst hinterm Horizont verschwunden! Ich denke, wir werden einfach zahlen müssen, und ich sehe nicht, was du daran ändern kannst!«

Das weiß ich, leider, auch noch nicht.

»Ist es denn normal, dass ein Schiff einfach so verschwindet?«

»Das kommt schon mal vor, glaub mir. Ich bin schon länger in diesem Geschäft!«

»Aber wer klaut so ein großes Schiff? Das müssen doch Profis sein.«

»Natürlich!«

»Und was machen die damit? Ich meine, doch wohl keinen Urlaub, oder?«

»Quatsch. Transporte. Drogen. Oder auch Menschen, heutzutage. Mal eben nach Afrika rüber und wieder zurück.«

»Dafür wäre ein schnelles Motorboot doch einfacher?«

Franck rollt mit den Augen angesichts dieser Naivität.

»Viel zu auffällig. Aber so ein Segelboot, sozusagen auf Familientörn, das wird kaum beachtet.«

»Hm. Aber dann würde es ja doch noch mal auftauchen, hier?«

»Irgendwo, irgendwann. Bestimmt nicht hier.«

»Aber ihr habt doch die Suchmeldung rausgegebenrausgegeben, sagt Catherine, an alle Hafenmeister rund ums Mittelmeer!«

»Ja. Die einen kümmern sich, die anderen nicht. Und in

Afrika? Geht gar nichts.« Franck grinst plötzlich. »Du kannst ja mal hinfahren und dich dort selbst umhören!«

»Tja, das überlege ich mir nochmal«, meint Fabian. »Kannst du mir mal den Schiffsordner geben?«

»Den Schiffsordner?« Franck zieht die Augenbrauen hoch.

Fabian hingegen verzieht keine Miene.

»Na, die Akte über den Fall. Sowas werdet ihr doch wohl haben?«

Franck zögert, dreht sich dann um, sucht umständlich und zieht endlich einen Aktenordner aus dem Regal hinter seinem Schreibtisch.

Klatscht ihn Fabian auf den Tisch.

»Interne Informationen. Keine Daten für die Öffentlichkeit, natürlich!«

Fabian grinst jetzt.

»Natürlich! Aber ich gehöre ja jetzt zu euch, sozusagen!«

Franck schaut Fabian an, als wäre der ein Mistkäfer. Sagt aber nichts mehr.

Fabian beachtet ihn nicht weiter. Nimmt sich den Ordner vor. Blättert die Seiten durch. Außer einem Werftprospekt gibt es kaum Unterlagen über das Schiff. Als Eigner ist ein gewisser Günther Dollmann angegeben, Immobilienmakler in Saint-Raphaël.

Scheint alles ganz normal, auf den ersten Blick. Aber was ist schon normal in diesem Versicherungsgeschäft, davon kennt er ja nichts. Von Franck hat er ganz bestimmt keine Hilfe zu erwarten.

Interessiert betrachtet er den Schiffsprospekt. Ein ganz schön luxuriöser Kahn, an die 20 Meter lang. Sehr modern, sieht unter Deck aus wie eine Hotellobby.

Sein Geschmack ist das nicht.

Aber das ist jetzt nicht das Thema.

Wie kann ich mich dem Fall annähern?

Erstmal Informationen sammeln. In diesem Ordner ist nicht viel zu finden. Wo also beginnen? Mit dem Eigner. Und vielleicht der Werft.

Beim Nachdenken fühlt er sich von Franck beobachtet. Unangenehm.

Also tippt er die Nummer der Werft in Schweden in sein Handy und geht damit zum Telefonieren vor die Tür.

Hoffentlich gibt es die Werft noch!

Fabian hat Glück, sie existiert noch. Eine weibliche Stimme meldet sich auf Schwedisch, wechselt dann zu Englisch, als Fabian sein Anliegen erklärt. Verbindet ihn weiter, offenbar zum Inhaber oder Manager.

Wieder erklärt Fabian sein Anliegen, der Mann in Schweden ist freundlich, aber auch reserviert. Auskünfte gibt er nicht gerne, schon gar nicht an Fremde am Telefon.

Erst als Fabian ihm noch einmal erklärt, dass es ihm um den Schiffstyp gehe und nicht um den Eigner, wird der Schwede etwas zugänglicher.

»Das Schiff lag in Südfrankreich«, erklärt Fabian. »Baujahr 2001, Baunummer 4.«

»2001, ja, ich kann mich erinnern«, sagt der Schwede. »Ist

ja lange her. Aber das war das erste dieses Typs mit einer Heckterrasse, wie wir das genannt haben.«

»Heckterrasse?« Was es nicht alles gibt!

»Ein verlängertes Heck mit eingebauter Badeplattform. Das haben wir dann übernommen, für die folgenden Schiffe. Diesen speziellen Typ haben wir bis 2009 gebaut.«

»Aber dieses war das erste mit so einem Heck?«

»Soweit ich mich erinnere, ja.«

Immerhin ein Alleinstellungsmerkmal.

Fabian fragt nach weiteren Besonderheiten, wird aber enttäuscht.

In dieser Größe und Preisklasse seien die Yachten alle individualisiert, vor allem bei Ausstattung und Ausrüstung, und damit erklärt ihm der Werftmann etwas, was Fabian an sich schon selbst weiß.

Und Unterlagen über das Schiff?

Die könne er nicht herausgeben, meint der Andere. Und ja, sicher sei es in der Zwischenzeit weiterverkauft worden, das würden sie als Werft natürlich nicht weiterverfolgen oder gar dokumentieren.

Fabian bedankt sich und legt auf.

Viel war hier ja nicht zu holen.

Tja, Sherlock.

Das wird verdammt schwer, die 30.000 zu verdienen.

Mit dem Eigner macht Fabian einen Termin aus. Den möchte er gerne persönlich sprechen, von ihm selbst mehr über das Schiff erfahren.

Als Fabian ihr wenig später berichtet, schlägt Catherine immerhin vor, dass sie sich abends treffen sollten, um sich in Ruhe zu besprechen.

Fabian ist es recht.

Obwohl er dann schon wieder Felix alleine an Bord lassen muss, was ihm leidtut.

Naja. Morgen geht er ja wieder zur Schule.

Natürlich hat Fabian vorgeschlagen, dass sie sich im ›Tour du Monde‹ treffen. Wo auch sonst. Er wartet draußen auf sie und als sie kommt, öffnet Fabian die Tür so schwungvoll, dass er Catherine mit der gleichen Bewegung mit hineinzieht.

»Salut, Fab!« ruft ihm der Mann hinter der Bar zu, winkt dabei fröhlich mit einem Glas, welches er gerade mit einem Tuch poliert.

»N'abend, Jacques!«

Fabian grinst ihn an und sagt: »Weiß, bitte!«

Jacques nickt und Fabian steuert Catherine zu einem kleinen Tisch, der etwas abseits in einer ruhigen Ecke nicht weit von der Bar entfernt steht.

Eine junge Frau mit einem Tablett in der Hand flitzt vorbei, bremst, bleibt vor Fabian stehen. Legt ihm ihre freie Hand um den Nacken, stellte sich auf ihre Zehenspitzen und küsst ihn auf die Wange.

»Kate ...« Bevor Fabian sie vorstellen kann, gibt sie Catherine die Hand und sagte: »Kate. Guten Abend! Wollt ihr auch essen?«

Fabian sieht Catherine an, bestellt dann: »Kleinigkeit zum Wein. Paté oder so. Du machst das schon!«

»Ist gut!« Kate dreht sich um und wirbelt davon.

»Sie ist ja noch sehr jung«, bemerkt Catherine.

»Ja«, meint Fabian, da kommt Jacques an ihren Tisch, mit einer Flasche Weißwein und zwei Gläsern. Schenkt Fabian ein und blickt Catherine fragend an. Sie nickt: »Ja, bitte.« Jacques schenkt auch ihr ein, stellt dann die vor Kälte beschlagene Flasche in einem durchsichtigen Plastikkühler auf den Tisch. »Habt ihr auch Hunger?«, fragt er.

»Kate weiß schon Bescheid!«, sagt Fabian.

»Na dann!« Jacques geht zurück hinter seine Bar.

»Du bist wohl nicht zum ersten Mal hier«, lächelt Catherine.

»Ich? Nein. Cin!« Fabian stößt leicht mit ihr an und nimmt einen Schluck Wein, langsam und genussvoll. Eine Weile trinken sie schweigend, bis Catherine das Gespräch wieder in Gang bringt: »Also. Unser Fall. Schon eine Idee?«

Fabian berichtet ihr von Francks Theorie. »Ja«, sagt sie ungeduldig, »das kenne ich schon. Aber was meinst du?«

»Ich habe mir das Schiff angeschaut, also, den Prospekt in den Unterlagen. Ganz schön luxuriös!«

»Ja. Und?«

In diesem Moment bringt Kate die »Kleinigkeiten« an ihren Tisch. Oliven, Cornichons, dunkelroter Schinken, einen Topf Pastete – »Fasan«, wie Kate bemerkt – und eine kleine Käseplatte. Butter und deftiges Landbrot.

»Bon Appetit!«

»Danke«, sagt Catherine. An Fabian: »Zu unserem Thema ...«

»Ja, also«, meint Fabian und bricht sich ein Stück Brot ab. »Ich finde ja, dieses Schiff passt nicht zu Francks Idee. Es ist doch alles andere als unauffällig. Wer das sein will, klaut irgendein weißes Durchschnittsboot aus Plastik, nicht solch einen Luxuskahn!«

Catherine nickt. »Da ist was dran.«

Kate kommt wieder an ihren Tisch. »Alles gut? Wollt ihr noch etwas trinken, etwas anderes?« Zu Fabian: »Wie war eigentlich eure Sturmfahrt am Wochenende? Ziemlich wild, habe ich gehört?«

Fabian nickt. »Ich bleibe bei weiß.« Zu Catherine: »Du?«

»Ich würde gerne zu Rotwein wechseln«, sagt sie zu Kate, die nickt und wieder davonrauscht, wobei sie fast mit einer Gruppe Jugendlicher zusammenprallt, die in diesem Moment lärmend hereinkommt.

»Hey, pass doch auf!«, fährt einer von ihnen Kate an, aber die lächelt nur und saust weiter, in die Küche.

»Knackarsch!«, ruft er hinter ihr her, halblaut. Kate hat es nicht gehört, wohl aber Fabian. Die Kerle kommen ihm verdammt nochmal bekannt vor.

»Sturmfahrt?« Catherine hat nichts von dem Zwischenfall

bemerkt, sie sitzt mit dem Rücken zur Bar. Fabian wendet sich wieder ihr zu. »Es war der Rückweg von Port-Cros, ich war mit Felix unterwegs, meinem Sohn. Fürs Wochenende, das machen wir manchmal. Die Rücktour am Sonntag war ziemlich ruppig ...«

Kate kommt mit dem Rotwein, schenkt Catherine ein und lacht. »Ruppig? Ihr seid doch fast abgesoffen!«

Fabian lächelt ergeben und bevor Catherine wieder nachfragt, sagt er: »Wir hatten Wasser im Schiff. Ziemlich viel. Sie ist müde, die gute Alte, sie müsste dringend mal renoviert werden!«

»Es ist ein so schönes Schiff«, meint Catherine.

»Ja. Und etwas ganz Besonderes. Hast du mal was von Vito Dumas gehört?«

Als sie den Kopf schüttelt, beginnt er zu erzählen. Vito Dumas, der segelnde Abenteurer und Lebenskünstler, der als erster überhaupt alleine um alle drei großen Kaps um die Welt gesegelt sei. Im Südmeer, um das Kap der Guten Hoffnung in Südafrika, das Kap Leeuwin in Australien und, natürlich, Kap Hoorn in Südamerika. Und das mitten im Zweiten Weltkrieg, 1942 und 1943. Mit einem, na klar, Holzschiff. Der gleiche Konstrukteur, der auch MELODIA entworfen hat. Der gleiche Schiffstyp. Eigentlich ein Schwesterschiff.

Catherine schaut ihn an und lächelt ob seiner schon fast kindlichen Begeisterung. »Dann könntest du mit deiner MELODIA ja genau die gleiche Reise segeln ...«

»Klar!«, sagt Fabian, ohne zu zögern und ohne die leise

Ironie in ihren Worten zu spüren. Erzählt weiter von Dumas' Heldentaten, damals, ohne moderne Ausrüstung, mit Wollpullover statt Thermounterwäsche und Sextant statt GPS.

Er könnte noch stundenlang davon reden.

Sanft unterbricht sie ihn.

»Und dein Schiff? Du hast es bestimmt schon lange, oder?«

»Mein Zuhause seit vielen Jahren!«

»Und weit gesegelt?«

»Mhm, wie man es nimmt. Erstmal nur bis in die Karibik.«

Catherine lacht. »Nur in die Karibik! Und dann?«

»Eigentlich wollte ich mit Felix und seiner Mutter um die Welt segeln. Vor allem in die Südsee.«

Catherine nimmt einen Schluck Wein und sieht ihn an. »Das habt ihr dann aber nicht getan?«

»Nein. Verdammt, was ist denn da los?«

An der Bar wird geflucht, die Jugendlichen bestellen lautstark und übermütig Drinks bei Jacques, dem das gar nicht passt. Statt ihnen die Getränke zu servieren, hebt er die Augenbrauen und sagt: »So redet man nicht mit mir, in meinem Lokal schon gar nicht!« Andere Gäste blicken nun auch auf, dann beruhigen sich die Jungs an der Bar.

Jacques nickt und schiebt ihnen ein paar Gläser zu.

Fabian schüttelt den Kopf.

Diese verfluchten Halbstarken. Wenn das nur nicht die gleichen sind ... aber ich habe sie nur in der Dämmerung und aus ziemlicher Entfernung gesehen. Es ist mehr ein Gefühl, aber ein sehr ungutes.

»Warum seid ihr nicht weitergesegelt?«

»Ach«, die kleine Szene an der Bar hat ihn irritiert, nun ist er in Gedanken bei den Jugendlichen. »Mein Vater starb und deshalb sind wir zurückgesegelt. Julia wollte wieder nach Hamburg, ich nicht, nun bin ich hier mit Felix. Der möchte lieber bei mir an Bord bleiben.«

»Und die Südsee muss warten …«

Nachdenklich nickt Fabian. Die Frau hat ja doch was … »Ja. So ist es.« Träumerisch fügt er hinzu: »Aber sie lockt mich. Verführt mich. Singt in mir. – Hörst du?«

»Was?«

Im Hintergrund läuft leise Musik. Und wie immer sind es französische Chansons. Jacques Lieblinge, sozusagen.

Fabian lächelt. »Die Musik. Brel.«

Catherine: »Tatsächlich. Jacques Brel …«

»Er war auch Segler, weißt du? Auf dem Höhepunkt seines Ruhms hat er alles hingeschmissen. Und ist – na?«

»Wenn du so fragst, dann ist er wohl in die Südsee gesegelt.«

»Und hat dort auf einer Insel gelebt. Glücklich. Wo er dann auch gestorben ist.«

»Wirklich?«

Fabian nickt. »Die Südsee zieht Leute wie uns geradezu magnetisch an.«

Catherine schaut ihn an, interessiert. Nachdenklich.

»Leute wie euch?«

»Träumer. Abenteurer. Piraten!«

»Künstler ...«, fügt sie hinzu.

Fabian nickt. Schiebt die Teller beiseite. Ballt die Hände zu Fäusten und legt sie mit den Handrücken nach oben vor sie auf den Tisch.

BORN ON A PIRATE SHIP.

Ganz sachte fährt sie mit einem Finger auf seinem Handrücken entlang. »Ist mir schon aufgefallen. Wann hast du dir das machen lassen?«

Fabian genießt die sanfte Berührung. »Vor vielen Jahren schon. Als ich mich dazu entschlossen habe, an Bord und auf dem Meer zu leben ...«

Ihr Finger bleibt auf seiner Hand liegen. Gerade da gibt es Streit an der Bar. Jacques steht mit verschränkten Armen hinter seinem Tresen, die Jungs verlangen lautstark nach weiteren Getränken, die er ihnen ganz offenbar nicht mehr verkaufen wird.

»Nun mach uns schon die Drinks!«, ruft einer, während die anderen ihre Scherze machen und miteinander rangeln. Kate kommt, mit einem Tablett voller Teller und Schüsseln, aus der Küche und an der Bar vorbei. Eine Baseballmütze geht zu Boden, einer von ihnen tritt einen Schritt zurück, um sie aufzuheben. Kate schreit, Jacques reißt entsetzt die Augen auf – der Kerl ist mit ihr zusammengeprallt und das Tablett, mit allem Drum und Dran, ist laut scheppernd zu Boden gegangen. Scherben schwimmen im Essen, Suppe ist ihnen bis auf die Hosenbeine gespritzt. Kate steht reglos, die Hände vorm Gesicht, Tränen in den Augen.

»Pass doch auf, du blöde Schlampe!«, herrscht der Junge sie an, ein anderer lacht und sagt: »Nun guckt euch die blöde Kuh an, jetzt heult sie auch noch!«

Bebend vor Zorn ist Fabian überraschend schnell aufgesprungen und bei den Jungs. »Raus! Sofort raus hier, ihr kleinen Arschlöcher!«, brüllt er sie an und nimmt die zitternde Kate in den Arm.

»Was willst du denn, Opa?« murmelt einer. Fabian dreht sich zu ihm – zack, hat der Junge eine schallende Ohrfeige weg. Überrascht hebt der die Hand zu seiner brennenden Wange. »Heh, was soll das!«

»Moment mal«, ruft der älteste von ihnen. »Das bringe ich zur Anzeige!«

Drohend wendet Fabian sich ihm zu. »Ich habe gesagt, dass ihr zu verschwinden habt. Jetzt. Bevor noch mehr passiert!«

Provozierend ruhig hebt der Lümmel seine Augenbrauen.

»Ja, vielleicht ist es besser – bevor tatsächlich noch mehr passiert … Halt! Nein!«, ruft er und Fabian dreht sich um, gerade noch sieht er wie einer der Jungs seine geballte Faust hinter ihm wieder sinken lässt. Mit der er offenbar gerade auf ihn einschlagen wollte.

»Jetzt reicht's!«, sagt Jacques, der um die Bar herumgekommen ist und den Kerl am Handgelenk packt. Doch der jüngere reißt sich los und tritt einen Schritt zurück. Ein anderer drängt Jacques zur Seite, stößt ihn rücklings gegen die Bar. Ein Messer ist in der Hand eines der Jungen aufgetaucht.

»Raus jetzt«, wiederholt Fabian. »Ärger genug gibt es so schon. Pass auf, du da, mit dem Messer kann was passieren, das du sicher bereuen würdest!«

»Ach ja? Passieren schon, bereuen nein, Opa!«

Der Älteste ist offenbar der Anführer der Bande. »Macht keinen Stress, Leute! Das lohnt nicht!«

»Recht so«, sagt Fabian. »Und jetzt raus mit euch! Auf Nimmerwiedersehen!«

Nicht mehr ganz so forsch sagt der Junge: »Sie haben nicht das Recht ...«

»Das habe ich, Bürschchen. Und ich nehme es mir. Und nun ...« Dabei packt Fabian ihn am Kragen und schiebt ihn zur Tür.

»Halt! Fassen Sie mich nicht an!«, kreischt der.

»Lass ihn los!«, hört Fabian eine drohende Stimme in seinem Rücken, doch er ist zu sehr in Rage, um darauf zu reagieren.

Was ein Fehler ist.

Der Schlag an seinem Hinterkopf kracht mit solcher Wucht auf ihn ein, dass er regelrecht Sterne sieht und sich am Türrahmen festhalten muss, um nicht zu Boden zu gehen. Andere Gäste sind aufgesprungen, einer schreit: »Ruf doch einer die Polizei!«

»Schluss jetzt!« Jacques brüllt aus Leibeskräften und es wirkt.

Für eine Sekunde herrscht Ruhe.

Fabian hat die Tür geöffnet und schiebt den Anführer der Bande hinaus.

»Ihr alle lasst euch hier nie wieder sehen! Hausverbot! Klar?«

»Das geht nicht! Sie können uns nicht ...«

Die anderen folgen nach draußen, Jacques baut sich in der Tür auf, so breit er es mit seiner eher schmalen Statur so gerade hinkriegt.

»Ich kann!«, sagt Fabian. »Name?«

»Das wird Ihnen leidtun.«

»Name?« Fabian wird eine Spur lauter. »Oder muss ich wirklich erst die Bullen rufen?«

Der Junge grinst jetzt unverschämt. »Nicht nötig!«

»Also. Name?«

»Paul Raynaud.«

Fabian bleibt die Spucke weg, doch nach einer halben Sekunde hat er sich gefangen. »Wie auch immer. Dich und deine Kumpanen wollen wir hier nie mehr sehen. Klar?«

»Mit dir sind wir noch nicht fertig«, murmelt der Junge. »Noch lange nicht!«

»Hau schon ab«, gibt Fabian, plötzlich müde, zurück.

Immer noch frech grinsend dreht der Junge sich um, aufgeregt redend zieht die Gruppe davon. Fabian und Jacques blicken ihnen einen Moment nach und gehen dann zurück ins ›Tour du Monde‹. Dort ist Kate dabei, die Sauerei vom Boden aufzufegen und zu wischen. Catherine ist vom Tisch aufgestanden und hilft ihr dabei, erntet immer wieder dankbare Blicke von Kate.

»Schenk uns mal einen Cognac ein, Alter«, sagt Fabian zu Jacques. »Alles okay, Kate?«

»Na ja …« Sie steht auf, ebenso Catherine, Jacques fegt die letzten Reste schwungvoll zur Seite. »Geht schon!«

Zusammen stehen sie eine Weile an der Bar. Kate, Catherine, Jacques, Fabian und noch zwei, drei Gäste, die sich dazu gesellen und sich über die Teenager empören. Nach einer Weile kehren Catherine und Fabian an ihren Tisch zurück.

»Tut mir leid«, grinst Fabian. »Kein guter Tag, heute!«

Catherine schaut ihn an.

»Und vielen Dank, dass du Kate geholfen hast«, fügt er hinzu.

»Ist doch selbstverständlich«, sagt Catherine. »Aber du, du hast hier wohl mehr zu sagen als nur irgendein Gast?«

Fabian zögert einen Moment.

»Ach, mir gehört quasi die Hälfte vom Laden!«

»Na so was! Du bist ja wohl immer für eine Überraschung gut!«

Fabian zuckt müde die Schultern. Für heute will er nicht mehr viel reden. Catherine scheint es zu spüren.

»Ich glaube, ich sollte jetzt mal gehen.«

Fabian will ihr ein Küsschen auf die Wange geben. Sie aber dreht ihren Kopf und es wird ein langer und leidenschaftlicher Kuss daraus.

»Gute Nacht. Bis morgen!« Dann ist sie verschwunden.

Mittwoch

Fabian ist unausgeschlafen, wie verkatert, doch vom Wein kann der Brummschädel nicht kommen. Das beschließt er jedenfalls. Muss wohl an dem Schlag liegen, den er abbekommen hat. Oder an allem, was in den letzten zwei Tagen so passiert ist.

    Wahnsinn. Erst säuft mein Schiff ab. Naja, fast. Ich lerne diese Frau, Catherine, kennen. Sie bietet mir einen Job und zumindest die theoretische Möglichkeit, genug Geld zu verdienen, um die MELODIA zu retten. Sergio ist tot und die Polizei glaubt, es sei kein Unfall gewesen. Der arme Felix wird überfallen. Ich muss bei seiner Schule am Ball bleiben, ob die sich wirklich darum kümmern, diese Gang auszuheben. Und mich um den Job kümmern. Von dem ich immer noch keine rechte Vorstellung habe, wie ich den erledigen soll.

    Ihm schmerzt der Schädel noch von gestern.

    Vorsichtig setzt er sich auf. Schwingt die Beine aus der Koje. Stellt die bloßen Füße auf das angenehm glatte Holz des Kabinenfußbodens. Weicht mit dem Kopf einem Sonnenstrahl aus, der sich durch das Bullauge verirrt hat und ihn nun blenden will. Sitzt einen langen Moment einfach da, um zu sich zu kommen.

    Sein Bett ist zerwühlt, aber wenigstens konnte er wieder in seine eigene Kabine einziehen.

Und Felix hat diese Nacht alleine in seiner Koje in der gemütlichen Kammer im Vorschiff geschlafen.

Felix.

Na los, Alter, ermahnt er sich. Selbst Piraten haben manchmal einen Alltag. Sogar Piraten, die überraschend geküsst werden.

Aber jetzt muss Felix in die Schule und diesen Weg wird Fabian ihn bis auf Weiteres nicht mehr alleine gehen lassen.

Bis zur Schule ist es ist ein Fußmarsch von etwa zwanzig Minuten, das meiste davon auch noch bergauf. Ungewohnt für Fabian. Aber es wird mir guttun, redet er sich ein, überlegt aber gleichzeitig, ob sie nicht morgen doch lieber das Auto nehmen sollen.

Am Schultor angekommen, zögert Fabian. Felix ist es auf einmal alles sehr peinlich, schnell läuft er hinein, ohne sich noch einmal umzudrehen. Fabian kann ihn gut verstehen. Ist ja auch blöd für den Jungen, er ist kein Baby mehr und die anderen werden ihn erst recht hochnehmen, wenn sie sehen, dass ich ihn bringe.

Nein, das geht höchstens für ein paar Tage. Bis endlich das Gespräch mit der Schulleitung stattfindet und die, hoffentlich, eine bessere Lösung haben.

Außerdem, das fällt Fabian jetzt wieder ein, will er ja Anzeige erstatten bei der Polizei.

Gegen die Jugendlichen.

Darum hatte ihn der Direktor gebeten, sonst könnten sie keine disziplinarischen Maßnahmen gegen diejenigen ergreifen, die hier zur Schule gehen. Oder jedenfalls nicht die wirklich großen Kaliber auffahren.

Das geht nur, wenn eine Anzeige bei der Polizei vorliegt.

Selbst gegen »Unbekannt«? Na ja. Fabian nimmt sich trotzdem vor, das baldmöglichst zu tun.

***

Weitere zwanzig Minuten später ist er, etwas erschöpft, wieder am Hafen zurück. Wenigstens ging es jetzt bergab. Und wenigstens hat das ›Tour du Monde‹ nun auf. Jacques steht wie immer hinter der Bar und Fabian fragt sich, nicht zum ersten Mal, ob der überhaupt ein Privatleben hat.

Vermutlich nicht.

»Du könntest dir doch gleich ein Feldbett hinterm Tresen aufstellen, mein Alter«, sagt Fabian.

Jacques grinst: »Warum nicht. Ist doch mein Zuhause, hier!«

Macht einen Milchkaffee für Fabian und schiebt ihn über den Tresen.

Fabian greift sich dazu ein Croissant aus dem großen Korb auf der Theke – mhm, noch warm!

Sagt dann zu Jacques: »Ich brauche vermutlich gleich mal das Auto für heute Vormittag. Okay?«

»Ja, geht klar!«

Das Auto ist ein verbeulter Renault-4-Kastenwagen, mit

dem sie für das ›Tour du Monde‹ einkaufen, meist auf dem Markt hier in Le Suquet und bei einem Weingroßhändler auf dem Weg nach Antibes. Fabian benutzt es auch für andere Zwecke, falls er mal ein Auto braucht.

Als er vor einigen Monaten aus der Karibik zurückkam, hatte Jacques ein echtes Geldproblem. Die Kneipe lief zwar gut genug, um den laufenden Betrieb so gerade zu bestreiten, aber nicht gut genug, um Jacques aus seinem finanziellen Loch zu befreien.

Kurzerhand hatte Fabian sich mit seinem letzten Geld beteiligt. Seither ist er ein halb-stiller Teilhaber, der schon mal mit einspringt, wenn es nötig ist, beim Einkaufen oder hinterm Tresen.

Und er teilt sich das Auto mit Jacques.

Aber abgesehen von der Kneipe und dem Auto teilen sie nichts weiter.

Höchstens noch ihre Vorlieben für die gleichen Weine.

Fabian will sich noch ein Croissant greifen, besinnt sich dann und lässt es lieber bleiben – sonst kann ich diesen verdammten Schulweg bald gar nicht mehr laufen!

Er nimmt stattdessen sein Telefon und ruft Catherine in ihrem Büro an.

»Hör mal«, sagt er. »Ich fahre gleich nach Saint-Raphaël, um unseren Yachteigner zu interviewen. Einen Eindruck gewinnen. Seine Meinung hören. Du weißt schon.«

»Ja, ist in Ordnung.«

»Willst du nicht mit?«

»Nein, ich kann nicht. Habe den Tisch voller Arbeit. Aber komm doch vorbei und berichte mir, wenn du zurück bist!«

Schade. Überrascht merkt Fabian, wie enttäuscht er ist, dass sie nicht mit ihm fährt.

***

Fabian findet den R4 in einer der kleinen Gassen der Altstadt geparkt, nicht weit vom ›Tour du Monde‹. Er benutzt seinen speziellen Schleichweg durch die engen Vororte bis zur Autobahnauffahrt von Cannes La Bocca. Trotzdem der Lieferwagen kaum viel mehr als 100 Stundenkilometer schafft, parkt er knapp eine Stunde später im großen Yachthafen von Saint-Raphaël – nicht weit von der Agentur von Dollmann in der kleinen Ladenzeile, die ihm schon beim Vorbeifahren aufgefallen war.

Das Büro liegt zwischen einem Yachtausrüster und einer Charterfirma und Fabian wundert sich, warum man ausgerechnet im Yachthafen eine Immobilienfirma aufmacht – denkt sich aber dann, dass hier vermutlich das beste Publikum zu finden ist.

Ganz anders als er selbst bevorzugen es die meisten Bootsbesitzer eben doch, auf die Dauer eine Immobilie an Land zu bewohnen …

Die Firma von Günter Dollmann ist eine »Agence« wie Tausende andere in Frankreich auch, allerdings vornehmer und größer als viele solcher Maklerbüros. Bilder von teuren Villen hängen im Fenster, die meisten davon mit Pool und Meerblick. Die Agentur ist passend dazu eingerichtet. Fabian versinkt in einem schweren Ledersessel in einer kleinen Loungeecke. Ihm gegenüber Dollmann, auf dem Glastisch zwischen ihnen einige Hochglanzzeitschriften über Immobilien der Gegend und zwei kleine schwarze Cafés.

Dollmann gibt sich smart und lässig, seine Kleidung ist auf diese unnachahmlich südfranzösische Art unübersehbar teuer und dennoch dezent. Im sorgfältig gewellten, graumelierten Haar steckt eine hochgeschobene Sonnenbrille, eine randlose Lesebrille baumelt an einem silbernen Bändchen vor seiner Brust, an den schlanken Fingern trägt er mehrere Ringe. Fabian kann sich diesen Menschen sehr gut auf dem Tennisplatz oder beim Golf vorstellen, nicht aber am Ruder einer Segelyacht.

Im Verlauf des Gesprächs bestätigt sich dieser Eindruck sehr schnell. Dollmann weiß nichts über sein Schiff. Er ist höflich und eloquent wie ein Politiker, und wie ein solcher kann er auch alle Fragen beantworten, ohne etwas inhaltlich Greifbares zu sagen.

Fabian irritiert so etwas und deshalb hakt er immer wieder nach. Je mehr er nach besonderen Merkmalen oder technischen Einzelheiten fragt, desto öfter muss der Immobilienmakler passen.

»Wissen Sie, es ist so, dass ich das Schiff praktisch nicht benutzt habe«, erklärt Dollmann schließlich. »Ich habe es vor einigen Monaten bei einem Deal in Zahlung genommen. Normalerweise mache ich so etwas nicht, aber der Verkauf dieses speziellen Hauses gestaltete sich als schwierig, und da machte ich eine Ausnahme …«

»Warum haben sie das Schiff dann nicht gleich verkauft?«, will Fabian wissen.

»Ja, daran habe ich gedacht, konnte mich aber so schnell noch nicht dazu durchringen …«

»Warum? Die Familie?«

»Nein«, erwidert Dollmann, »ich lebe alleine hier. Meine Kinder sind erwachsen, leben in Deutschland, meine Frau ebenfalls.«

»Ah«, macht Fabian.

»Ich habe mich gefragt ob es nicht doch ganz schön sein könnte, eine Yacht hier im Hafen zu haben …«

»Und? Wie ist das so?«

»Ich hatte bisher einfach noch keine Zeit, mich darum zu kümmern. Und nun ist das Boot weg!«

»Allerdings«, sagt Fabian. »Vielleicht haben die Diebe bemerkt, dass sich niemand so recht darum kümmert, und sich deshalb dieses ausgesucht?«

»Klar!«, lächelt Dollmann. »Das kann sehr gut sein.«

»Wann haben sie denn den Diebstahl bemerkt?«

»Na, als ich die Anzeige bei der Polizei aufgegeben habe, also kurz davor natürlich …«

»Aber könnte es sein, dass das Boot da schon länger weg war und sie es nicht bemerkt haben?«

Dollmann zögert. »Schon. Ja, das könnte sein. Ich war ja nicht jeden Tag dort, nur ab und zu habe ich nach dem Rechten gesehen.«

»Und von hier, also von ihrem Büro aus, konnten sie es nicht sehen?«

»Nein.«

»Wo lag es denn genau?«

»Na, hier im Hafen ...«

»Schon. Aber auf welchem Liegeplatz?«

»Drüben, an der Mole, wo die anderen Yachten dieser Größe auch liegen.«

»Ja«, sagt Fabian, mit einer Spur Ungeduld. »Aber die Nummer des Liegeplatzes haben sie sich doch gemerkt?«

»Nein.« Dollmann ist ganz offenbar überrascht von dieser Idee. »Warum sollte ich? Ich weiß doch, an welcher Stelle es lag ...«

»Haben Sie hier im Büro denn irgendwelche Unterlagen über das Schiff, in denen wir vielleicht nachschauen können?«

»Nein«, sagt Dollmann, »es war alles an Bord.«

»Auch die Schlüssel?«

»Ja, auch die.«

»Verstehe«, sagt Fabian. Das ist nicht ungewöhnlich, viele Yachteigner lassen die Bootsschlüssel an Bord, »verstecken« sie an den immer gleichen Stellen.

In einer der Backskisten im Cockpit, im Ankerkasten oder sogar unter der Sprayhood über dem Niedergang.

Yachten zu klauen ist wirklich ein Kinderspiel. Jedenfalls wenn man sich auskennt ...

»Vielen Dank, Herr Dollmann. Ich habe schon zu viel ihrer Zeit in Anspruch genommen ...« Und meiner eigenen. Ich will zu Jacques! Essen! Trinken!

Nachdenklich verlässt Fabian das Immobilienbüro.

Vielleicht sollte ich noch einmal beim Hafenmeister nachfragen, ob der etwas bemerkt hat, wo ich schon mal hier bin. Dabei stößt Fabian um ein Haar mit einem jungen Mann mit Sonnenbrille und schwarzer Lederjacke zusammen.

»Pass auf«, schimpft der.

»Schon gut«, beschwichtigend hebt Fabian beide Hände mit den Handflächen nach außen, als würde er sich ergeben. Geht dann, zielstrebig diesmal, zum Büro des Hafenmeisters.

Was ihm auch nicht weiterhilft.

Der braungebrannte Mann hinterm Empfang schaut ihn skeptisch an, als Fabian nach der gestohlenen Stockholm 65 fragt.

»Sind Sie von der Polizei?«

»Nein. Aber von der Versicherung der Yacht.«

»So, so«, sagt der Mann im weißen Hemd. »Können Sie sich in irgendeiner Art ausweisen?«

»Nein. Ich habe nur ein paar Fragen ...«

»Sofern Sie nicht von der Polizei sind, gebe ich keine Auskünfte!«

»Können Sie mir denn sagen, wo genau die Yacht gelegen hat?«

»Tut mir leid, Monsieur. Ich habe zu tun. Guten Tag!«

Damit wendet er sich ab. Kopfschüttelnd geht Fabian nach draußen. Überlegt vor der Tür, was er tun soll. Bemerkt irritiert, dass der junge Kerl in der schwarzen Lederjacke an einem der Außentische des Cafés nur wenige Läden neben Dollmanns Agentur sitzt und ihn offenbar beobachtet.

***

Frustriert läuft er ein Stück an der Pier entlang. Schaut auf die vielen Boote, die hier liegen. Plötzlich bleibt er völlig überrascht stehen.

Dieses Schiff kann er aus jeder Entfernung zweifelsfrei erkennen und hier erst recht.

Zwischen all den weißen Plastikbooten sticht es einfach hervor mit seinem roten, leicht angerosteten Stahlrumpf und dem flachen, cremefarben gestrichenen Deck. Und am Heck baumelt, verblichen und zerschlissen, die grün-gelbe Flagge Brasiliens.

Sergios Boot.

Was würde nun daraus werden?

Fabian geht näher heran und sieht, dass der Zugang zu den Stegen wie in fast allen Yachthäfen heutzutage durch Gittertore gesichert ist, die man nur mit einem Code oder einer Zugangskarte öffnen kann. Dann bemerkt er eine Gruppe Segler, die ihr Schiff verlassen und drauf und dran sind, an

Land zu gehen. Fabian schlendert auf das Tor zu und richtet es so ein, dass er gerade dann dort ankommt, als die anderen das Tor öffnen, um hinauszugehen.

»Bonjour!«, sagt Fabian freundlich, hält ihnen das Tor auf, geht hindurch und schließt es hinter sich. Fragen gibt es keine, aber in diesem Fall kommt es ihm zugute, dass er wirklich wie ein Segler aussieht.

Schon steht er vor Sergios Schiff. Zieht es an einer der Achterleinen leicht zu sich heran, steigt an Deck und setzt sich in das Cockpit.

Wie oft er hier schon gesessen hat!

Drüben, auf der anderen Seite des Atlantiks, gemeinsam mit Sergio und Julia und Felix.

Was für ein verrücktes Leben, was für ein beschissenes Schicksal!

Zum ersten Mal seit langem spürt er eine tiefe Dankbarkeit, dass es ihm, trotz der Trennung von Julia und seiner augenblicklichen Probleme, doch sehr gut geht. Fabian schließt die Augen und versucht, eine gedankliche Verbindung zu Sergio herzustellen. Lässt die Sonne auf sein Gesicht scheinen und die Gedanken an den Freund schweifen …

Laute Rufe vom Steg holen ihn grob in die Gegenwart zurück.

»Was machen Sie da auf dem Boot? Kommen Sie sofort da herunter!«

Fabian öffnet die Augen. Bleibt sitzen. Dreht den Kopf und sieht: Zwei Polizisten, offenbar aufgeregt.

»Kommen Sie sofort von dem Schiff herunter!«, ruft der eine wieder.

»Warum?«, fragt Fabian.

»Was machen Sie da?« Die wiederholen sich allmählich.

»Ich sitze hier«, sagt Fabian wahrheitsgemäß.

»Sie haben nicht das Recht dazu, einfach so auf ein fremdes Schiff zu gehen!«

»Dies hier ist das Schiff eines meiner besten Freunde und ich habe in der Tat seit vielen Jahren das Recht dazu«, gibt Fabian zurück.

»Sie können nicht ...«, beginnt der Polizist wütend.

»Waren Sie unter Deck?«, unterbricht der zweite Polizist seinen aufgeregten Kollegen.

Fabian sieht zum Niedergang.

Verschlossen und versiegelt, mit einem Polizei-Tape verklebt obendrein.

»Nein«, sagt Fabian.

»Gut«, meint darauf der etwas ruhigere Polizist. »Sie wissen, dass Ihr Freund nicht mehr lebt?«

»Ja.«

»Ich möchte Sie bitten, kurz mit uns an Land zu kommen. Wir haben ein paar Fragen.«

»Warum? Ich habe jetzt keine Zeit, ich muss zurück nach Cannes ...«

Der Aufgeregte will schon wieder etwas sagen, doch sein Kollege hält ihn zurück. »Es wäre besser so. Sie würden uns helfen. Und es dauert überhaupt nicht lange!«

Fabian zögert einen Moment. Was ist hier eigentlich los? Um das, vielleicht, herauszufinden, sagt er: »Also gut.«

»Danke, Monsieur. Wir fahren kurz auf unsere Wache, dann bringen wir Sie hierher zurück und Sie können nach Cannes fahren.«

Auf der Wache muss Fabian seine Personalien aufgeben. Wird dann in ein Büro geführt, wo ein Mann in Zivil gerade telefoniert.

Mit der freien Hand wedelte der umher, wohl um anzudeuten, dass Fabian in dem einzigen freien Stuhl Platz nehmen soll. Die beiden Polizisten bleiben hinter ihm stehen.

»Ja, Monsieur«, sagt er in das Telefon. »Sein Name?« Blickt Fabian an. »Ihr Name, Monsieur?«

»Timpe.«

»Timpe«, wiederholt er für das Telefon. Sagt einen Moment nichts, nickt, reicht den Hörer an Fabian weiter. »Für sie!«

Verwundert nimmt Fabian den Hörer an.

»Hallo?«, tönt es ihm entgegen. Laut, unangenehm.

»Ja?«

»Timpe? Raynaud hier. Sie erinnern sich. Kommissariat Cannes. Was haben Sie an Bord des Schiffes von Amaral gemacht?«

»Nichts!«

»Wie bitte?«

»Ich habe im Cockpit gesessen und an Sergio gedacht, an die alten Zeiten …«

»Warum sind Sie überhaupt in Saint-Raphaël?«
Fabian kann keinen wirklich klaren Gedanken fassen.
»Ich – also, es geht da um eine gestohlene Yacht ...«
»Wie? Eine gestohlene Yacht? Was haben Sie damit zu tun?«
Lass mich doch mal ausreden!
»Ich bin Gutachter. Die Versicherung hat mich beauftragt, den Fall zu begutachten.«
Kleine Pause.
»Sie untersuchen einen Yachtdiebstahl? Das ist Sache der Polizei!«
Langsam gewinnt Fabian seine Fassung zurück.
»Der Diebstahl ist bei der Polizei angezeigt.«
»Und? Könnte Ihr Freund damit etwas zu tun gehabt haben?«
»Wie? Nein! Natürlich nicht!« Fabian ist ehrlich empört.
»Wir werden sehen. Bitte geben Sie mir schnellstmöglich das Aktenzeichen der Anzeige durch. Und – Sie wissen, dass ich Sie gebeten hatte, Cannes bis auf weiteres nicht zu verlassen!«
»Aber ...«
»Es ist nun zweifelsfrei festgestellt worden, dass Amaral durch den Schlag auf den Kopf gestorben ist. Fremdeinwirkung.«
Fabian weiß nicht, was er dazu sagen soll.
»Eine ernste Sache, Monsieur Timpe. Ich wiederhole meine Bitte daher noch einmal mit aller gebotenen Dringlichkeit.

Bleiben Sie in Cannes, zu unserer Verfügung, oder melden Sie sich vorher ab, falls Sie wirklich unbedingt wegmüssen!«

»Aber – ich habe damit nichts zu tun ...«

»Das sagen Sie. Bleiben Sie in Cannes, hören sie? Andernfalls kann ich Sie auch einsperren lassen!«

Fabian ist ehrlich schockiert.

»Das können Sie nicht!«

»Das kann ich durchaus«, sagt Raynaud kühl. »Für eine Weile immer. Also bleiben Sie kooperativ. In Ihrem eigenen Interesse!«

Es klickt in der Leitung, dann ertönt das Besetztzeichen. Verdattert gibt Fabian den Hörer zurück.

»Danke«, sagt der Mann hinter dem Schreibtisch. »Das war vorerst alles. Meine Leute fahren Sie nun zurück zu Ihrem Wagen. Am Hafen?«

»Ja.«

Fabian versucht immer noch, seine Gedanken zu ordnen. Stellt dann die Frage, die ihn im Hinterkopf schon minutenlang beschäftigt hat. »Warum sind Ihre Polizisten überhaupt zum Schiff gekommen? Ich meine – Leute gehen an Bord von Yachten. Das ist überhaupt nichts Ungewöhnliches ...«

»Es ist immerhin das Schiff einer ermordeten Person. Wir haben die Aufgabe, ein Auge darauf zu halten. Und wir bekamen einen Hinweis, dass jemand an Bord gegangen sei.«

»Einen Hinweis? Vom wem?«

Der Mann hinterm Schreibtisch lächelt.

»Sagen wir, ein Passant.«

»Ein Passant? Und der weiß auch gleich, dass dies das Boot von einem Mordopfer ist?«

Nun zuckt der andere die Schultern.

»Das wäre dann alles, Monsieur.«

* * *

Sergios Logbuch und Laptop inklusive Mails werden weiter durchforstet und ausgewertet. Nach Hinweisen auf Fabian Timpe finden sie auch welche auf Julia Jacobsen.

Raynaud lächelt, als er diese Ergebnisse in der Hand hält.

Es ist doch immer nur eine Frage der Zeit …

Julia Jacobsen, frühere Partnerin von diesem Timpe, Mutter des gemeinsamen Sohnes …

Raynaud spürt das freudig erregte Kribbeln im Nacken. Er bekommt es immer dann, wenn er glaubt, eine richtige Spur gefunden zu haben.

Er wählt die Nummer an, die ihm die Kollegen hingelegt haben.

Julia ist am Telefon. Raynard kramt sein leidlich vorhandenes Englisch heraus und berichtet ihr vom Anlass seines Anrufes.

Julia kann es nicht glauben.

Sie bricht fast zusammen, als sie hört, dass Sergio ermordet wurde. Raynaud überredet sie dazu, nach Cannes zu kommen. Eine ausführliche Aussage zu machen.

Dabei hat er leichtes Spiel.

Sie will jetzt nach Cannes. Sie möchte Felix sehen. Sie möchte wissen, was mit Sergio passiert ist. Und sie möchte sich mit Fabian aussprechen.

Zum Abschied gibt Raynaud ihr seine private Handynummer. Falls ihr noch etwas einfalle oder etwas Dringendes sei, könne er sie jederzeit anrufen. Er hoffe, dass von ihr noch mehr kommt an Informationen.

In jedem Fall ist Jean Raynaud, mittlerweile Chef des Kommissariats in Cannes, sehr erleichtert. Eine greifbare, plausible Spur tut sich hier auf. Was für eine angenehme Wendung.

Er wird, dessen ist er sich nun sicher, auch diesen Fall zufriedenstellend lösen. Beruhigt nimmt er sich noch eine Zigarette, lehnt sich bequem in seinem Drehstuhl zurück, legt die Füße auf seinen Schreibtisch und genießt den Rauch, den er tief in seine Lunge zieht, zum ersten Mal an diesem Tag wirklich. Lächelt dazu. Wenn nur nicht seine Frau ihm immer in den Ohren liegen würde, er solle mit dem Rauchen aufhören. Aber was soll sie schon sagen, als Ärztin. Leider, denkt er, hat sie trotz ihres Medizinstudiums und ihrer sehr gut laufenden Praxis überhaupt nicht begriffen, dass es ihn, einen Kettenraucher seit Jahrzehnten, vermutlich umbringen würde, wenn er plötzlich aufs Nikotin verzichten müsste.

Und, verdammt nochmal, für seine 55 Jahre hat er sich doch auch wirklich gut gehalten. Schlank, mit kantigen Gesichtszügen ohne wabbelndes Doppelkinn und all den anderen sichtbaren Zeichen des Verfalls und der Bequemlichkeit, die er bei den meisten seiner Altersgenossen nicht ohne eine gewisse Schadenfreude immer öfter beobachtet. Auch, wenn er sicher keinen Marathon mehr laufen kann, rein körperlich geht es ihm blendend.

Und nun wird er wieder einmal zeigen, dass er der richtige, der einzige, der beste Mann für diesen Job ist.

Soll sie doch, denkt er, das viele Geld für ihren schicken Lebensstil heran schaffen mit ihrer gut frequentierten Arztpraxis. Betrachtet dabei durchaus liebevoll seine echt silbernen Manschettenknöpfe.

Reines Sterlingsilber.

Nun ja. Er hatte keine Ahnung, wie viel Geld diese Ärzte nach Hause schleppen, aber es soll ihm recht sein. Ihre Familie war vorher schon so reich wie arrogant, dann will ich doch wenigstens was abhaben vom Kuchen, denkt er lächelnd. Ich werde denen schon zeigen, was dieser »kleine Polizist«, als den sie mich bezeichnet haben, so draufhat. Von seinem Gehalt, das ist ihm natürlich klar, könnten sie nicht so leben. Aber, verflucht nochmal, ohne uns, die armen Polizisten, auf die sie so arrogant herabschauen, könnten die Reichen ihren Lebensstil auch nicht mehr leben. Nicht in Ruhe und Sicherheit.

Und ganz gleich, wie reich man ist, es gibt immer noch jemanden, der mehr hat. Zu besichtigen im Hafen von Cannes an der Megayachtpier.

Das bringt ihn in Gedanken auf Leona Lewrona.

Ausgerechnet die, diese Fernsehtante.

Ein Star, im medienbesessenen Cannes.

Und natürlich nicht nur hier.

Das, allerdings, bereitet ihm Unbehagen.

Ihm wurde zugetragen, dass er mal ihre »nebenberuflichen Aktivitäten« unter die Lupe nehmen solle. Also hat er diskret Leute eingeschleust, die sich bei ihr an Bord umgesehen haben.

Und was sich da andeutet, macht ihm Sorgen. Das ist was ganz Großes. Nicht so ein kleiner Fisch wie dieser Timpe.

Aber eins nach dem anderen, beschließt er, als er die aufgerauchte Kippe in den Aschenbecher schnippt. Und verfehlt.

***

Im Büro in Cannes trifft Fabian schon im Flur auf Catherine.

»Bonjour, Chérie!«, begrüßt er sie.

Etwa eine Nanosekunde lang lächelt sie.

»Wie war es bei Dollmann? Komm mit in mein Büro!«

Dreht sich um und geht voraus. Kaum hat Fabian dir Tür hinter sich geschlossen, klopft es und Franck steckt seinen Kopf herein.

»Neuigkeiten?«, fragt er Catherine.

»Komm nur herein«, sagt sie.

Fabian verzieht sein Gesicht, aber das kann nur Catherine sehen. Wieder lächelt sie – die Andeutung eines Lächelns huscht über ihre Züge. Fabian bemerkt es dennoch.

»Also, wie war es?«, fragt sie ihn.

»Dollmann weiß nichts. Und der Hafenmeister sagt nichts.«

Franck grinst spöttisch. »Das klingt nicht gerade nach einer heißen Spur!«

Catherine wartet ab.

»Der Mann hat eine Yacht, 20 Meter lang und eine Million teuer, und keine Ahnung davon. Er wusste nicht einmal genau, wo der Liegeplatz war. Was an Ausrüstung an Bord war. Was für eine Maschine. Welche Segel. Einfach unglaublich!«, erklärt Fabian.

»Bei der Schiffsgröße hat man dafür einen Bootsmann«, sagt Franck.

»Er nicht«, entgegnet Fabian.

»Dollmann ist doch absolut seriös«, bemerkt Franck. »Ein Freund von mir hat sich vor ein paar Monaten ein schönes Anwesen über ihn gekauft. Traumhafter Garten, Pool, Blick bis nach Saint Trop …«

»Beneidenswert. Und was sagt das über Dollmann?«

»Nun, die Abwicklung war extrem professionell und korrekt. Absolut klasse. Und solche Anwesen hat auch nicht jeder Krauter im Portfolio.«

»Du kennst ihn?«, fragt Catherine, überrascht.

»Flüchtig«, sagt Franck. »Ein echt smarter Typ!«

Fabian ist überhaupt nicht überzeugt.

»Mag ja sein. Aber von seinem Schiff hat er keine Ahnung!«

Catherine ist ungeduldig.

»Gut, also hat der Kerl keine Ahnung von seinem Schiff. Aber wie bringt uns das weiter?

Davon taucht es auch nicht wieder auf!«

Franck nickt zustimmend: »Das ist wohl eine Sackgasse.«

Fabian schüttelt den Kopf: »Und er hat auch keine Papiere vom Schiff. Waren alle an Bord.«

»Außer denen, die wir in Kopie bei den Akten haben«, korrigiert Catherine. »Ohne solche Nachweise wird bei uns kein Schiff versichert.«

Fabian nickt. Fragt dann: »Wird es denn auch begutachtet, vorher?«

Darauf Franck: »Jedes Schiff, welches wir versichern? Was denkst denn du? Natürlich nicht! Das wäre doch viel zu aufwändig, vor allem, wenn das Schiff nicht hier in Cannes liegt!« Rollt dabei mit den Augen und schaut Catherine vielsagend an, als wolle er sagen: so ein naiver Idiot. Sie aber ignoriert es, zumal jetzt auch ihr Telefon klingelt.

Sie nimmt das Gespräch an, schnell, als sei sie froh über die Unterbrechung.

»Ist gut, bringen Sie ihn bitte herauf!«

Die Büros in diesem Haus teilen sich eine Art Empfang, eine Concierge neben der Haustür. Zu Franck und Fabian sagt Catherine: »Das war es für jetzt. Es ist Gary, der Kapitän der AEOLUS.«

Franck nickt, steht auf, geht voraus.

Fabian folgt ihm etwas zögernder.

»AEOLUS, der große Schoner? Kenne ich.«

In der Tür zu seinem Büro sagt Franck, ohne sich umzudrehen: »Ach ja? Haben wir vor Kurzem versichert, das Schiff hat einen neuen Eigner. Fünfeinhalb Millionen!«

»Was?«

»Versicherungssumme. Schönes Geschäft!«

Fabian grinst.

»Solange nichts passiert!«

Franck dreht sich zu ihm um. »Du hast ja keine Ahnung. Hör mal!«

Fabian sagt nichts. Hört.

»Du solltest mit Catherine so nicht reden!«, sagt Franck und es klingt gereizt.

Fabian sagt immer noch nichts. Hört weiter.

»Chérie und solch albernes Zeug. Glaub mir, das mag sie gar nicht! Dein blödes Grinsen kannst du dir auch sparen!«

Fabian grinst weiter. »Danke für den Ratschlag, Kumpel!«

»Ich meine es wirklich so. Denk dran!«

Jetzt klingelt Fabians Telefon. Er fischt es aus der Tasche, geht ran, ist überrascht. Geht erst auf den Büroflur, dann in das Treppenhaus.

Der Anrufer ist Bruno Bartels aus Hamburg.

Er stellt sich vor als Leiter der Schadensabteilung und damit auch Fabians Ansprechpartner. Spricht, als sei er Fabians Chef. Vielleicht ist es das ja auch. Auf jeden Fall möchte er wissen, ob Fabian schon irgendwie vorangekommen ist.

Fabian ist verblüfft.

»Ich habe gerade gestern erst angefangen.«

»Na ja. Halten Sie auf jeden Fall die Augen auf – in alle Richtungen!«

»Wie meinen Sie das?«

Bartels erklärt, dass es in der Vergangenheit schon öfter ähnliche Fälle gegeben habe. Von Yachten, die spurlos verschwunden sind. Das, erklärt er weiter, sei wahrscheinlich kein Zufall. Irgendeinen Zusammenhang gäbe es fast immer.

»Aber welchen?«, fragt Fabian.

»Ich habe es mir natürlich schon angesehen«, doziert Bartels weiter. »Es sind alles Kunden, die auf den ersten Blick nichts miteinander zu tun hatten. Es gibt nur eine einzige Verbindung. Unser Büro in Cannes.«

Fabian schluckt. Ist der Kerl von allen Sinnen?

»Aber das ist doch klar, die sind eben alle hier versichert worden«, wirft er ein.

»Exakt darum geht es. Behalten Sie es im Hinterkopf.«

Fabian legt auf und holt erstmal tief Luft.

Doppelagent 00Timpe. Na klasse!

Wie einfach ist doch das Leben auf See. Gib mir lieber einen ehrlichen Sturm, allemal!

Die Eingangstür zum Büro geht auf, Catherine und Gary verabschieden sich herzlich voneinander. Dann bemerkt sie Fabian. Fragt überrascht, was er hier macht.

»Telefonieren«, sagt er schlicht und sieht sie komisch an.

Aber warum sollte sie mich anheuern, wenn sie …

»Komm doch noch mal eben mit rein«, sagt sie.

Drinnen erklärt sie ihm, dass sie vom Kapitän im Namen des Eigners eingeladen worden ist, am Samstag das Rennen auf der AEOLUS als Gast an Bord mitzusegeln. Und dass Leona Lewrona auch dabei sein werde.

»Leonie wer?«

Catherine erklärt es ihm. Leona. Eine hinreißende, berühmte Gesellschaftsreporterin, wirklich jeder kenne sie aus dem Fernsehen, aus dem Internet, von diversen Hochglanzmagazinen. Sie spräche auf Augenhöhe mit allen Stars, berichte vom Showbiz und Glanz und Glamour.

Nicht alle kennen sie: »Nie gehört von ihr. Nicht meine Welt.«

»Ich weiß«, sagt Catherine, und nun lächelt sie endlich einmal wieder ihr warmes, bezauberndes Lächeln. »Außerdem hat Gary mich um Rat gefragt.«

»Dich?«

»Stell dir vor, mich. Sein Steuermann für Samstag hat kurzfristig abgesagt. Jetzt haben sie ein Problem.«

»Tja, blöd für ihn. Einem guten Kapitän sollte das nicht passieren!«

»Tja, blöd für ihn. Einem guten Kapitän sollte sowas nicht passieren. Sein Vorgänger war da besser organisiert ...«

Catherine schaut ihn überrascht an.

»Seinem Vorgänger?«

»Ja«, sagt Fabian gleichmütig. »Carl. Ich habe das Schiff damals einige Male auf Regatten gesegelt. Dann wurde es verkauft. Und ich segelte weg.«

Die Kapitäne der großen Yachten kümmern sich um den laufenden Schiffsbetrieb und fahren den Eigner mit seinen Freunden oder auch zahlende Chartergäste durch die Gegend, mit der kleinen, fest angestellten Crew von vielleicht sechs oder acht Personen. In einer Regatta jedoch werden, für die vielen Segelmanöver, mindestens dreimal so viele Segler an Deck benötigt. Während der Regattasaison im Mittelmeer werden ständig Leute gebraucht für die großen Klassiker, und ein guter Kapitän pflegt ein entsprechendes Netzwerk an Kontakten. Vor seiner abgebrochenen Weltumsegelung wurde Fabian regelmäßig angeheuert und auch jetzt, nach seiner Rückkehr, hat er ein-, zweimal einen Klassiker im Rennen gesteuert. Tatsächlich aber reißt er sich nicht mehr darum. Es sind ihm zu viele Menschen aus der Welt dieser Leonie Dingsbums an Bord.

Was natürlich schade ist. Denn eine hölzerne Rennyacht dieses Kalibers im Rennen zu segeln, möglichst bei viel Wind, mit 30 Mann an Deck, das gibt einem schon einen ganz gewaltigen Kick.

»Ich habe ihm gesagt, er könnte dich mal fragen.«

»Mich? Vielen Dank.«

»Warum nicht? Du hast die AEOLUS doch sogar schon mal gesegelt. Du bist bekannt als guter Rennsteuermann. Warum also nicht?«

»Nein, danke. Die Dinge haben sich geändert, seit ich weg war. Außerdem kenne ich weder Gary noch den neuen Eigner.«

»Aber Fabian! Ich verstehe nicht ... Außerdem wird es ja auch gut bezahlt!«

Na super. Diesen Hinweis empfindet Fabian jetzt wirklich als überflüssig.

Im Flur fängt Franck ihn ab.

»Na, Sherlock, was hast du denn jetzt als nächstes vor?«

Irritiert guckt Fabian ihn an.

»Das Schiff finden«, sagt er.

Franck lacht. »Na, dann viel Glück!«

»Irgendwo wird es ja sein!«

Franck sagt nichts dazu und zieht sich in sein Büro zurück. Schließt die Tür hinter sich. Unmissverständlich.

Fabian schüttelt den Kopf. Klopft bei Catherine an und geht noch einmal zu ihr hinein.

»Sag mal ... Franck.«

»Was ist mit ihm?«

»Wie lange ist er schon hier, bei dir, meine ich?«

»Nicht lange. Ein paar Monate. Ich habe ihn von der Konkurrenz abgeworben, aus Monaco. Warum?«

Fabian antwortet nicht.

Noch hat er selbst keine Antwort auf seine Frage.

Lu steht auf dem winzigen Balkon und raucht. Schaut auf die roten, verblichenen, oft kaputten Dachziegeln links und rechts neben dem Balkon. Ein paar Meter weiter liegt eine tote Taube, eingeklemmt zwischen Dachschräge und einem von schwarzen Pilzen befallenen Schornstein. Eine andere fliegt mit ihrem blöden »WooWoo«-Geräusch dicht über seinem Kopf hinweg.

Was für widerliche Viecher, denkt er.

Nimmt noch einen heftigen Zug und schmeißt die brennende Kippe dann in Richtung Taubenkadaver. Ganz links in seinem Blickfeld kann er, durch einen schmalen Streifen zwischen zwei Häusern, der etwa so breit ist wie eine Schießscharte, ein winziges Stück Meer in der Sonne glitzern sehen.

Und die Yachten, die darauf fahren.

Das ist eine andere Welt.

Das ist die richtige Welt.

Dieses hier ist ein Schiss!

Sie haben nicht einmal Platz für einen winzigen Tisch auf ihrem »Balkon«, zu seinen Füßen steht nur eine volle Mülltüte, die darauf wartet, nach unten getragen zu werden. Oder sie wird von den Tauben und Möwen zerfleddert und das gibt dann wieder eine ganz beschissene Schweinerei.

Na ja. Dafür ist Levent da.

Soll der sich doch darum kümmern.

Jetzt hört er ihn hinter sich.

Lu streckt den Rücken, macht sich gerade, dreht sich aber nicht um.

»Hallo Bro. Alles klar?«

Soll er mich doch lieber in Ruhe lassen.

Aber solange er ihn nicht auch noch anschauen muss …

»Ich muss jemanden töten«, sagt Lu tonlos und ohne sich umzudrehen.

Stille.

»Sag das nochmal.«

»Du hast es gehört.«

Stille. Dann:

»Das darfst du nicht. Nicht auch noch das!«

»Was soll das heißen? Ich habe keine andere Wahl!« Es wäre ja sowieso nicht das erste Mal, denkt er, aber das muss er seinem Bruder jetzt nicht auch noch erzählen.

»Hängt es mit diesem Kerl zusammen, für den du manchmal arbeitest?«

»Manchmal? Ja.«

»Scheiße, Lu. Tu es nicht. Weißt du denn nicht, was das bedeutet?«

»Was bedeutet es denn? Nichts!«

Lu hat sich immer noch nicht umgedreht, seine Nackenmuskeln spannen sich.

»Geh da weg! Such dir was anderes!«

Wütend schlägt Lu mit der flachen Hand auf das Eisengeländer vor ihm.

»Was denn? Wo denn?«

Levent schweigt. Diese Diskussion haben sie schon zu oft geführt.

Das findet auch Lu.

»Du weißt, wie es ist!«

»Diesmal geht es zu weit!«

»Ich kann nicht zurück«, sagt Lu. »Diesmal sind es seine Chefs. Die würden mich fertigmachen, wenn ...«

»In was für einer Scheiße steckst du eigentlich«, sagt Levent, angewidert.

Lu zuckt die Schultern.

»Geh nur zu deiner Arbeit, Bruder.«

Wenn du nur wüsstest, denkt er, wer die wahren Chefs sind. Sagt es aber nicht.

Fabian kommt gerade noch rechtzeitig zur Schule, um Felix abzuholen, diesmal mit dem alten R4. So muss er nicht so viel laufen. Außerdem, glaubt er, wird Felix sich nicht ganz so blöd vorkommen, wenn er einfach nur ins Auto steigt, statt dass sein Vater ihn wie einen ABC-Schützen zu Fuß am Schultor in Empfang nimmt. Nein, ein Zustand ist dies auf die Dauer wirklich nicht.

Zurück an Bord wartet Mike im Cockpit der MELODIA auf sie. Mit der reparierten Kamera von Felix. Und den ausgedruckten Fotos der Gang. Felix zeigt auf drei von den Typen.

»Das sind die von meiner Schule!«

Fabian nickt.

Diese Bilder wird er mit zum Direktor nehmen.

Dann schaut er noch einmal genauer hin.

»Dachte ich es mir doch!«, ruft er.

Paul Raynaud. Deutlich zu erkennen.

»Was ist?«, fragt Mike, und Fabian erklärt es ihm.

»Auf allen Bildern ist das saubere Söhnchen des Chefkommissars von Cannes deutlich zu sehen. Den ich erst gestern aus dem ›Tour du Monde‹ herausgeworfen habe. Der offenbar der Anführer dieser miesen Truppe ist!«

Es ist spät. Und schwül. Die Luft im Hafen steht, was wirklich selten ist. Die Lichter von der Pier spiegeln sich im tiefschwarzen Wasser, an Land ist es ruhig geworden.

Die ersten Bars machen zu, die Kellner sammeln leere Gläser ein, stapeln Stühle ineinander, lassen Plastikfolien vor den Terrassen hinab. Fabian, der nachdenklich im Cockpit gesessen hat, zieht sich bis auf die Shorts aus und legt sich, schwitzend, in seine gemütliche breite Koje in der kleinen Kammer neben dem Niedergang.

Die Hitze macht ihm zu schaffen wie sonst nie. Er ist erschöpft und müde. Eine bleierne Müdigkeit lähmt ihn, aber immer, wenn ihm die Augen zufallen, tauchten lebhafte Bilder auf. Sergio, dazwischen Dollmann und Raynaud und Catherine und sogar Julia … gequält wälzte er sich hin und her. Jetzt lachen sie schrill und dann klatscht etwas – sofort ist

Fabian hellwach. Irgendwas ist da auf dem Vorschiff an Deck gefallen. Ein Seemann kann noch im tiefsten Schlaf Geräusche auseinander halten und unterscheiden zwischen denen, die »normal« sind, und denen, die auf etwas Ungewöhnliches und damit auf eine mögliche Gefahr deuten.

Fabians Unterbewusstsein hat dieses dumpfe Klatschen sofort als ungewöhnlich eingestuft und Alarm geschlagen.

Schnell windet er sich aus der Koje, stößt sich dabei das Knie an der Kante vom Schott. Heute geht aber auch alles schief. Steckt seinen Kopf aus dem Niedergangsluk, während er sich mit der rechten Hand das Knie reibt. Kann nichts Außergewöhnliches erkennen, doch dann hört er das unangenehme Lachen und dazu eine helle Stimme: »Für dich, Opa! Komm uns nicht wieder in die Quere! Das nächste Mal kommst du nicht mehr so leicht davon!«

Dann saust ein Motorroller mit quietschendem Reifen davon. Leise und barfuß geht Fabian nach vorne. Wäre fast in sie hineingetreten, sieht die Ratte aber zum Glück im letzten Moment im Licht der Straßenlaterne von der Pier. Wie erstarrt bleibt Fabian stehen, betrachtet das ziemlich große Vieh eine Weile. Gekrümmt liegt die Ratte da, bewegt sich nicht. Tot? Oder nur benommen? So verharren sie beide, kurz, regungslos.

Das Vorluk öffnet sich. Felix. »Papa?«

»Alles gut, Felix, leg dich wieder hin.«

Aber Felix starrt mit großen Augen auf die Ratte.

»Was ist das?«

»Ein totes Vieh. Ist irgendwie an Deck gelandet. Das haben wir gleich.«

Fabian gibt sich einen Ruck und packt mit spitzen Fingern den Schwanz, schleudert die Ratte über Bord und ins dunkle Hafenwasser.

»Aber wie?«, fragt Felix aufgeregt.

»Ist ja schon wieder weg. Ich komm gleich noch mal zu dir, okay?«

Sieht noch einmal die Pier auf und ab, kann aber nichts Verdächtiges mehr erkennen. Geht zurück, wäscht sich in der kleinen Küche sorgfältig die Hände, schenkt sich ein Glas Rotwein ein, stellt es auf dem Salontisch ab und geht zu Felix in die Vorschiffskabine.

»Irgendjemand hat das Tier an Deck geworfen, oder?«

Fabian nickt.

»Hast du etwas gehört?«

»Ich weiß nicht, vielleicht hat jemand gerufen? Verstanden habe ich es nicht, das Vorluk war noch zu und ich noch nicht ganz wach.«

»Es ist nichts. Schlaf wieder ein, Felix.«

Auch Catherine schläft nicht gut in dieser merkwürdigen Nacht. Immer wieder muss sie an Walter denken. Wollte er ihr etwas sagen?

Endlich schläft sie ein, doch schon Minuten später – so kommt es ihr jedenfalls vor – reißt ein Albtraum sie ins Wachsein zurück.

Walter ist tot.

So hat sie es jedenfalls geträumt. Und er konnte ihr nichts mehr sagen.

Was ist es, Walter? Was willst du mir sagen?

Lange liegt sie wach, traurig, und beschließt, ihn gleich am Morgen noch einmal zu besuchen.

Ohne ihn hätte sie diesen Job niemals bekommen. Und ohne seine Hilfe hätte sie die ersten paar Monate auch kaum überstanden.

Aber nachdem er sich in Hamburg dafür stark gemacht hatte, dass die dieses Büro in Cannes eröffnen und leiten soll, hat er natürlich dafür gesorgt, dass sie ihren Job auch so gut wie möglich macht. Ohne die vielleicht sonst unvermeidlichen Anfängerfehler. Worauf wirklich zu achten ist im Versicherungsgeschäft, vor allem bei Yachtversicherungen. Denn die sind, so hat sie es gleich am Anfang gelernt, noch einmal ganz speziell. Viele Kunden versichern ihre Boote zu einem unrealistischen Wert, beispielsweise. Entweder viel zu hoch, weil sie ihr Boot so sehr lieben, dass sie ehrlich meinen, es sei so viel wert. Oder viel zu niedrig, weil sie eine günstige Prämie haben wollen.

Walters über die Jahre angesammeltes Fach- und Marktwissen über Boote und Yachten aller Art hatte sich als unschätzbarer Vorteil erwiesen.

So konnte sie gleich in den ersten Monaten gut durchstarten. Ohne sich ständig in Hamburg nach Details erkundigen zu müssen. Das hatte ihr nicht nur eine gewisse Anerkennung vom alten Breuer eingebracht, sondern vor allem auch eine weitgehende Eigenständigkeit in der Gestaltung ihres Tagesgeschäftes.

Jetzt aber liegt Walter Lang im Krankenhaus. Und gerade jetzt braucht sie ihn doch so dringend!

Mindestens so dringend wie damals. Als sie, mehr oder weniger planlos, in Cannes war. Auf der Suche nach ihren verlorenen Wurzeln.

Nach ihrem Studium hatte sie sich verschiedentlich beworben. Erfolglos. Ihre Mutter war mittlerweile alt, machte sich Sorgen um die Zukunft ihrer Tochter. Catherine hingegen schnürten diese Sorgen die Luft zum Atmen ab. Bald schon hielt sie es nicht mehr aus, dachte immer an ihren Vater und was er wohl an ihrer Stelle unternommen hätte.

So kam sie nach Cannes. Dem Ort ihres Großvaters. Als Kind war sie mit ihren Eltern jeden Sommer hierhergefahren. Das große alte Haus in den Hügeln oberhalb der Stadt, mit schiefen, ausgetretenen Steinfußböden, riesigen Fenstern mit niedrigen, schmiedeeisernen Geländern davor und hölzernen Läden, von denen blaue Farbe blättert. Der schattige, geheimnisvolle Garten mit den alten Palmen darin. Die Segelausflüge in der Bucht von Cannes, nur Wind und Sonne und Glück.

Paradiesisch war es gewesen, aber es war zu schnell vorbei

und ist zu lange her. Catherine hat nur noch bruchstückhafte Erinnerungen an diese Sommerferien, wie einzelne Scherben eines schon lange zerbrochenen und unvollständigen Kaleidoskops.

Auch deshalb war sie damals nach Cannes gefahren, um irgendwie wieder an diese glücklichen Zeiten ihres Lebens anzudocken. Gelungen war es ihr nicht, noch nicht einmal das großväterliche Haus hatte sie wiedergefunden.

Dafür aber hatte sie, völlig unverhofft und überraschend, Walter Lang getroffen. Abends, in irgendeiner Bar am Hafen, stand er plötzlich neben ihr. Und sprach sie an, ganz unaufgeregt und freundlich, als hätten sie sich erst am Nachmittag zuvor gesehen.

Tatsächlich waren es mehr als zwei Jahre gewesen. Einen einzigen Tag hatten sie quasi gemeinsam verbracht, beide waren Teil der etwa achtköpfigen Crew an Bord von Joachim Breuers Segelyacht, in einer Wettfahrt auf der Elbe.

Danach hatte sie zwar von ihm gehört, in Breuers Versicherung, in der sie als Studentin etwas Geld verdiente, gesehen aber nie mehr.

Bis zu jenem Abend. An dem alles begann, denkt Catherine jetzt wieder.

Ihr neues Leben in Cannes.

Er hatte sie ausgefragt. Was sie in den vergangenen zwei Jahren gemacht habe. Nichts, um ehrlich zu sein. Umherstreunen, hier und da bewerben, ein wenig segeln mit Freunden.

Das klingt nicht gerade nach einem zielstrebigen Berufseinstieg, aber Lang schien es gar nichts ausgemacht zu haben.

Im Gegenteil. Er berichtete ihr von der Yachtszene im Mittelmeer, die immer noch wuchs, und welches Potenzial hier für eine Versicherung wie die seines Freundes Breuer nur darauf wartete, angezapft zu werden. Natürlich, erklärte er, sei die Konkurrenz schon im Markt. Doch die vielen Deutschen, die hier ihre Schiffe liegen hatten, würden am liebsten mit einer deutschen Versicherung vor Ort zu tun haben. Mit anderen Worten: Einer deutschen Versicherung mit französischem Büro.

Und sie, Catherine, sei doch die ideale Person, um solch ein Büro zu etablieren.

Catherine hatte gelacht.

Doch Walter meinte es ganz ernst. Sie segele. Habe in Hamburg studiert und spreche die Sprache, kenne sogar schon die Versicherung und auch etwas von, wie er sich ausdrückte und dabei eine lustige Grimasse zog, der deutschen Seele.

Schnell hatte Catherine begriffen, welch eine einmalige Chance ihr hier geschenkt wurde.

Und Walter legte sich ins Zeug.

Flog mit ihr nach Hamburg und setzte durch, dass Breuer es mit ihr versuchen würde. Lernte sie dann an, in der alltäglichen Berufspraxis, also »am offenen Herzen«, wie Lang lachend zu sagen pflegte.

Und bald schon war der lustige, rundliche Lebemann und Genießer Lang, der etwas ein Vierteljahrhundert älter ist als

Catherine, für sie so etwas wie ein väterlicher Freund geworden. Ein Mentor und Berater in – fast – allen Lebensfragen.

Aber irgendetwas, das spürt Catherine in dieser Nacht nicht zum ersten Mal, aber zum ersten Mal sehr intensiv, ist mit ihm. So richtig nahe sind sie sich nie gekommen. Lang ist immer ein bisschen distanziert, bei aller Freundlichkeit. Er hat einen Kern, vermutlich einen tragischen, an den er niemanden heranlässt.

Aber er hat ja auch niemanden. Keine Frau, keine Familie, wohl auch keine wirklichen Freunde.

Seufzend dreht Catherine sich in ihrem zerwühlten Bett noch einmal um.

Armer alter Walter Lang. Nun ist er im Krankenhaus, und wer weiß, wie es ihm dort gerade geht.

Vielleicht, denkt Catherine, werde ich meinen Laden nun doch bald wirklich alleine führen müssen. Ohne einen Mentor wie Walter als »Back-up«. Aber auch das werde ich schaffen. Klar.

Wie sehr sie ihren Vater doch vermisst. In einigen Momenten, so wie jetzt, ist es kaum auszuhalten. Aber das geht vorbei und dann ist sie auch wieder stark.

Komischerweise denkt sie jetzt an Fabian. Der hätte ihrem Papa gefallen, glaubt sie. Leben auf einem Segelboot, das hätte auch zu ihm gepasst.

Mit diesem Gedanken schläft sie endlich ein.

Draußen dämmert schon der Morgen.

Donnerstag

Im Krankenhaus herrscht so viel Betrieb, dass Lu nicht weiter auffällt. Zumal er diesmal ganz unscheinbar gekleidet ist, mit seinem hellen Hemd und einer ebensolchen Hose könnte er fast für einen Pfleger gehalten werden. Die frühmorgendliche Visite der Ärzte und Schwestern ist durch, und bevor das Mittagessen an die Patienten ausgegeben wird, passiert in den einzelnen Zimmern erst einmal nichts weiter.

Jedenfalls hofft er das, als er nun an das Bett von Walter Lang tritt. Er verlässt sich darauf, dass er ein paar Minuten ungestört bleiben wird.

Zum Glück schläft Lang. Das macht es einfacher. Für beide.

Dieser Job ist ihm nicht geheuer.

Er hat keine Skrupel, jemanden zu töten. Aber dies hier ist ein eiskalter Auftragsmord. Er muss es tun. Eine andere Wahl hat er nicht, das haben sie ihm klargemacht. Und sein Bruder darf natürlich überhaupt nichts davon erfahren.

Lu tut, was sie ihm erklärt haben. Er kappt die Stromversorgung aller Versorgungsgeräte, an denen Lang hängt. Holt dann aus dem Wandschrank ein Kopfkissen und drückt es Walter Lang ins Gesicht, um ganz sicher zu gehen.

Nach einigen Minuten nimmt er es weg. Das Gesicht von Lang ist wachsbleich und starr. Lu hält ihm einen kleinen Taschenspiegel dicht vor die Nase. Nichts.

Job erledigt. Es war eigentlich doch einfacher, als er befürchtet hatte. Lu legt das Kissen in den Schrank zurück und verlässt das Zimmer. Geht in aller Ruhe den breiten Flur entlang in Richtung Ausgang.

Draußen steigt er auf sein schwarzes Motorrad und braust davon. Diesmal werden sie wohl zufrieden mit ihm sein.

***

Catherine kommt etwa eine Stunde später zu Besuch.

Sie wird nicht mehr zu ihm gelassen. Ihr wird mitgeteilt, dass der Patient gestorben sei.

Catherine ist entsetzt.

Ist das auf natürlichem Weg geschehen? Es ging ihm schlecht gestern. Aber ging es ihm wirklich so schlecht?

Auf jeden Fall bleibt das, was Walter Lang ihr so dringend sagen wollte, für immer ungesagt.

***

Heute muss Fabian nicht warten. Keine Spielchen mehr.

Raynaud hat ihn gleich morgens zu sich ins Kommissariat beordert und kommt sofort zur Sache.

»Wir haben Sie auf der Yacht von Amaral aufgegriffen. Was wollten Sie an Bord?«

Fabian schüttelt den Kopf.

Wo bin ich hier bloß hineingeraten?

Was soll das alles?

»Das habe ich Ihnen gestern schon gesagt.«

»Warum waren Sie dann überhaupt in Saint-Raphaël?«

Raynaud lächelt humorlos. Drückt seine qualmende Kippe im Aschenbecher aus.

»Das habe ich Ihnen auch schon gesagt. Ich habe einen Immobilienmakler besucht.«

»Wollen Sie eine Villa kaufen?«

»Nein.«

Raynaud lehnt sich zurück. Greift zur Zigarettenschachtel, wirft sie dann aber zurück auf den Schreibtisch.

»Also. Was dann?«

»Dieser Makler ist der Eigentümer einer gestohlenen Yacht.«

»Ist das Ihre Sache?«

»Die Versicherung der Yacht hat mich beauftragt, den Fall zu untersuchen.«

»Das haben Sie gestern schon behauptet, ich bin nicht so vergesslich wie Sie annehmen. Welche Versicherung? Und wie heißt der Makler?«

Fabian sagt es ihm. Raynaud macht sich Notizen und nickt.

»Amaral wollte zu Ihnen. Warum?«

»Das haben Sie gesagt. Ich wusste es nicht. Und ich weiß erst recht nicht, warum.«

»Eine Aussprache? Eine, sagen wir, Abrechnung?«

»Was meinen Sie?« Irritiert sieht Fabian ihn an. Wie er sich nun doch die nächste Zigarette anzündet.

»Wegen seiner Affäre mit Ihrer Frau, natürlich. Einer ganz offenbar sehr leidenschaftlichen Affäre.«

Ich bin hier im falschen Film.

»Wie kommen Sie auf so etwas?«

»Eifersucht ist eines der häufigsten Mordmotive.«

»Sie behaupten, Sergio habe mit Julia ...«

»Ja. Das wissen Sie doch wohl.« Raynaud blickt auf seine Notizen. »In der Karibik. Sie waren eine ganze Weile lang weg, in Deutschland. Der Tod Ihres Vaters. Eine emotional schwere Zeit, aber nicht nur für Sie.«

Raynaud schaut ihn interessiert an.

Fabian ist fassungslos.

»Sergio und Julia? Davon weiß ich nichts.« Er atmet einmal, zweimal sehr langsam durch. Hält es kaum noch aus, hier auf diesem Stuhl in diesem schäbigen Büro zu sitzen.

»Wie kommen Sie darauf?«

Es ist ihm aber schon klar, bevor Raynaud es ihm bestätigt. Der Bulle hat mit Julia gesprochen, natürlich.

Warum hat sie ihm das erzählt? Und nicht mir?

Warum hat sie das überhaupt getan?

»Noch einmal: Amaral wollte zu Ihnen, das ist klar, und Sie haben ihn dann in Saint-Raphaël abgefangen und umgebracht. So ist es doch. Oder?«

Fabian schüttelt schon wieder den Kopf, kann aber nicht wirklich klar denken.

Raynaud zeigt mit dem Finger auf ihn. »Sie haben behauptet, in der Nacht mit Ihrem Boot in« – hier schaut er kurz auf seine Notizen – »Port-Cros gewesen zu sein.«

»Ja.« Fabian weiß, was jetzt kommt.

»Das lässt sich jedoch nicht überprüfen.«

»Wir ankern dort immer.«

»Und niemand hat Sie gesehen?«, aber es ist eine rhetorische Frage. Raynaud spricht gleich weiter. »Genauso gut hätten Sie mit ihrem Boot auch in Saint-Raphaël gewesen sein können!«

»Das ist doch lächerlich!«

»Lächerlich? Gewiss nicht. Er schuldete Ihnen Geld, er war mit Ihrer Frau zusammen, und Sie finden das lächerlich? Ich sage Ihnen etwas: Ein Mord ist niemals lächerlich!«

»Das Geld ist lächerlich. Kein Grund für … Und von der anderen Sache wusste ich bis eben nichts.«

Raynaud schaut Fabian sekundenlang schweigend an.

Dann schüttelt er den Kopf.

»Sie wussten es nicht?«

Das glaubt er mir also nicht. Das darf doch alles nicht wahr sein …

Fabian sagt nichts und Raynaud spricht weiter, fast wie zu sich selbst.

»Sie sind getrennt, Ihr Sohn lebt bei Ihnen, nicht bei der Mutter, aber Sie wussten es nicht. Soll ich das glauben?«

Fabian nickt.

Ja, verflucht nochmal! Weil es einfach so ist!

Raynaud schweigt.

Sagt endlich: »Ich finde es heraus. Das ist nur eine Frage der Zeit. Ich kann Sie auch gleich jetzt verhaften, wegen Mordverdacht.«

Fabian holt Luft, um etwas zu sagen, Raynaud hebt die Hand und redet weiter: »Sie bleiben in Cannes. Ihr Schiff lasse ich festlegen. Nicht, dass Sie plötzlich auf eine Seereise wollen.«

Fabian stöhnt. »Das habe ich ganz sicher nicht vor.«

Obwohl es unter diesen Umständen bestimmt das Beste wäre!

Stattdessen sagt er: »Ich muss mich um meinen Sohn kümmern.«

Raynaud sieht ihn an, verständnislos.

Fabian redet weiter.

»Es gibt da Schwierigkeiten in der Schule.«

Raynaud will ihn unterbrechen.

»Monsieur Timpe, ich glaube nicht ...«, aber Fabian lässt sich nicht stoppen. Jetzt nicht mehr.

»Eine Gang von Jugendlichen. Sie terrorisieren die Mitschüler. Verkaufen Drogen. Auf dem Schulhof!«

Raynaud sieht von seinen Notizen auf.

»Dafür gibt es meine Kollegen in der entsprechenden Abteilung.«

»Ja?«

Fabian hält ihm das ausgedruckte Foto hin. »Schauen Sie mal hier. Der Junge dort hinten, links, der wurde beim

Drogenverkauf schon mal geschnappt. Dies hier aber ist die ganze Gang.«

Widerwillig wirf Raynaud einen Blick. Wird blass und nimmt Fabian das Foto aus der Hand.

»Was soll das?«, fragt er dann, leise. »Wie kommen Sie zu diesem Foto?«

»Mein Sohn hat es geschossen. Als er sich vor denen verstecken musste. Er hat große Angst vor dieser Gang, und nicht nur er!«

»Und warum zeigen Sie mir das?«

»Der da vorne ist Ihr Sohn.«

Raynaud schüttelt den Kopf.

»Was erlauben Sie sich!«

»Er ist der Anführer der Gang. Sie haben meinen Sohn überfallen. Wissen Sie, was die mit ihm machen wollten? Ich sage es Ihnen, wenn Sie wollen!« Und auch jedem anderen!

Raynaud schlägt mit der Hand auf seinen Schreibtisch.

»Es reicht! Woher wollen Sie meinen Sohn überhaupt kennen?«

Fabian ist plötzlich ganz ruhig.

»Ich musste ihn vorgestern leider hinauswerfen. Aus der Bar eines Freundes. Er war mit seinen Kumpanen dort und sie haben sich sehr schlecht benommen. Die Bedienung belästigt, Gäste bedroht ...«

»Verschwinden Sie aus meinem Büro, Timpe. Beim kleinsten Grund, den ich finde, lasse ich Sie verhaften und wegsperren, verlassen Sie sich darauf. Haben Sie das verstanden?«

Fabian nickt.
Bellende Hunde.
Hoffentlich stimmt das Sprichwort.
Dass sie nicht beißen.

***

Raynaud starrt auf das Foto in seinen Händen.
Unverkennbar. Paul. Sein Sohn.
Wenn es nun stimmt, was dieser Timpe behauptet?
Er muss es herausfinden, aber kann ja nun schlecht zu seinen Kollegen gehen, mit diesem Foto.
Oder doch? Kennen sie denn seinen Sohn überhaupt? Aber wie auch immer, es muss es diskret angehen, und vorsichtig. Warum macht der Junge so etwas? Warum nur?
Die Antwort spukt ihm im Kopf herum, es ist nur leider so, dass er sie nicht hören will.
Dieser verfluchte Clochard mit seinem Segelboot, denkt Jean Raynaud wütend. Warum, zum Teufel, musste das denn jetzt passieren. Und was mache ich nun mit diesem Timpe? Einsperren? Aber noch hat er mir nicht gedroht.
Und irgendwie hatte Raynaud auch nicht das Gefühl, als das Fabian Timpe dies als Druckmittel, wofür auch immer, einsetzen würde. Aber auf jeden Fall, denkt er weiter, werde ich mich sofort darum kümmern müssen. Will schon seine Frau anrufen, in ihrer Praxis, lässt es dann aber bleiben.

Zündet sich eine Zigarette an, zieht den Rauch tief ein. Nicht auch noch eine dieser endlosen Diskussionen mit meiner aufgeregten Frau. Nein, beschließt er, dies wird eine Angelegenheit, die ich alleine regele. Mit Paul. Sozusagen von Mann zu Mann.

Soll sie doch weiterhin ihre Patienten ausnehmen, damit sie im Winter wieder nach Saint-Barthélemy fliegen kann. Und zum Skifahren nach Megève. Mir soll es egal sein, ich werde mich jetzt mal intensiv mit unserem Sohn beschäftigen.

Vielleicht, denkt Raynaud, sollte er diesem Timpe im Grunde sogar dankbar sein. Aber dann schiebt er diesen Gedanken konsequent von sich.

Jean Raynaud merkt, wie sehr ihn diese Geschichte mit seinem Sohn aus der Fassung bringt. Vielleicht ist Timpe ja doch nicht der Mörder? Raynauds Bauchgefühl meldet gewisse Zweifel an. Vielleicht wäre es zu einfach? Vielleicht ist es wieder mal viel komplizierter?

Egal, er ruft sich quasi selbst zur Ordnung. Erst einmal die eigenen Angelegenheiten regeln. Er wählt die Handynummer seines Sohnes. Wie Paul mir das wohl alles erklären wird? Und – wird er das überhaupt tun?

Raynaud spürt einen plötzlichen, tiefen und sehr schmerzhaften Kummer. Darüber, wie sehr er und seine Frau sich von ihrem Sohn schon entfernt haben.

Dabei ist der Junge erst 17.

Denkt dann doch wieder an Timpe, auch wenn er es nicht will. Kann ein Vater denn gleichzeitig auch ein Mörder sein?

Aber ja. Natürlich. Leider hat er das selbst schon oft herausfinden müssen.

Aber Timpe?

Wieder kommen ihm Zweifel.

Ach, gesteht er sich ärgerlich ein, ich bin gerade nicht mehr ganz unbeteiligt. Das muss sich ändern.

Auch deshalb ruft er jetzt sofort Paul an.

***

Benommen steht Fabian in der grellen Sonne vor dem Polizeigebäude.

Das Brausen des Verkehrs auf der Schnellstraße klingt wie das Rauschen einer weit entfernten Brandung. Auf einer der vielen kleinen Inseln in der östlichen Karibik.

Bis eben noch war das immer eine angenehme Erinnerung für ihn gewesen.

Jetzt nicht mehr.

Es ist noch nicht Mittag und zu früh, um im ›Tour du Monde‹ zu lunchen, wie er es sonst ja fast immer tut. Außerdem ist ihm danach überhaupt nicht zumute. Er will alleine sein, ohne mit Jacques oder Mike oder Kate reden zu müssen.

Was empfindet er überhaupt noch für Julia? Vor allem jetzt?

Und Sergio? Fabian fühlt sich hintergangen, betrogen, viel mehr noch von ihm als von ihr. Ja, es war damals schwer gewesen zwischen Julia und ihm. Sergio hatte die Situation ganz offensichtlich eiskalt ausgenutzt.

Sowas macht man ganz einfach nicht. Unter Freunden.

Die Fußgängerampel schaltet auf »Grün« und er läuft, ohne es weiter zu registrieren, mit den anderen Menschen los. Über die Schnellstraße und bergab durch die schmale Gasse an der Rue Meynadier vorbei, bis er unten am Palais des Festivals ankommt.

Hier wendet er sich nach links, zur Croisette. Fabian läuft auf dieser breiten Promenade an der geschwungenen Bucht von Cannes entlang, doch er hat keinen Blick für die Reize der Szenerie. Weder für den Strand mit den teuren Beach-Bars, noch für die Palmen an der Landseite oder die prachtvollen Fassaden der Hotels. Fabian geht schnell, er hat ganz einfach das Bedürfnis sich zu bewegen. Möglichst ohne dabei nachzudenken.

Aber irgendwann ist selbst die Croisette zu Ende. Hier, beim Yachthafen Pierre Canto. Fabian bleibt stehen und blickt auf das so unschuldig glitzernde Wasser der Bucht hinaus.

Es nützt nichts. Er muss mit Julia sprechen.

Erst betrügt sie mich mit meinem besten Freund und dann bringt sie mich auch noch in den Knast. Na danke!

Wenigstens ist sie immer erreichbar.

Darauf kann man sich bei ihr verlassen, seit sie in ihrem Job so durchstartet ist sie sozusagen 24/7 im Dienst.

Fabian fischt sein Telefon aus der Hosentasche und ruft

sie an. Fast sofort geht sie ran, es ist, als habe sie auf seinen Anruf gewartet. Und sie weint.

Das nimmt Fabian allen Wind aus den Segeln und macht ihn deswegen nur noch wütender. Er kennt sie als selbstbewusste, klare Frau, die weiß, was sie will. Und meistens auch, wie sie es bekommt.

Und jetzt das.

Sergios Tod macht ihr zu schaffen, klar. Vielleicht auch ihre eigenen Zweifel. Bereut sie ihre Geschichte mit Sergio?

Dann die Frage aller Fragen.

Warum? Warum zum Teufel hat sie das getan?

Fabian weiß, dass sie seinen Lebensentwurf vom dauerhaften Dasein an Bord, auf See und exotischen Inseln, schon damals nicht mehr mit ihm geteilt hat.

»Aber dann ausgerechnet Sergio?«, fragt er sie jetzt. »Der war doch noch viel mehr Zigeuner als ich!«

»Ach, Fab. Darum ging es doch gar nicht.«

»Nicht? Worum dann?«

Wenigstens weint sie jetzt nicht mehr.

»Du warst nur noch mit dir selbst beschäftigt. Und mit Felix, deinem Juniorpartner. Ich kam nicht mehr vor. Dann noch deine Familiengeschichte ...«

»Das war verdammt schwer für mich!«

»Ja. Aber du warst dann weg. Wochenlang, nach Hamburg. Ich saß in der Karibik fest, auf irgendeiner blöden kleinen Insel, mit unserem Sohn und unserem Boot ...«

Fabian holt tief Luft, um sich zu beruhigen.

»Wenn dein Vater sich selbst tötet, ist das wohl ein Anlass, um nach Hause zu fliegen!«

»Trotzdem. Deine Familie war in dem Moment auch an Bord, in der Karibik, nicht nur in Hamburg. Vielleicht hätten wir alle drei fliegen sollen.«

Fabian sagt nichts. Sie kann es sich nicht vorstellen, wie mir zumute war. Immer noch ist. Mutter schon so lange tot. All das Ungeklärte zwischen meinem Alten und mir. Nein, sie kann sich das einfach gar nicht vorstellen.

»Manches muss man alleine verarbeiten«, sagt er, aber es klingt wenig überzeugend.

»Ich weiß nicht, ob man wirklich alles mit sich alleine ausmachen muss.«

Fabian schweigt. Julia aber redet weiter: »Vielleicht war es das. Die fehlende Vertrautheit. Ob du es glaubst oder nicht, natürlich hat mich das mit deinem Vater ebenso traurig gemacht wie dich. Das hast du aber, glaube ich, gar nicht gemerkt.«

Mist! Das entgleist hier gerade.

»Was war eigentlich los, zum Schluss, mit Sergio? Stimmt es, dass er zu mir segeln wollte? Warum, ausgerechnet, zu mir? Warum nicht nach Hamburg, zu dir? Und was wollte er in Saint-Raphaël?«

»Fabian, es war doch wirklich nur die Situation damals, in der Karibik, es war und sollte nie eine längerfristige Beziehung sein, wir sind da – hineingerutscht, es hat sich so ergeben ...«

»So einfach?«

»Ja. Einfach war es übrigens nicht. Aber Sergio war eben sehr vertraut. Ein guter Freund, nicht nur von dir. Und als du weg warst, nicht nur geografisch, war er so anders. Er hat das alles verstanden, war für mich da, einfühlsam ... Wir haben so oft über dich geredet.«

Ich kotze gleich.

»Toll. Beim Sex?«

»Fabian, bitte!«

»Und warum wollte er ausgerechnet zu mir?«

»Es hat ihm keine Ruhe gelassen. Und ich fand es auch eine gute Idee.« Jetzt weint sie wieder. »Er wollte eine Aussprache. Es dir erklären. Es lag ihm viel daran!«

Fabian schweigt. »Und er wollte dir das Geld zurückgeben. Du weißt schon, was du ihm geliehen hattest, damals ... wenigstens das wollte er.«

»Und das wäre es dann gewesen? Woher hatte er überhaupt Geld?«

»Das verdiente er sich. In Saint-Raphaël . Ein Job ...«

Plötzlich wird Fabian kribbelig.

»Was für ein Job?«

»Ein Boot renovieren. Ich ...« Jetzt schluchzt sie wieder. »Ich habe es ihm vermittelt. Deswegen ist er dorthin und ...!«

»Julia! Was für ein Job, was für ein Boot?«

»Ach, ein Freund meines Chefs hier, der hat da ein kleines altes Boot liegen, und das soll renoviert werden, damit er es benutzen kann, wenn er da ist.«

»Jemand aus Hamburg? Hat ein Boot hier in Südfrankreich?«

»Ja, er hat sich auch gerade ein Haus gekauft da unten bei euch irgendwo. Und dann das Boot hingebracht, über Land, er möchte es wie gesagt dort benutzen ...«

Das Kribbeln wird stärker.

»Ein Haus gekauft! Wo?«

»Keine Ahnung, warum ...? Ach warte, Sergio sollte sich die Schlüssel fürs Boot dort abholen, in der Agentur ...«

»In welcher Agentur?«

»Na, wo der Typ sich das Haus gekauft hat. Mein Boss fragte mich, ob ich nicht jemanden kenne in Südfrankreich, der das Boot reparieren kann, und da ...«

»Julia! Zum Teufel – welche Agentur?«

»Wie? Steht hier irgendwo auf einem Zettel. Warte ... Moment ... Hier. Agence Dollmann. Am Hafen in Saint-Raphaël.«

Fabian atmet hörbar aus.

»Ich glaub es nicht!«

Er hat mit Dollmann zu tun gehabt.

Was bedeutet das?

Sein Tod? Die geklaute Yacht?

»Fabian, was ist?«

»Ich bin da.«

»Ja, aber was ist plötzlich los?«

»Hast du der Polizei davon erzählt?«

»Von seinem Job? Nein.«

»Warum nicht?«

Das ist doch wichtig, verdammt!

Vielleicht rettet es mich – auf jeden Fall ist es eine neue Spur für die Polizei.

Fabian versucht, es ihr zu erklären, aber dabei verwirrt er sie nur umso mehr. Es klingt ja auch verrückt.

»Du sollst ihn umgebracht haben?« Julia ist entgeistert.

»Das glaubt der Oberbulle hier jedenfalls. Verrückt, oder?«

»Absurd!« Einen Moment sagt sie nichts. Dann: »Ich soll sowieso noch eine ausführliche Aussage machen. Ich kann dafür auch nach Cannes kommen. Bald ist Wochenende, ich hänge dann noch ein paar Tage dran.«

Fabian bekommt einen Schreck. Jetzt auch noch sie in Cannes.

»Ich weiß nicht, ob das gerade jetzt eine gute Idee ist. Die Aussage kannst du doch sicher auch in Deutschland machen?«

»Warum soll ich nicht kommen?« Sie hat sich längst entschlossen. »Ich wohne dann in unserem kleinen Hotel. Du weißt doch? Da hinten, oberhalb der Schnellstraße, in der kleinen Gasse ...«

Fabian stöhnt. »Hotel Lutetia.«

Natürlich weiß er das noch.

»Du siehst doch, hier ist gerade die Hölle los!«

»Umso besser!« Sie klingt jetzt fast fröhlich. »Ich kümmere mich um Felix. Du kannst dich dann völlig frei um was auch immer kümmern!«

Auch das noch. Es ist angerichtet, könnte man sagen. Ihm ist gerade nicht klar, ob er die richtigen Fäden in der Hand hält oder ein anderer. Und wer das ist.

Fabian sitzt auf einer kleinen Mauer an der Mole des neuen Yachthafens und versucht, seine Gedanken zu ordnen.

Nicht einfach.

Das in der Sonne so gemütlich glitzernde, ruhige Wasser der Bucht ist trügerisch. Feine Cirren am Horizont sagen ihm, dass es morgen kräftig wehen wird. Verfluchte Küstenschipperei! Wie einfach ist es doch, einen Ozean zu überqueren. Freies Wasser überall, keine Untiefen, Riffe, versteckte Felsen, die dicht unter der Oberfläche darauf lauern, deinem Schiff von einer Sekunde zur anderen den Bauch aufzureißen.

Klar, dass Sergio im Hafen umkam. An Land, nicht auf See. Aber warum nur? Das herauszufinden würde ihn retten, ihn von dem aberwitzigen Verdacht befreien, ein Mörder zu sein. Und nur einer kann es ihm sagen.

Dollmann.

Ausgerechnet jetzt ruft auch noch Catherine an.

Und sie klingt gar nicht gut. Atemlos erzählt sie ihm von Walter Lang. Dass er plötzlich gestorben ist.

Die sonst so souveräne Catherine wirkt ziemlich aufgelöst. Fabian kann es hören, sie spricht in kurzen, unvollständigen Sätzen, was ganz untypisch für sie ist. Er kann schon fast spüren, wie sehr sie versucht, sich zusammen zu reißen.

Sie wollte Walter Lang heute Vormittag im Krankenhaus besuchen. Als sie Fabian berichtet, wie sie es dort erfahren hat, bricht ihre Stimme.

»Du weißt nicht, wie viel er mir bedeutet hat. Er war doch wie ein Vater für mich!«, flüstert sie endlich.

Fabian nickt, spürt die Traurigkeit, die sich von ihr aus auf ihn überträgt. Nachdem sie ihn gefunden hat, erzählt sie, habe es einen ziemlichen Aufstand gegeben im Krankenhaus. Ärzte, Schwestern, schließlich die Polizei. Fabian kann es sich in etwa vorstellen.

Die Arme. »Kann es denn nicht doch ein Unfall gewesen sein?«, fragt Fabian, halbherzig. »Ein Fehler des Krankenhauses? Sowas passiert doch!«

»Nein, das wurde ziemlich sofort ausgeschlossen. Alle Geräte waren abgeschaltet. Vermutlich wurde er zusätzlich noch erstickt – ach, Fabian, es ist so unglaublich scheußlich!«

Fabian nickt. Sagt zu ihr: »Wir müssen dringend herausfinden, was hier los ist, Catherine. Bevor das noch weiter aus dem Ruder läuft!«

Bloß – wie?

»Fabian, wir haben es mit einem Mord zu tun. Sowas muss die Polizei klären! Das können wir nicht!«

Fabian holt tief Luft. »Cat, wir haben es schon mit zwei Morden zu tun. Und ich werde von der Polizei verdächtigt, einen davon selbst begangen zu haben!«

Erzählt ihr von Sergio.

Und dass der mit Dollmann in Kontakt war.

Sie ist still. Aber nicht lange. Schnell hat sie sich gefangen: »Da ist noch was. Walter wollte mir etwas sagen. Nun ist er nicht mehr dazu gekommen.«

Langsam sagt Fabian: »Also. Beide, Walter und Sergio, wussten offenbar irgendetwas, was niemand wissen soll. Und die einzige Verbindung, unsere einzige Spur bis jetzt ist Dollmann.«

»Sieht so aus …«

»Besuchen wir ihn doch noch einmal«, schlägt Fabian vor. »Treffen wir uns in deinem Büro?«

Dabei beschäftigt ihn noch ein ganz anderer Gedanke.

Wie zum Teufel passt das alles mit dem Hinweis von diesem Bruno Bartels zusammen, auch die Agentur von Catherine im Auge zu behalten?

Kurze Zeit später erreicht er Bartels in Hamburg.

Fabian berichtet ihm von den neuesten Entwicklungen, vor allem dem Tod von Lang – seiner Vermutung nach kein natürlicher Tod. Und erzählt ihm von Sergio, der ja, wie sich herausgestellt hat, auch eine Verbindung zu Dollmann hatte.

Bruno Bartels spricht am Telefon zwar ruhig, wirkt aber doch beunruhigt, und bestätigt Fabians schlimmste Annahme: »Sie haben irgendwo einen Nerv getroffen. Dass der Herr Lang, wie Sie sagen, getötet wurde ist dramatisch. Damit wird aber offensichtlich, dass er etwas mit dem Fall zu tun hatte, und zwar nichts Ehrenhaftes. Wir müssen nun also von Betrug der einen oder anderen Art ausgehen. Von Ihrem anderen Mann weiß ich nichts. Aber es klingt, als sollten Sie äußerst vorsichtig sein. Und die Polizei verständigen, falls das nicht schon geschehen ist.«

Fabian lacht. Humorlos.

»Die Polizei scheint davon überzeugt zu sein, dass ich meinen Freund Sergio getötet habe.«

»Und? Haben Sie?«

Fabian schweigt, verblüfft.

»Kleiner Scherz«, sagt Bruno. »Ich bespreche das alles mit Herrn Breuer und melde mich baldmöglichst wieder bei Ihnen. Viel Glück!«

Günther Dollmann ist nicht erfreut, Catherine und Fabian zu sehen, und er gibt sich kaum Mühe, dies zu verbergen. Dennoch stellt Catherine ihm ein paar Fragen zu seinem Schiff. Die er, wie er sehr deutlich sagt, doch alle schon diesem Herrn hier neben ihr beantwortet habe.

Ungerührt fragt sie weiter, nach speziellen Ausrüstungsgegenständen, besonderen Merkmalen.

»Wie zum Beispiel die Halterung für einen Heckanker«, wirft Fabian, hilfreich, ein. »Auf der Heckterrasse der Yacht.«

Dollmann starrt ihn an.

»Was soll das? Wovon reden Sie?«

»Hatte Ihre Yacht nicht einen Anker auf dem verlängerten Heck?«

Dollmann ist ganz offensichtlich schwer genervt.

»Was soll diese dumme Fragerei? Das weiß doch alles Ihr Gutachter, dieser Lang, viel besser. Der hat das Schiff damals versichert und jetzt auch den Schadensfall aufgenommen!«

»Schon«, meint Catherine. »Leider lebt er nicht mehr.«

Dollmann starrt sie an. »Ein Unfall?«

Catherine starrt zurück.

»Nein. Kein Unfall. Er wurde umgebracht.«

Dollmann wird blass.

»Das kann nicht sein ...«

Es ist ihm herausgerutscht, bevor er sich stoppen konnte. Seine Hand beginnt zu zittern. Langsam setzt er sich in seinen Schreibtischstuhl.

Weiß offenbar, vielleicht zum ersten Mal überhaupt, nicht, was er sagen soll. Schaut schließlich auf seine klobige Armbanduhr.

»Wie bitte, Monsieur?« Fabian starrt ihn an.

Aber Dollmann hat sich schon wieder im Griff.

»Das tut mir sehr leid. Aber ich muss jetzt gleich zu einem Kunden. Wenn ich Sie bitten darf ...«

»Ich habe noch eine Frage«, bemerkt Fabian. Catherine

legt ihm die Hand auf den Arm, aber er lässt sich nicht bremsen. Dollmann schaut ihn feindselig an.

»Ich beantworte keine Fragen mehr. Und ich habe keine Zeit mehr für Sie.«

Steht auf. Setzt sich wieder hin, als Fabian sagt: »Ich hatte einen Freund. Sergio Amaral. Sie kannten ihn.«

»Ja. Er sollte ein Boot renovieren, für einen meiner Kunden, und er hat sich die Schlüssel hier bei mir abgeholt.«

»Und ...« Weiter kommt Fabian nicht.

»Und Sie, Monsieur, haben neulich auf seinem Boot herumgeschnüffelt, oder etwa nicht? Und sind von der Polizei abgeführt worden! Was wollten Sie dort an Bord?«

Fabian ist überrumpelt. »Woher wissen Sie das?«

»Woher!« Die Pause ist winzig, aber Fabian merkt sie.

Schon redet Dollmann weiter: »So etwas spricht sich herum, hier im Hafen! Und jetzt muss ich gehen. Und Sie möchte ich noch einmal bitten, mich mit ihren lächerlichen Fragen zu verschonen!«

»Wir sind noch nicht fertig«, meint Fabian.

»Nein? Das tut mir leid. Ich habe keine Zeit mehr für Sie. Adieu! Oder muss ich erst die Polizei rufen? Die Sie ja bereits kennen?«

Plötzlich grinst er böse.

Catherine steht auf. »Nicht nötig. Vielen Dank, Monsieur. Sie hören von uns.«

Dollmann sieht sie an, als habe er ihre Gegenwart ganz vergessen.

»Das möchte ich hoffen«, meint er dann. »Bonne journée, Madame!«

Als die beiden draußen sind, schließt Dollmann die Tür seiner Agence geräuschvoll ab und lässt die Jalousien herunter. Fabian und Catherine gehen ein paar Schritte, dann bleibt Fabian stehen: »Dieser Typ stinkt doch zum Himmel!«

»Ja«, sagt Catherine pragmatisch. »Aber wir müssen wissen, warum, und ihm etwas nachweisen.«

»Vielleicht sollten wir ihm die Polizei schicken …«

»Aus welchem Grund?«, fragt Catherine.

»Ich bin mir sicher, dass der dieses Schiff überhaupt niemals gesehen hat!«

»Das Heck? Hast du ihn deshalb danach gefragt?«

»Ja. Ich habe neulich mit der Werft telefoniert. Dieses Schiff war das erste dieser Baureihe, wo sie ein verlängertes Heck angebaut haben.«

»Tja. Normalerweise weiß ein Yachteigner so etwas.«

»Eben. Er aber nicht. Ich hatte beim ersten Gespräch mit ihm schlicht vergessen, ihn danach zu fragen …«

Catherine lacht kurz auf. »Wie gut, dass es dir heute eingefallen ist.« Sagt dann aber: »Trotzdem, wir wissen immer noch nicht, was das zu bedeuten hat. Und die Polizei können wir ihm deswegen auch nicht auf den Hals schicken. Dazu müssten wir schon mehr wissen.«

»Gut. Und – weil er Kontakt zu Sergio hatte, zum Beispiel? Was ist damit?«

»Das sollte dein Kommissar tatsächlich wissen«, gibt sie zu.

»Und hast du bemerkt … also, ich könnte schwören, dass er Angst hatte, als wir ihm sagten, dass Walter Lang umgebracht worden ist!«

»Ja«, entgegnet Catherine langsam. »Das kann schon sein. Aber warum?«

»Das ist einige gute Frage. Was hat er mit Lang zu tun? Der hat sein Schiff bei dir versichert. Nun wird er umgebracht und Dollmann bekommt Angst …«

Catherine schaut Fabian an. Fabian schaut Catherine an. Sagt aber nichts.

»Hat es dir die Sprache verschlagen? Was denkst du wirklich, Chérie?«

Beide sind jeweils tief in ihre eigenen Gedanken vertieft. Sie gehen ein paar Schritte, ohne es recht zu merken, und stehen nun vor der Capitainerie, dem Büro der Hafenmeisterei. Einer Eingebung folgend meint Fabian: »Komm. Lass uns hier noch einmal nach dem Schiff fragen. Neulich hat mich der Hafenmeister rausgeworfen, vielleicht haben wir heute mehr Glück!«

Tatsächlich hat heute ein anderer Hafenmeister Dienst, der sie freundlich begrüßt.

»Wir haben nur eine Frage«, meint Catherine und lächelt den jungen Mann hinterm Tresen an. »Es geht um das Schiff von Herrn Dollmann, Sie wissen schon, von der Immobilienagentur hier. Eine Stockholm 65.«

»Ein Schiff von Herrn Dollmann? Hat er hier eins liegen?«

»Aber ja!«

»Ich schau mal nach …« Eine Weile machte er sich an seinem Computer zu schaffen. »Nein, ich weiß nicht, vielleicht ein Missverständnis? Liegt sein Schiff vielleicht drüben, im Stadthafen?«

Fabian ist elektrisiert. »Sie meinen, er hat hier überhaupt kein Schiff liegen?«

Der junge Mann wird unsicher. »Das kann ich so nicht sagen. Vielleicht sollten Sie lieber meinen Chef fragen, ich bin hier nur die Aushilfe und möchte keine falsche Auskunft geben!«

»Können Sie nicht noch einmal genauer nachsehen?«

Aber der junge Mann hat dazu plötzlich keine Nerven mehr. »Es tut mir leid, das … darf ich nicht. Fragen Sie meinen Chef, am Montag ist er wieder da.«

Draußen vor der Tür bleibt Fabian stehen und sieht Catherine an, die schon ein paar Schritte weiter ist.

»Hast du schon mal ein Schiff versichert, welches es überhaupt nicht gibt?«

»Wie bitte?«

»Wäre das möglich? Dollmann weiß nichts über sein angebliches Schiff. Der Hafenmeister auch nicht. Uns fehlt absolut jede Spur …«

Hinter ihm jault ein Motor auf, Reifen quietschen.

Catherine schreit: »Vorsicht! Nein!«, und springt ihm mit voller Wucht in die Seite.

Bodycheck.

Völlig überrascht, geht Fabian zu Boden und knallt unsanft auf den heißen Asphalt, sie landet auf ihm. Aus den Augenwinkeln sieht er ein schwarzes Motorrad an ihnen vorbei sausen, nur Zentimeter entfernt.

»Was, zum Teufel …!«

Weiter kommt Fabian nicht. Hundert Meter entfernt kommt das Motorrad zum Stehen. Der Fahrer zögert eine Sekunde. Der junge Hafenmeister kommt aus der Capitainerie gelaufen, auf die immer noch am Boden liegenden Catherine und Fabian zu.

»Alles in Ordnung?«, ruft er. Damit rettet er sie.

Das Motorrad dreht und rast abrupt davon, der Fahrer unkenntlich unter dem schwarzen Vollvisierhelm. Schwarze Lederjacke, helle Jeans, Turnschuhe.

Er sieht also aus, wie Tausende anderer junger Motorradfahrer auch. Ein Kennzeichen hat keiner von ihnen gesehen, oder sich gar gemerkt.

Fabian lächelt Catherine an, ihr Gesicht nahe über seinem.

»Du hast mich gerettet, Chérie. Danke!«, sagt er und küsst sie. Und merkt, wie sie sich entspannt, sich auf ihn sacken lässt und den Kuss erwidert.

Immerhin.

So hat noch fast jede Situation auch ihre guten Seiten.

Einen Moment später stehen sie vor dem zerbeulten R4-Lieferwagen des ›Tour du Monde‹, der nicht weit entfernt geparkt ist. Beim Einsteigen zuckt Fabian zusammen: »Verflixt, ich habe mir wohl doch irgendeinen Muskel im Bein gezerrt, eben!«

»Kannst du denn fahren? Und du blutest, hier am Ellenbogen!«

Fabian hebt seinen rechten Arm und schaut sich die Stelle an. »Ach, blöde Schramme. Das hört hoffentlich gleich auf.«

»Wir sollten dich lieber verbinden. Gibt es einen Erste-Hilfe-Kasten im Auto?«

»Ehm, glaube nicht. Weißt du was? Ich nehme mein T-Shirt.«

Zieht es sich kurzerhand über den Kopf und wickelt es um seinen Ellenbogen.

Legt dann den Kopf in den Nacken. »Weißt du was? Lass uns doch über die Küstenstraße zurückfahren ...«

»Warum?«

»Ich liebe das Panorama an der Corniche. Und wir können unterwegs in Ruhe nachdenken!«

»Na gut«, stimmt Catherine zu.

Zögernd, aber das registriert Fabian nicht.

Wenige Minuten später rollen sie mit gemächlichen 60 Stundenkilometern auf der schmalen Straße, die sich in endlosen Kurven an der felsigen Küste entlang schlängelt. Zu ihrer Rechten das Meer, links schroff aufragende Felsen und dürres Gestrüpp.

Fabian hat seinen verletzten Arm rechts in das offene Schiebefenster gelegt, seine linke Hand wandert, wie von selbst, zu Catherines Bein. Ein Lächeln huscht über ihr Gesicht, als Fabians Hand die Innenseite ihres Oberschenkels sanft streichelt.

Dann sagt sie: »Lass das! Ich muss mich konzentrieren, hier, auf dieser Straße …«

Dabei kurbelt sie am Lenkrad, um durch eine besonders enge, doppelte Haarnadelkurve zu steuern, das Meer eben noch auf der einen, dann auf der anderen und nun wieder auf der ursprünglichen Seite. Rötlich ragen die Felsen an der Innenseite der Kurve auf. Zum Wasser hin, das vielleicht hundert Meter weiter unten träge, aber mächtig gegen die Klippen brandet, fallen sie schroff und steil ab.

»Ist gut«, sagt Fabian und zieht seine Hand zurück.

»Du hast ja recht.«

Einige Minuten fahren sie schweigend, dann biegt Catherine auf einen kleinen Parkplatz, hält an und stellt den Motor ab. Vor ihnen dehnt sich das Meer ebenso wunderschön wie unbeteiligt bis zum Horizont.

Fabian wundert sich. Wartet ab, schweigend.

»Hier irgendwo muss es passiert sein«, meint Catherine schließlich, leise. Traurig. Und erzählt ihm die Geschichte von Langs Unfall, in einer dieser Kurven. Ein Lastwagen. Handyklingeln. Dass sie es war, die Walter Lang angerufen hat. Und damit den Unfall ausgelöst hat, ohne es zu ahnen.

»Unsinn!«, Fabian widerspricht vehement, aber kann ihr das Schuldgefühl nicht nehmen.

Eine Weile schauen sie einfach nur aufs Meer. Bis Fabian sagt: »Damit hat also alles angefangen … Ich habe den Fall doch quasi von Walter übernommen, oder?«

Sie nickt.

»Und was wäre«, sagt Fabian, »wenn es dieses Schiff wirklich nicht gibt?«

Kerzengerade richtete sie sich auf. »Das geht doch nicht!«

»Warum nicht?«

»Weil Walter es versichert hat.«

»Eben. Es tut mir leid«, sagt Fabian. »Wie die anderen Fälle davor vielleicht auch?«

»Das kann nicht sein«, sagt sie noch einmal und sieht wieder aufs Meer hinaus.

Dabei klingt sie alles andere als überzeugt.

Schließlich sagt sie: »Und warum musste er getötet werden? Und von wem?«

Fabian nickt, nachdenklich.

»Noch eine gute Frage. Ich habe keine Ahnung.«

Langsam lässt Joachim Breuer seinen dunkelblauen Benz die schmale, gewundene Blankeneser Hauptstraße hinabrollen.

Was für ein Tag!

Diese Geschichte in Cannes wird allmählich unübersichtlich. Und scheinbar gefährlich, wenn er Catherine Fleury und Bartels glauben kann. Und das, weiß Breuer, kann er. Verflucht, sie müssen mit dem Fall vorankommen. Schnell.

Als er zu seiner Linken sein Haus erkennt, beruhigt er sich etwas. Ein verlässlicher Ruhepol in seinem oft stürmischen Leben. Unübersehbar steht es da, am Elbhang, und soweit er weiß, ist es das einzige in dieser Straße, das eine kleine Auffahrt und einem eigenen Parkplatz neben der Haustür hat. Übrigens nicht einfach irgendeiner Tür, sondern einer wunderschön gearbeiteten Jugendstil-Haustür. Passend zu den ebenso schön ausgeführten Stuckverzierungen außen an der Fassade.

Obwohl er nun schon viele Jahre hier lebt, kann Breuer sich an diesen Dingen noch immer erfreuen. Auch an den akkurat getrimmten, dichten Hecken und dem kurzen Rasen auf seinem kleinen, aber doch sehr feinen Grundstück. Und natürlich an dem unvergleichlichen Blick von hier aus, hoch oben über dem Fluss, auf die Elbe und weit in das gegenüber liegende »Alte Land« hinein.

Am liebsten genießt er dieses Panorama aus seiner Bibliothek heraus oder aber von seiner großen Terrasse am Hang.

Leise knirscht der Kies unter den Reifen seines Wagens, als er auf die kurze Auffahrt rollt. Breuer mag selbst dieses dezente Geräusch, es flüstert ihm quasi ein freundliches »willkommen zuhause« zu.

Joachim Breuer liebt »sein« Blankenese.

Obwohl der echte Treppenadel, wie die wirklich alteingesessenen Blankeneser Familien gerne genannt werden, ihn niemals als einen der ihren akzeptieren würden – ein echter Blankeneser ist man angeblich frühestens nach der dritten oder vierten Generation. Aber das stört ihn weniger als dass es ihn amüsiert. Er hat sich dies alles selbst hart erarbeitet.

Und er ist wahrlich nicht der einzige »neu« Hinzugezogene. Zufrieden wie immer, wenn er nach der Arbeit heimkommt, steigt er aus.

Blickt über die Elbe.

In seinem Rücken hört er ein Auto mit ordinär blubberndem Motor.

Breuer dreht sich um.

Halb in seiner Einfahrt und halb auf der schmalen Straße hält ein gelber Porsche. Dieser Angeber! Und Breuer weiß, dass der Fahrer, der ihm jetzt aus seinem offenen Fenster heraus zunickt, in Südfrankreich noch so einen herumstehen hat.

Na ja. Wer es braucht.

Mit einem verbindlichen Lächeln, wie er es für seine Nachbarn und seine bedeutenderen Kunden immer parat hat, begrüßt er den Porsche. Dessen Fahrer, wie Breuer nicht umhin kommt zu bemerken, zwar wenigstens den Motor abgestellt hat, es aber noch nicht einmal für nötig befindet, auszusteigen.

Aber vielleicht, denkt Breuer ebenso schadenfroh wie belustigt, ist ihm das ja auch zu beschwerlich.

»Guten Abend, Herr Himmelheber«, sagt er. »Was für ein schöner Sommerabend, oder?«

Der nickt, murmelt seinerseits ein paar Höflichkeitsfloskeln, kommt dann aber sehr schnell zu seinem Thema.

Seine Yacht. Der Schoner AEOLUS, der ja seit Kurzem bei Breuer versichert ist. Oder in dessen französischem Büro in

Cannes. Wo am Wochenende die »Régates Royales« stattfinden. Die er, Himmelheber, mit seinem Schiff natürlich sehr gerne gewinnen möchte.

Breuer hört ihm höflich zu, obwohl er schon überlegt und ahnt, warum der ihm das alles erzählt. Und aus den Augenwinkeln sieht, wie seine Frau aus dem Fenster schaut und sich vermutlich fragt, wieso er nicht hereinkommt.

»Es ist ja so«, sagt Himmelheber endlich, »mein Regattasteuermann ist kurzfristig ausgefallen. Ihre Mitarbeiterin in Cannes, lieber Breuer, hat meinem Kapitän empfohlen, als Ersatz diesen Fabian Timpe zu fragen ...«

Breuer nickt.

Das weiß er natürlich, schließlich hat er selbst es Catherine vorgeschlagen. Was man nicht alles tut für seine Kunden.

»Ist das nicht der Sohn von diesem – ähm, diesem Pleitereeder? Der sich umgebracht hat?«

Breuer lächelt unerschütterlich weiter. Als einzige äußerlich sichtbare Gemütsregung hebt er eine Augenbraue. Innerlich aber brodelt es in ihm.

Natürlich. Klar, dass Typen wie der so denken.

Aber der weiß ja auch nichts. Also erklärt Breuer es ihm.

Oder deutet es zumindest an.

»Es ist eine sehr tragische und auch ziemlich komplexe Familiengeschichte«, sagt er. Und fügt, etwas strenger, hinzu: »Nicht so einfach zu urteilen, von außen. Der Senior war einige Jahre lang ein sehr guter Kunde, schon eher eine Art Geschäftspartner von mir!«

»Oh. Ehm, ja. Aber ...«

Breuer unterbricht das peinliche Gestammel.

»Herbert Timpe war ein Gentleman. Nur hat er, eben weil er einer war, sich geweigert, sein Geschäft dem heute wohl branchenüblichen Gebaren anzupassen.«

Himmeheber nickt, aber offenbar ohne recht begriffen zu haben.

»Und sein Sohn? Kennen Sie ihn?«

»Nein. Nicht persönlich. Er soll aber ein ganz ausgezeichneter Steuermann sein.«

»Na, hoffen wir es mal«, meint Himmelheber, immer noch verwirrt.

»Nun, ich wünsche viel Glück«, sagt Breuer.

Als er ins Haus geht, denkt er über die Familie Timpe nach.

Herbert Timpe war ein feiner Kerl. Dass solche Idioten so über ihn reden, denkt Breuer, hat er nicht verdient. Und Fabian auch nicht.

Sie hatten ein wirklich schweres Schicksal. Von der großen Villa hier in Blankenese, am Ende der Elbchaussee, in eine kleine Mietswohnung in Othmarschen. Breuer kann sich noch gut an Herberts Frau erinnern, eine große, warmherzige, temperamentvolle Dame aus dem Süden. Und an seine unendliche Trauer, als sie an Krebs starb. In sehr schwierigen Zeiten für seine Reederei, als alle anderen Schiffseigner ausflaggten und asiatische Mannschaften billig anheuerten, war Timpe plötzlich auch privat alleine.

Mit zwei erwachsenen Kindern, zu denen er wohl nur

eine eher kühle Beziehung hatte. Fabian und seine Schwester, wie hieß sie gleich noch? Hannah. Die hatte damals schon irgendwen in Bayern geheiratet.

Joachim Breuer hatte alle Schiffe von Herbert versichert. Und musste mit ansehen, wie der eins nach dem anderen aufgeben musste. Weil er sich sturköpfig weigerte, auszuflaggen und billige Seeleute auszubeuten. Doch seine direkte Konkurrenz, die anderen Feederschiffe, war natürlich viel billiger zu chartern, und bald war es dann eben ganz vorbei.

Und sein Sohn musste das alles auch miterleben. Der suchte damals selbst nach einem Platz im Leben. Segelte schließlich davon mit seiner Freundin.

Und der Vater, Herbert Timpe der Gentleman, nahm sich, einsam und verbittert, das Leben.

Traurig schüttelt Breuer den Kopf. Schaut auf die Elbe und denkt, dankbar, wie gut es ihm geht. Und: Wie sich Fabian jetzt wohl macht? Schwierig genug scheint der Fall ja zu sein. Hoffentlich geht alles gut. Ihm im Rahmen seiner Möglichkeiten wenigstens etwas zu helfen, das ist es, was er ja nur wollte. Das, so denkt Breuer, ist er Herbert Timpe schuldig. Denn ihm, den er so sehr schätzte, konnte er nicht helfen.

Den Rest des langen Weges nach Cannes fahren Catherine und Fabian schweigend. Um die fast kreisrunde Ankerbucht von Agay herum, durch Theoule-sur-Mer und am Hafen von La Rague vorbei, hinter dem Schlösschen von La Napoule schließlich auf den Strandboulevard, der direkt bis zum alten Hafen von Cannes führt. Wie durch ein Wunder finden sie einen Parkplatz gleich neben dem Liegeplatz der MELODIA.

Auf der Pier erstarrt Catherine plötzlich. Zeigt auf ein Motorrad auf der Landseite. Meint, es sei das aus Saint-Raphaël.

Fabian bemüht sich, sie zu beruhigen. Und sich selbst.

»Quatsch«, brummt er. »Ein Motorrad, eben. Wie Tausende andere auch. Du siehst Gespenster!«

»Nein, ich glaube nicht. Schwarz, mit diesem komisch geformten Tank ...«

»Ach, komm«, sagt Fabian. »Gehen wir erst einmal an Bord!«

Zögernd schaut Catherine sich um, folgt ihm dann an Bord der MELODIA.

Wie immer streift Fabian schon auf der Pier die Schuhe ab. Spürt das vertraute Teakdeck unter seinen Füßen. Wie gut ihm das tut. Es kommt ihm vor, als habe er zum ersten Mal seit längerem wieder festen Boden unter den Füßen – auch, wenn dieser spezielle feste Boden leicht schwankt.

Er hilft Catherine an Bord, geht dann voran, am schweren, soliden Holzmast vorbei nach achtern.

Das Schiebeluk über dem Niedergang steht offen, aber das ist nicht so ungewöhnlich, als dass er weiter darüber nachdenkt.

Fabian steigt nach unten und meint zu Catherine, die

noch draußen im Cockpit steht: »Ich mache uns erstmal einen kleinen Kaffee, oder?«

»Gut«, sagt sie und klettert auch den Niedergang hinab unter Deck.

»Hast du hier einen Erste-Hilfe-Kasten?«

Dann schnuppert sie, sieht, wie Fabian die Streichhölzer zur Hand nimmt, um den Kocher anzuzünden, und ruft panisch: »Fabian! Stopp! Nicht!« Dabei fällt sie ihm in den Arm und reißt ihm die Streichhölzer aus der Hand.

»Zum Teufel – was ist?« fragt er verwirrt.

Sie sieht ihn aus weit aufgerissenen Augen an. »Riechst du es nicht?«

Fabian schnuppert. »Jetzt, wo du es sagst«, meint er zögernd. »Gas!«

»Ja! Du hättest uns in die Luft sprengen können!«

»Unmöglich«, murmelt er. »Die Anlage ist gerade erst geprüft und ich habe einen Gaswarner ... Hier!« Damit zeigt er auf ein rundes weißes Ding, welches unten kurz über dem Fußboden am Schott klebt.

»Das gibt es doch nicht!«

Die Kabel. Er beugt er sich nach unten und hält zwei Drähte in der Hand.

»Der Geber für den Alarm sitzt unten, in der Bilge, weil sich ausströmendes Gas zuerst dort sammelt. Und hier, am Alarm, sind sie gekappt worden!«

»Also kein Zufall«, flüstert sie. »Ich hatte doch eben schon dieses dumme Gefühl. Das Motorrad ...!«

Mit einem Satz, schneller, als man es bei seiner Statur und vor allem mit dem gezerrten Beinmuskel erwartet hätte, ist Fabian draußen.

Das Motorrad ist weg.

Fabian erkennt dafür jemand anderen.

»Hallo, Franck!«, ruft er.

Der aber dreht sich um und geht weg.

Schnell, mit gebeugtem Kopf. Als wäre er ertappt worden.

Im Cockpit klappt Fabian den Deckel der Gaskiste auf, dreht den Hahn an der Gasflasche ab und geht zurück zu Catherine. »Schauen wir doch mal«, murmelt er und untersucht den Kocher. Genauer, die Rückseite des halbkardanisch aufgehängten Gerätes. Mühsam beugt Fabian sich über die Edelstahloberfläche mit den drei Ringen für die Kochflammen, bewegt den Kocher in seiner Aufhängung etwas und sieht dann das, was er befürchtet hatte.

Der Gasschlauch.

Hinten am Kocher ist der Gasschlauch an ein Messingrohr angeschraubt. Und direkt vor dem Rohr ist der Schlauch – aufgeschlitzt.

Der Täter muss ein sehr scharfes Messer dabeigehabt haben, denkt Fabian.

Nachdenklich richtet Fabian sich auf und sieht Catherine an.

»Es ist wirklich kein Zufall. Ich würde sogar sagen, ein eiskalter Anschlag. Jemand hat am Gasschlauch herumgeschnibbelt!«

Catherine schaut ihn an. Sagt nichts, das ist nicht nötig, aber sie schüttelt langsam ihren Kopf.

»Die Küche bleibt erst einmal kalt hier an Bord«, sagt er. »Unseren Kaffee müssen wir wohl bei Jacques nehmen.«

»Vorher werde ich dich aber endlich verarzten.«

Fabian nickt. »Der Erste-Hilfe-Kasten ist gleich da drüben, neben dem Niedergang an Backbord ... ja, da in dem Fach!«

Er hält ihr den blutverkrusteten Arm hin.

»Hm«, sagte sie und kramt in der Bordapotheke. »Das machen wir erst mal sauber, hier, mit diesem antiseptischen Zeug, dann verbinde ich es. Wegen deiner Zerrung kann ich nichts machen ...«

»Schon gut, danke«, sagt Fabian und verzieht das Gesicht, als sie seinen Arm mit einem feuchten Tuch abwischt. Frisches Blut tropft wieder aus der Wunde.

»Au!«, sagt Fabian.

»Désolée«, lächelt sie, »als Held muss man schon mal leiden!«

»Also«, sagt Fabian. »Irgendjemanden haben wir aus der Reserve gelockt ... Erst der Rempler vom Motorrad und dann dies hier!«

»Offensichtlich«, stimmt Catherine zu und wickelt Mullbinde um seinen Arm.

Fabian denkt, laut, weiter. »Nehmen wir mal an, auch dies hier war unser mysteriöser Motorradfahrer. Hierherfahren, an Bord gehen, ein Gasleck verursachen und den Alarm kappen. Das dauert. Und er konnte nicht wissen, wann wir an Bord kommen. Also ist er entweder ziemlich abgebrüht, oder er hatte jemanden, der Schmiere steht. Franck zum Beispiel!«

Catherine lässt die Mullbinde fallen.

»Franck? Was redest du da?«

»Er war gerade eben auf der Pier. Als ich gerufen habe, drehte er sich um und lief weg. Komisch, oder?«

Catherine schüttelt den Kopf.

»Zufall?«

Fabian verzieht das Gesicht.

»Glaubst du wirklich noch an Zufälle?

Und an den Weihnachtsmann?«

»Aber Franck?«

Fabian sagt nichts dazu. Dann fällt ihm ein, gerade noch so eben rechtzeitig, dass er Felix von der Schule abholen muss.

Catherine bietet ihm an zu fahren.

Unterwegs bittet sie ihn eindringlich, am nächsten Tag trotz seiner Verletzung den Schoner zu steuern. Der Kapitän, Gary, habe noch mehrmals bei ihr nachgefragt deswegen.

Doch Fabian sträubt sich. Obwohl er bisher gerne die großen Klassiker gesegelt hat und als Steuermann auch sehr gefragt ist. Jetzt ist ihm gar nicht danach.

»Warum soll ich ihm diesen Gefallen erweisen, verdammt noch mal? Hätte er sich halt früher kümmern müssen!«

Catherine aber gibt nicht nach.

»Fab, bitte? Du würdest vor allem mir helfen!«

»Dir?«

»Ja. Das habe ich doch schon erklärt. Er ist ein guter Kunde und ich möchte ihm helfen. Weil ich gerne noch mehr von diesen teuren Klassikern versichern will!«

Schließlich gibt Fabian nach, immerhin ist er ja bei der Versicherung mit an Bord. Und wenn er ganz ehrlich ist, muss er zugeben, dass es ihm wohl doch Spaß machen würde.

***

Franck läuft, ohne sich umzublicken, die Pier entlang. In der unangenehmen Gewissheit, dass Fabian ihn gesehen hat.

Aber, verdammt nochmal, die Pier vor diesem Boot ist öffentlich. Dort sind viele Menschen unterwegs. Doch natürlich weiß Franck, dass es darauf nicht ankommt.

Außerdem hat ihn noch jemand anderes gesehen.

Und Franck hat ihn auch gesehen.

Lu.

Das macht ihm Angst.

Was wollte der da?

Franck wollte nur einmal vorbei spazieren und schauen, ob vielleicht Catherine an Bord ist, bei diesem albernen Seebären, den sie so toll findet. Gut, jetzt weiß er, dass das keine gute Idee von ihm war.

Zu spät.

Franck ist bei dem kleinen Platz schräg gegenüber vom

Festivalpalais angekommen. Plötzlich erschöpft, lässt er sich auf eine Bank fallen.

Sein Handy klingelt. Lu. Verdammt.

Mit einem unguten Gefühl geht Franck ran.

»Was hängst du da vor dem Boot von diesem Loser rum?«, fährt Lu ihn an.

Franck ist perplex. Nimmt sich dann zusammen.

»Und du? Ich habe dich auch gesehen. Was machst du dort?«

»Du hast mich nicht gesehen.«

»Ist gut«, sagt Franck, vielleicht etwas zu schnell.

»Was wolltest du dort?«

Lu antwortet in diesem ekelhaften Tonfall, bei dem Franck das gemeine Grinsen direkt sieht.

»Ihn in die Luft sprengen. Mitsamt seinem Kahn.«

»Wie?« Franck ist schockiert.

»Na was? Du willst ihn doch loswerden, du Lappen!«

»Aber doch nicht so!«

»Wie denn sonst? Wichser! Stört es dich gar nicht, dass er deine Chefin fickt?« Lu lacht ihn aus. Laut. Hässlich.

»Hör auf. Das macht er nicht!«

Lu wiehert immer noch.

»Ich lach mich kaputt.« Das gemeine Lachen aber hört auf. »Hat er dich gesehen?«

»Ich glaube schon.«

»Dumm gelaufen, Schwester!«

»Hör auf, so zu reden.«

»Schon gut. Du Lutscher. Und jetzt sperr die Ohren auf. Es wird noch viel heißer. Mach dir also nicht in die Hose. Und komm mir nicht blöd, dann weißt du ja jetzt, was dir blüht!«

Damit beendet Lu das Gespräch, ohne auf eine Antwort zu warten.

Franck bleibt lange auf der Bank sitzen und starrt ins Leere.

***

Catherine parkt den R4 ein paar Dutzend Meter die Straße hinab, am Schultor vorbei, aber auch so findet Felix sie sofort. Freudig kommt er die Straße entlang gerannt, bremst dann aber ab, als er erkennt, dass Fabian nicht alleine ist. Geht zur Beifahrertür, wo Fabian das Seitenfenster aufgeschoben hat, und sagt: »Hallo, Papa!«

Sieht dann den bandagierten Arm.

»Was ist passiert?«

»Nichts Schlimmes, bin hingefallen«, sagt Fabian. »Deshalb fährt heute auch mal Catherine.«

Die lächelt: »Hallo, Felix!«

»Ehm, hallo«, sagt Felix, ohne große Begeisterung.

»Du musst leider hinten einsteigen«, erklärt Fabian. »Geht nicht anders. Nicht schlimm, oder?«

»Nö!«, sagt Felix und klettert durch die Hecktüren in den Laderaum des R4-Kastenwagens, wo sich sonst die Wein-

und Gemüsekisten nach dem Einkauf für das ›Tour du Monde‹ stapeln.

Die kurze Rückfahrt zum Hafen verläuft schweigsam.

Catherine findet in der Nähe des Bootes einen Parkplatz, dann verabschieden sie und Fabian sich mit einer Umarmung rasch und eher leidenschaftslos.

Die Stimmung zwischen beiden ist nachdenklich, wenn nicht gar bedrückt nach diesem Tag.

An Bord erklärt Fabian, warum sie nicht kochen können. Und dass trotzdem bald alles wieder gut wird und dass er morgen nun doch einen der Schoner segeln wird, aber eigentlich nur, um Catherine zu helfen.

Das alles ist ziemlich viel für Felix. Wie es denn zu dem Gasleck kommt, will er wissen, und auch alles über Fabians »Unfall« hören, bei dem er sich den Arm aufgeschlagen hat. Wenigstens letzteres kann Fabian etwas ins Komische verkehren, beim Erzählen, indem er sich selbst als ziemlich ungeschickt darstellt – er sei doch fast in ein Motorrad hineingelaufen, so tief sei er in Gedanken gewesen, und ob Felix sich sowas vorstellen könne.

Kann er kaum, lacht aber herzlich darüber. »Stell dir vor, du wärest stattdessen von der Pierkante ins Wasser gelaufen«, meint er.

»Hätte auch passieren können«, stimmt Fabian ihm zu. »Du musst also gut auf mich aufpassen, wenn wir gleich zum Essen irgendwo an Land gehen, dass mir das nicht immer noch passiert!«

»Ist gut«, meint Felix. »Gehen wir zu Jacques?«
»Wie du möchtest. Du darfst es dir aussuchen.
Oder eine Pizza, in der Rue Meynadier.«

Felix denkt kurz nach und Fabian nutzt den Augenblick, um ihm zu sagen, dass Sergio nicht mehr lebt.

Das ist nun wirklich fast zu viel für Felix.

Geduldig erklärt Fabian, dass es ein Unfall war, dass aber trotzdem die Polizei das alles noch untersucht. Und dass er Sergio vermisse, dass nun aber ja jedes Leben irgendwann ende, nur einige früher als andere …

Fabian schaut ihn mit großen, erschrockenen Augen an.

»Aber Sergio …!«

»Ja. War auch guter Freund für dich, oder?«

Fabian hat einen Kloß im Hals und möchte das Thema schnellstmöglich beenden. Aber gleichzeig treibt ihn irgendwas dazu, mehr erfahren zu wollen, durch seinen Sohn, über die Zeit in der Karibik, als … dieser verfluchte Kerl! Warum hat er mir das nur angetan!

Felix schaut ihn weiterhin an, etwas unsicher.

»Ja, schon, aber ich weiß nicht … Er hat sich um uns gekümmert, als du nicht da warst, du weißt schon. Aber … es wäre doch viel schön gewesen, wenn du einfach bei uns geblieben wärest!«

»Ach, Felix, es tut mir leid!« Fabian hat Mühe, seine Tränen zurückzuhalten. Kurz drückt er Felix an sich, dann wendet er sich ab und wischt sich die Augen trocken.

»Nun, wo wollen wir hin zum Essen?«

An Land bemüht Fabian sich, möglichst schnell die Stimmung von eben abzuschütteln.

Beim Essen in der kleinen Pizzeria in der Rue Meynadier, die sie beide gerne mögen, spricht er daher hauptsächlich über das Rennen am nächsten Tag und über das Schiff, die AEOLUS, welches er steuern soll. Es sei ja nun schon ziemlich auf die letzte Minute, dass er nun doch endlich zugesagt habe, aber Catherine werde noch heute Abend den Kapitän anrufen und es ihm sagen. Der wohl die ganze Zeit schon fest damit gerechnet hat, vermutet Fabian.

Laut sagt er: »Der wird ganz schön erleichtert sein!«

»Warum?«, fragt Felix.

»Tja, er ist bestimmt ein guter Kapitän. Aber kein Regattasegler. Aber wenn ich nicht einspringe, müsste er morgen das Schiff selbst steuern. Und in einer Regatta, das ist schon etwas vollkommen anderes als auf einer gemütlichen Segeltour mit dem Eigner oder Chartergästen an Bord!«

Felix nickt. Das kann er sich auch vorstellen.

»Übrigens, Papa ...«

»Ja?«

»Dann kann ich morgen ja Bilder von dir machen«, sagt Felix, endlich wieder froh. »Ich fahre mit Mike raus! Stell die vor, er nimmt mich mit zum Fotografieren! Und vielleicht soll ich sogar sein Boot mal steuern, sagt er! Klasse, oder?«

»Aber du hast morgen Schule ...«

»Nur bis mittags. Mike holt mich ab und dann geht es direkt raus!«

Fabian nickt und grinst.

»Wann habt ihr beiden das denn ausgeheckt?«

»Och ...«

»Na ja, ist schon gut. Ich finde das toll! Und ich freue mich riesig für dich, Felix!«

Felix strahlt ihn an, als sei Weihnachten.

Wie schnell sich eine Kinderstimmung wandelt, Gott sei Dank!

Und schon wieder hat er Mühe, seine Tränen zurückzuhalten, diesmal vor Erleichterung und Rührung.

Danke dir, Mike, dass du ein so guter Freund bist – auch für Felix!

Freitag

Als Fabian seinen Sohn Felix zur Schule bringt, steht der Schulleiter wie verabredet draußen vor dem Tor, begrüßt Felix freundlich und bittet Fabian auf ein Wort mit hinein in sein Arbeitszimmer.

Der ist zwar ungeduldig, weil in Gedanken schon auf dem Schoner AEOLUS, den er segeln soll, hört sich glücklicherweise aber doch genau an, was der Direktor ihm zu sagen hat.

Dass man sich an der Schule intensiv um Mobbing und die Drogenproblematik kümmere, auch mit Hilfe von Hinweisen eines hochrangigen Kommissars hier aus Cannes. Was die Schulleitung begrüßt, aber auch überrascht. Und dass die entsprechenden Schüler identifiziert seien und nun Disziplinarverfahren beginnen, die mit Sicherheit zum Schulausschluss führen würden.

Zum ersten Mal seit Tagen kann Fabian aufatmen, dass sich etwas auch einmal positiv entwickelt. Ob es sich bei dem Kommissar um den Monsieur Raynaud handele, fragt er sicherheitshalber nach.

Das erstaunt den Schulleiter: »Kennen Sie ihn?«

»Flüchtig«, sagt Fabian. Und spürt eine gewisse Erleichterung. Worüber genau, kann er noch nicht sagen, aber das Bauchgefühl ist positiv.

Noch.

Ich muss ihm unbedingt von Sergios Verbindung zu Dollmann erzählen.

Oder überlasse ich es lieber Julia, diesen Punkt bei ihrer Aussage zu erwähnen?

Schwer zu entscheiden. Also verschiebt er das auf später.

Touristen stehen gaffend auf der Pier, bestaunen blitzblank geputzte Messingbeschläge, Hunderte laufender Meter schneeweiß geschrubbter Teakdecks, Aufbauten und Luken in satt lackiertem Mahagoni, gelblich glänzende Masten aus kanadischem Spruce-Holz, die, eingefangen in verwirrenden Spinnengeweben aus Drähten und Tauwerk, hoch in den Himmel ragen.

Diese alten Schoner und Rennyachten wirken wie aus der Vergangenheit gefallene Spielzeuge der Adligen und Früh-Industriellen.

Imponierend. Schwimmende Symbole von Macht und Geld, damals wie heute. Und damals wie heute überwiegend gesegelt von bezahlten Mannschaften.

In einer langen Reihe liegt ein gutes Dutzend solcher historischen Rennyachten beieinander, alle mit ihren Hecks zur Pier, nur wenige hundert Meter vom Liegeplatz der MELODIA entfernt. Auf den Decks wuseln Seglerinnen und Segler umher, meist barfuß, in Shorts und weißen Polohemden, und bereiten die Schiffe auf das am Nachmittag bevorstehende Rennen vor. Winschen werden geprüft und geschmiert, Blöcke und Tauwerk angebracht, Segel an Deck gezerrt und dort festgebunden.

Fabian schultert sich einen Weg durch die Menge und geht über eine lange Gangway an Deck der AEOLUS. Dass er dabei etwas humpelt, bleibt Gary, dem Kapitän, nicht verborgen.

»Was ist mit dir passiert?«, fragt er nach einer kurzen Begrüßung. Vermutlich schaut er dabei auch auf Fabians bandagierten Ellenbogen, aber wegen seiner verspiegelten Sonnenbrille lässt sich das nicht so genau sagen.

»Nichts weiter, kleiner Unfall gestern«, sagt Fabian achselzuckend.

»Kannst du so denn überhaupt segeln?« Gary kling besorgt, aber auch gereizt.

»Wird schon gehen«, meint Fabian gelassen.

»Na, das will ich hoffen. Falls nicht, haben wir ein Problem.«

»Ich sagte doch, es wird schon gehen«, sagt Fabian.

Der steht aber gehörig unter Druck. Und das Problem hast, wenn, dann nur du!

»Ist doch nur eine Regatta«, fügt er lächelnd hinzu.

»Der Eigner hasst es, zu verlieren«, erwidert Gary, sein Gesichtsausdruck bleibt dabei unbewegt.

Na sowas. Wer tut das nicht.

Eine Weile reden sie über das bevorstehende Rennen und die Details – Kurs, Wind, Wetter, Besegelung des Schiffes.

Mittendrin klingelt Fabians Telefon. Er fischt es aus der Hosentasche und schaut kurz aufs Display – eine Nummer aus Hamburg.

»Tut mir leid, ist geschäftlich«, sagt er zu Gary und nimmt das Gespräch an. Bruno Bartels.

Gary öffnet den Mund, um etwas sagen, aber Fabian hebt die Hand, geht ein paar Schritte bis an die Reling und dreht sich um. Den Unmut des Kapitäns kann er im Rücken fast körperlich spüren. Das ist ihm jetzt aber egal.

Bartels will Ergebnisse. Hören, wie es vorangeht.

»Ich habe da so eine Idee«, sagt Fabian. »Und ich werde angegriffen.«

Bruno lacht kurz auf. »Das sagten Sie gestern schon. Na, wenn Sie mich fragen, ist das ein gutes Zeichen. Sie scheinen jemanden aus der Reserve zu locken. Also sind Sie wohl auf der richtigen Spur unterwegs. Bewegung in der Sache und so!«

Fabian kann nicht beurteilen, wie ernst das gemeint ist, findet es selbst jedenfalls nicht besonders witzig.

»Wir haben es hier schon mit zwei Morden zu tun«, sagt Fabian kühl. »Das wissen Sie doch auch. Und ich will nicht der Nächste sein!«

Einen Moment ist Bruno still.

»Verständlich«, sagt er dann, immerhin. »Ist die Polizei mittlerweile verständigt?«

»Die Polizei ist dabei. Mich halten sie für einen der Täter!«

»Das wird ja immer toller. Erzählen Sie!«

Und Fabian erzählt ihm noch einmal und diesmal ausführlich von Sergio und von Walter Lang. Und dass der gemeinsame Nenner beider Dollmann ist, Eigner der verschwundenen Yacht. Und vom Hafenmeister in Saint-Raphaël und seiner, Fabians, Idee, dass es die Yacht vielleicht gar nicht gegeben habe. Ob sowas möglich sei?

»Nichts ist unmöglich«, antwortet Bruno. »Schon gar nicht im Versicherungsgeschäft. Nehmen wir mal an, ihre Idee stimmt. Lang muss es dann gewusst haben. Und dann muss er gemeinsame Sache mit den sogenannten Eignern gemacht haben. Es hat ja mehrere solcher Fälle gegeben. Aber warum ist er dann umgebracht worden?«

Eine interessante Frage, die Fabian natürlich auch beschäftigt. Und wie passt Sergio ins Bild?

Und dann ist da noch Franck, erzählt er Bartels jetzt, der ihm nicht geheuer sei und der vor seinem Schiff herumlungerte, als es fast zur Gasexplosion gekommen war.

»Catherine hat ihn von Ihrer Konkurrenz abgeworben, in Monaco, ist noch nicht sehr lange her!«

»Tatsächlich!« Bartels pfeift leise. »Davon wissen wir noch gar nichts.« Fügt dann hinzu: »In ihrem Tagesgeschäft handelt sie natürlich eigenverantwortlich.«

Eine fröhliche Seglerin, braungebrannt, kurze weiße Shorts und T-Shirt, schiebt Fabian sanft beiseite.

Sie fädelt Tauwerk durch einen der Blöcke an der Reling und Fabian steht dabei im Weg. Er schaut sie an und ist momentan abgelenkt. Sagt dann zu Bruno: »Ehm, wo waren wir gerade?«

»Ich sagte, dass vielleicht noch etwas viel Größeres dahintersteckt. Seien Sie also vorsichtig, Timpe!«

Na, vielen Dank für diesen Ratschlag.

»Wie soll ich weiter vorgehen?«

»Das kann ich Ihnen von hier aus nicht sagen. Beobachten Sie weiter. Ich höre mich einmal um, ob ich noch mehr über diesen Franck erfahren kann – wie hieß er noch gleich?«

»Dupont.«

»Gut. Also, vielleicht kann mir jemand mehr über ihn sagen. Wir sprechen Montag und stimmen uns dann wieder ab. Viel Glück bei der Regatta.«

»Wie bitte?«

»Sie steuern doch heute die Aeolus, oder etwa nicht?«

Fabian ist verblüfft. »Sie wissen aber auch alles, oder?«

»Nein, es gibt sehr vieles, was ich nicht weiß«, sagt Bruno, schon fast philosophisch. »Aber über unsere größeren Kunden und deren Yachten bin ich schon gerne im Bilde. Der Eigner ist ein Nachbar von Herrn Breuer, in Blankenese.«

Blankenese. Fabian rollt innerlich mit den Augen. Und ein Nachbar des großen Chefs, des Inhabers der Versicherung. Na prima. Aber es ist ja nur eine Regatta.

Noch gute zwei Stunden bis zum Start. Fabian hat in der Zwischenzeit die Mannschaft kennen gelernt. Vor allem die Leute in den für ihn wichtigen Schlüsselpositionen, Segler, mit denen er im Rennen quasi zusammenarbeiten wird.

Darunter als erstes der Navigator, ein schmächtiger, aber schlagfertiger und humorvoller Franzose, der von der überwiegend englischen Crew aus irgendeinem Grund »Harry« genannt wird, obwohl er Nicholas heißt. Mit ihm wird Fabian sich über die Taktik verständigen, Harry wird ihn dazu mit den Basisinformationen versorgen. Wo auf der Regattastrecke sie sich jeweils befinden und in welcher Peilung sich die nächste Wendemarke befindet, zum Beispiel.

Dann die Segeltrimmer sowie natürlich der »First Mate« an Bord, der zweite Mann nach dem Kapitän, der die Crew während der Segelmanöver koordiniert und allen sagt, was sie zu tun haben.

Gary, der Kapitän selbst, hat im Rennen dagegen nichts mehr zu tun. Spätestens zehn Minuten vor dem Start übergibt er das Schiff an Fabian und Harry, und erst nach dem Zieldurchgang übernimmt er es wieder.

Fabian bespricht mögliche Szenarien für das Rennen mit Harry, als es plötzlich still wird an Bord.

Alle starren zum Heck des Schiffes, so dass auch Fabian sich umwendet.

Es ist kaum zu glauben.

Eine Frau, ach was, ein Ereignis schreitet die Gangway hinauf, als sei dies der berühmte Rote Teppich beim Filmfestival. Kerzengerade und schlank, mit einer kastanienbraunen Löwenmähne, die von der Brise leicht bewegt wird, und einem Blick, der aus großen Augen alles und jeden direkt zu verschlingen scheint. Dazu ein unglaubliches Lächeln aus einem nur gerade so eben zu groß geratenen Mund, der dadurch wahnsinnig sexy ist.

»Wer ist das?«, fragt er Harry.

»Unsere schöne Leona, natürlich!«

»Wer?«

»Du kennst sie nicht?«

Fabian schüttelt den Kopf, Harry lacht.

»Kaum zu glauben. Leona Lewrona, Gesellschaftsreporterin für das Fernsehen, absoluter Darling von Schauspielern und Politikern und ähnlichen Menschen, und mittlerweile selbst schon so prominent wie ihre Interviewpartner.«

»Ich habe keinen Fernseher«, murmelt Fabian.

Direkt hinter ihr kommt ein schwarz gekleideter Muskelprotz an Deck und dann – Catherine. Ihre Gäste für das Rennen.

Vor allem auf den großen Yachten ist es üblich, dass Freunde oder Bekannte der Eigner oder eben auch mal Prominente als Passagiere an Bord mitkommen.

Meist sitzen sie unterwegs auf dem Achterdeck, wo sie sich bemühen möglichst wenig zu stören, wenn sie gut sind. Und wo sie, wenn sie sich nicht bemühen, dauernd und überall im Weg sind.

Leona lächelt süß und schaut sich um, als würde sie ihr neues Revier mit Blicken markieren.

Gary begrüßt sie und Catherine kurz, während die Mannschaft mit den letzten Vorbereitungen zum Ablegen beschäftigt ist.

Einige andere Yachten verlassen bereits den Hafen, die Atmosphäre ist prickelnd, aufgeladen und voller Erwartung auf das bevorstehende Rennen.

Catherine kommt zu Fabian herüber und begrüßt ihn mit den üblichen Wangenküsschen, aber auch einer warmherzigen und innigen Umarmung.

»Was macht der Arm?«, fragt sie. Dreht sich dann halb zu Leona und stellt ihr Fabian vor, als den berühmten Segler, der heute das Schiff steuern wird.

»Sie übertreibt ein wenig mit der Berühmtheit«, sagt Fabian zu Leona, die ihn interessiert, aber auch mit einer Spur von Ironie betrachtet.

Vor allem, als sie die Tätowierung auf seinen Handrücken entdeckt.

»Was steht dort?«, will sie wissen.

Lächelnd hält Fabian ihr die Hände hin.

BORN ON A PIRATE SHIP.

»Interessantes Motto!« Und der eben noch leicht amüsierte, ironische Ausdruck verschwindet aus ihren Augen, als sie das sagt.

Das Deck vibriert etwas unter ihren Füßen, als die Maschine angeworfen wird. Bis auf zwei werden alle Festmacherleinen gelöst.

Endlich hat der Eigner der Yacht seinen Auftritt. Ein quietschgelber Porsche mit Hamburger Kennzeichen hält direkt vor der Gangway. Ein Mann steigt aus und marschiert forsch an Bord; er ist etwa Mitte vierzig und sportlich, trägt eine weiße Hose, weißes Hemd, Strohhut und Sonnenbrille. Mit theatralisch ausgebreiteten Armen steuert er auf Leona zu und ignoriert dabei seinen Kapitän, der ihn unbeholfen vorstellen will.

Einen halben Meter von ihr entfernt sinken seine Arme nach unten und es bleibt bei den Luftküsschen ohne Wangenkontakt.

Fabian findet Catherines Blick und kann sich ein kleines Grinsen nicht verkneifen, welches glücklicherweise nur von ihr bemerkt wird.

Gary wendet sich ab und steuert das Schiff, als die letzten zwei Leinen gelöst sind, auf die Hafenausfahrt zu. Keine ganz leichte Aufgabe, mit einem solch riesigen Schiff.

In dem chaotischen Gewusel von den vielen Booten, die jetzt alle auslaufen, muss er höllisch aufpassen niemanden zu rammen.

Der Eigner nimmt seine Yacht prüfend in Augenschein, dabei bleibt sein Blick schließlich auf Fabian hängen. Der nickt ihm zu und stellt sich kurzerhand selbst vor: »Fabian Timpe. Ich steuer heute Ihr Schiff.«

»Ah, ja. Schön, dass Sie es kurzfristig einrichten konnten. Na, dann wollen wir allen anderen heute mal unser schönes Heck zeigen, was?«

»Schauen wir mal. Die Konkurrenz ist stark.«

Diese Antwort gefällt dem Eigner nicht.

»Hier an Bord geben wir immer alles!«
Fabian nickt gelassen.
»Natürlich.«

***

Knapp außerhalb des Hafens kommt ein Speedboot angebraust. Mike. Fabian stellt sich an die Reling und winkt hinüber.

»Papa!«, ruft Felix, der hinter Mike auf der Motorradbank des Bootes reitet. Mike grinst und hebt den Daumen. Heute hat er Felix aus der Schule abgeholt, ausnahmsweise schon am Mittag. Jetzt gibt er Vollgas und sein Boot rast davon, in einer breiten Spur weiß schäumenden Kielwassers.

Fabian wendet sich ab und seine Aufmerksamkeit wieder dem Schoner zu. Leona hat die kleine Szene eben beobachtet.

»Ihr Sohn?«

Fabian nickt, hat aber jetzt keine Zeit mehr für sie.

Segel werden gesetzt und Fabian bespricht sich mit Gary.

»Kann sie heute die Topsegel ab?«, fragt er und meint damit das Schiff, welches ja immer weiblich ist.

Gary zögert, aber der Eigner tritt von hinten an sie heran und mischt sich ein.

»Klar! Handige Brise heute!«

Gary nickt und ergänzt: »Bis 10 Knoten Wind tragen wir Vollzeug.«

Fabian wirft einen Blick auf die Instrumente vorm Rad. Es sind zehn, auch mal 11 Knoten Wind.

Damit übergibt Gary ihm das Steuer.

»Hier, Kumpel, ab jetzt ist sie deine!«

Fabian übernimmt und er spürt das Schiff. Durch die Holzspeichen des Rads hindurch fühlt er die Bewegungen, jetzt, unter Segel. Wie es reagiert, wenn er das Ruder bewegt und wie weit es sich zur Seite legt, wenn eine Bö einfällt. Ob es dabei anluven will oder geradeaus weitersegelt.

Jedes Schiff ist wie ein lebendiges Wesen mit seiner ganz eigenen Persönlichkeit. Aber auch leicht zu durchschauen, wenn man, wie Fabian, nur genügend Erfahrung hat.

Leichter zu durchschauen als die meisten Menschen, findet Fabian. Und jetzt, beim Segeln, kommt es alles wieder zurück. Schließlich kennt er dieses Schiff, jetzt erinnert er sich an seine kleinen Eigenheiten. Wie gut es tut, einfach nur zu segeln!

Während er sich in den Schoner einfühlt, spricht er mit Harry über die vielen Dinge, die es zu bedenken gibt.

Wo ist die Startlinie, liegt sie, wie es sein sollte, genau quer zum Wind oder ist vielleicht das eine oder das andere Ende leicht bevorzugt, in welcher Peilung und welcher Entfernung befindet sich die erste Wendemarke, was wird der Wind machen, wird er konstant bleiben oder etwas drehen und falls ja, in welche Richtung?

Und dabei natürlich immer die Konkurrenz im Blick behalten.

Es ist wie ein mobiles Schachspiel, allerdings mit verschiedenen Variablen, und Fabian liebt es und geht voll und ganz darin auf.

Seine Füße stehen fest an Deck und fühlen das Boot, sein Körper ist angespannt und die Hände haben das Rad entschlossen gepackt.

In solch glücklichen Momenten gibt es für ihn nichts anderes mehr als Schiff, Wind und Wellen.

Nur Geschwindigkeit, Kurs und der beste Weg zur nächsten Wendemarke zählen. Schneller zu sein als die Gegner, immer weiter, bis ins Ziel.

Peter Himmelheber sitzt auf dem Achterdeck seiner Rennyacht AEOLUS, die er erst kürzlich für sehr viel Geld von einem italienischen Aristokraten erworben hat, neben Catherine und Leona und kann seine Aufregung kaum in Zaum halten.

Ein aufgeblasener Kerl war das, wie Himmelheber findet, ein Liebhaber und Sammler von historischen Yachten, der ihm erklären wollte, wie das alles funktioniert, mit dem Rennsegeln hier im Mittelmeer.

Die beiden Frauen neben ihm unterhalten sich angeregt, glücklicherweise, denkt er, muss er sich nicht auch noch darum kümmern, seine Gäste zu unterhalten.

Irritiert ist er vor allem darüber, dass diese berühmte Fernsehfrau es offenbar für nötig befunden hat, mit ihrem Gorilla hier an Bord zu kommen. Als müsste sie ausgerechnet hier von einem Bodyguard beschützt werden!

Aber dafür freut Himmelheber sich schon auf die hoffentlich vielen Bilder, die demnächst in diversen Zeitungen und Zeitschriften erscheinen werden und die sie, die von den Franzosen offenbar so hoch verehrte Leona Lewrona, bei ihm an Bord zeigen. Das ist doch schon mal etwas!

Dass er auch das nur Catherine Fleury zu verdanken hat und damit letztendlich seinem Nachbarn in Blankenese, diesem Joachim Breuer, das weiß nur Gary, sein Kapitän. Und der hat es ihm natürlich nicht auf die Nase gebunden.

Peter Himmelheber ist zwar reich, sehr reich, aber er würde alles tun, um in dieser ganz speziellen Szene der Eigner dieser segelnden Klassiker wirklich dazuzugehören. Bisher wurde er auf den Empfängen und Partys bei Veranstaltungen wie dieser, den Régates Royales, eher kühl behandelt.

Dabei hat er doch sehr viel mehr Geld als viele andere von diesen eingebildeten Seglern.

Nur weil er sein Vermögen mit Kondomen, Sexspielzeugen und diversen anderen Gummiprodukten aller Art gemacht hat, müssen sie ihn nicht so arrogant behandeln.

Na ja, er wird es ihnen schon noch zeigen.

Leider ist es schon sehr unglücklich, dass der Steuermann, den sein Kapitän sonst immer anheuert, ausgefallen ist.

Peter Himmelheber ist sich nämlich überhaupt nicht sicher, was er von diesem Fabian Timpe und dessen Segelkünsten halten soll. Auf den wird er im Rennen ein wachsames Auge haben.

***

Es sind noch 20 Minuten bis zum Start.

Viel zu kurz für Fabians Geschmack, der sich gerne noch mehr mit dem Schiff vorbereitet hätte.

Aber sie sind nun mal zu spät ausgelaufen, dank des Eigners, und das kann er jetzt nicht mehr ändern.

Also segelt er nur einmal auf die Startlinie zu, die auf der einen Seite von einem verankerten Motorboot, dem Startschiff, markiert wird und auf der anderen Seite durch eine Boje mit einer gut sichtbaren gelben Flagge darauf, die im aufgewühlten Wasser tanzt.

Harry merkt sich Landmarken und stoppt die Zeit, die sie für eine bestimmte Strecke benötigen. Nur so können sie gleich ihren Anlauf zum Start einigermaßen richtig timen.

Schon wird es ernst.

Harry und er haben entschieden, ganz in Lee der Linie, bei der gelb beflaggten Boje, zu starten. Denn beide glauben, dass der Wind bald nach rechts drehen wird. Dann aber hätten sie nach der ersten Wende einen entscheidenden Vorteil gegenüber den Yachten auf der anderen Seite des Kurses.

Jetzt rauschen sie auf die Linie zu, Harry steht neben Fabian und zählt erst die Minuten, dann auch die Sekunden bis zum Schuss rückwärts herunter.

Aus den Augenwinkeln sieht Fabian die NORTH STAR von Luv näherkommen. Das ist ein Schoner in etwa der gleichen Größe und ihr ärgster Gegner.

Fabian muss seinen Raum verteidigen.

Setzt dabei alles auf Risiko.

»Volle Fahrt«, brüllt er, darf auf keinen Fall zu früh über die Linie segeln, denn dann müssten sie hinter allen anderen neu starten oder würden gleich disqualifiziert.

Noch zehn Sekunden, die Crew kurbelt an den Winschen und holt die Schoten durch, um die Segel optimal zu trimmen.

Volle Fahrt, jetzt, sie rauschen enorm schnell auf die Tonne zu.

Noch drei Sekunden, die Tonne kommt verdammt schnell näher, dann noch zwei Sekunden, eine – Schuss!

Zwei Sekunden später donnert die AELOUS mit voller Geschwindigkeit über die Linie.

Fabian ist schweißnass, aber jetzt entspannt er sich ein wenig.

Geschafft!

33 Meter Schiff, 160 Tonnen Stahl und Holz, angetrieben von knapp 700 Quadratmetern Segelfläche, hat er fast perfekt über die Linie gebracht, gerade eben ein paar Meter vor der NORTH STAR. Die dadurch in seine Abwinde gerät und nun wenden muss, um freien Wind zu finden.

Besser könnte es nicht sein, denn damit hat Fabian auch die von ihm bevorzugte Seite des Kurses verteidigt. Wenn jetzt noch der Winddreher kommt wie erhofft …

»Sehr gut gemacht«, sagt Harry neben ihm und auch einige aus der Crew schauen ihn anerkennend an, heben die Daumen, lachen dazu.

»Wir waren zwei Sekunden zu spät auf der Linie«, kommt ein Kommentar von achtern. Der Eigner, natürlich.

Dann Leonas Stimme.

»Ich kann mich ja täuschen, aber liegen wir nicht gerade vorne?«

Fabian muss einfach grinsen.

Und sein Grinsen wird breiter, als auch noch der Wind, wie erhofft, dreht. Fabian muss etwas abfallen, erst fünf, dann zehn Grad.

Harry und er schauen sich kurz an, beide nicken, verstehen sich ohne Worte.

»Stand by to tack!«, brüllt Fabian, Englisch ist die Bordsprache, die Crew geht auf ihre Positionen für die bevorstehende Wende.

»Zehn, neun, acht, sieben …«

Laut und deutlich zählt Fabian rückwärts, dann »Wende!« und dreht das Schiff durch den Wind.

Langsam luvt es an, die Segel beginnen zu schlagen, eine lange, bange halbe Sekunde verharrt es mit dem Bug im Wind, dann fällt es ab auf den neuen Kurs. Die immer noch wie wild schlagenden Segel machen einen Höllenlärm, aber nun werden sie auf der neuen, anderen Seite wieder dicht genommen, nach und nach füllen sie sich mit Wind.

Überall wird an Schoten und Leinen geholt, neben den Segeln müssen auch die Backstagen an beiden Masten bedient werden.

Allmählich kehrt wieder Ruhe ein, der Schoner nimmt auf dem neuen Kurs Fahrt auf. Dank der Winddrehung liegen sie jetzt ganz in Luv des übrigen Feldes.

Allerdings hat auch die NORTH STAR gewendet, beide segeln nun auf entgegengesetzten, sich querenden Kursen. Doch AEOLUS hat die Segel auf der Backbordseite und damit Vorfahrt, außerdem liegen sie weit genug vorne, dass sie mit sicherem Abstand vor dem Bug der NORTH STAR hindurchsegeln.

Leider dreht der Wind noch weiter und nun ist NORTH STAR auf der besseren Seite. Fabian kann nur weitersegeln und darauf hoffen, dass der Wind wieder etwas zurückdreht.

Das passiert aber nicht, also wendet er doch, um auf die alte Seite zurückzukommen.

Nun treffen sie wieder zusammen, diesmal aber hat die NORTH STAR Vorfahrt.

Und es wird eng. Verdammt eng.

Mikes Boot kommt angerauscht, jetzt mit Felix am Steuer. Gekonnt manövriert er das Motorboot in eine Position schräg hinter dem Schoner und etwas in Lee. So folgen sie, von hier aus haben sie den besten Blick auf das Geschehen an Deck und Mike kann perfekte Fotos schießen.

Fabian aber hat nur noch NORTH STAR im Blick.

»Schaffen wir es, vor ihnen durchzugehen?«

Harry schüttelt den Kopf.

Nein, das wird zu knapp.

Sie müssen ausweichen, hinter dem Heck der anderen hindurch segeln.

Oder wenden.

Ein schnelle Entscheidung ist gefragt. Wenn sie jetzt wenden, und wenn das Manöver perfekt klappt, können sie noch vorne liegen. In Lee zwar, aber mit dem Bug so weit vorne, dass der Gegner wieder von den Abwinden aus ihren Segeln gestört wird.

Aber dabei kommt es auf Meter an.

»Stand by to tack – fast!« schreit Fabian.

Die NORTH STAR kommt jetzt rasch näher. Deren Bugmann beobachtet die AEOLUS. Erkennt, dass Fabians Crew sich auf die Wende vorbereitet. Signalisiert seinem Steuermann, dass der Weg frei ist.

Alles klar.

»Nein!«

Was? Nein? Fabian ignoriert es.

Beginnt seinen Countdown. »Vier, drei, zwei …«

»Nein!«, kreischt der Eigner, jetzt dicht bei Fabian. »Nicht wenden! So verlieren wir!«

Fabian schüttelt den Kopf. Wird aber einige entscheidenden Sekunden lang abgelenkt. Ratlose Blicke von der Crew an Deck, dann brüllt Fabian: »Wenden! Jetzt!«

Dreht das Steuerrad. Die Segler auf ihren Positionen beginnen damit, Winschen und Schoten zu bedienen.

Dann passiert das Unfassbare. Der Eigner, mit vor Wut verzerrtem, roten Gesicht, wirft sich ins Steuer, drängt Fabian beiseite und dreht das Ruder zurück.

»Ich sagte nicht wenden!«

Fabian ist so überrascht, dass er es zuerst geschehen lässt. Zumal er nach einem Schlag auf seinen bandagierten Ellenbogen ein, zwei Schritte über das schräge Deck taumelt. Als er nach einem Moment seine Balance wiedergefunden hat, brüllt er: »Sind Sie wahnsinnig?«

Aber es ist zu spät.

Die AEOLUS verharrt in der begonnenen Drehung, verliert ihr Momentum und bleibt, Bug im Wind, mit schlagenden Segeln manövrierunfähig liegen.

Die Crew erstarrt, der Lärm an Deck ist ohrenbetäubend.

Blöcke und Schoten knallen durch die Luft, werden zu plötzlich lebensgefährlichen Geschossen.

Nicht auszudenken, wenn jemand davon getroffen wird.

Fabian kocht vor Wut, dann wird er eiskalt. Das Manöver ist versaut. Aber jetzt geht es um mehr.

Um viel mehr. Es geht darum, falls das überhaupt noch möglich ist, eine Kollision zu vermeiden. Eine extrem teure Kollision.

Die NORTH STAR kommt rasend schnell näher. Auch dort an Bord wird jetzt geschrien.

Wenigstens haben sie die Lage erkannt.

Fabian stößt den Eigner so heftig zurück, dass der rücklings an Deck knallt und benommen liegen bleibt.

Verzweifelt kurbelt Fabian am Rad, das Schiff treibt nun rückwärts, er muss Gegenruder legen. Brüllt dazu seine Befehle in das Chaos:

Großschot los! Klüver backsetzen!

Und das Wichtigste: Alle Mann in die Schiffsmitte! Nur weg von der Bordwand. Denn da wird es gleich gefährlich sein.

Langsam, viel zu langsam dreht AEOLUS wieder. Auch der Steuermann der NORTH STAR versucht sein Möglichstes, die Kollision noch zu vermeiden und luvt hart an. Aber diese schweren Schiffe segeln schnell, reagieren jedoch träge. Kein Wunder, wenn 170 Tonnen einmal in Bewegung sind.

Die Spitze des Klüverbaums der NORTH STAR taucht in Fabians Blickwinkel auf, schon über der Schanz der AEOLUS.

Fabian hält sich fest, schließt die Augen in Erwartung des nun Unvermeidlichen.

Schreie auf beiden Schiffen werden übertönt, als das Wasserstag der NORTH STAR das Schanzkleid der AEOLUS abrasiert, krachend, splitternd, bevor der Klüverbaum die Wanten des vorderen Mastes erfasst und aus ihren Befestigungen reißt.

Der Lärm ist infernalisch, als die Rümpfe beider Schiffe aneinander krachen.

Der Mast der AEOLUS knickt und fällt in Zeitlupe nach Lee über Bord. Von einem Moment zum anderen ist die gesamte vordere Hälfte des eben noch so stolzen Schiffes bedeckt mit Segeln, Tauwerk, Blöcken und Holzsplittern.

Fabian kann nur hoffen und beten, dass niemand verletzt worden ist.

Mit ihrer Restfahrt schiebt North Star sich an der getroffenen Aeolus vorbei.

Entsetzte, fassungslose Blicke von drüben treffen Fabian.

Der ist in eine Art Schockstarre verfallen.

Kann nicht glauben, dass dies Wirklichkeit ist.

Wenigstens scheint sich der Schaden am anderen Schiff einigermaßen in Grenzen zu halten.

Gary, das muss man ihm lassen, kümmert sich äußerst professionell um Schadensbegrenzung. Und um seine Crew, vergewissert sich, dass niemand verletzt wurde, was schon an ein Wunder grenzt. Lässt das Großsegel bergen und festbinden und versucht, das Chaos auf dem Vorschiff einigermaßen zu bändigen.

Catherine ist zu Fabian gekommen und hat seine Hand ergriffen. Drückt sie fest und redet auf ihn ein. Der nun aus seiner Schockstarre erwacht.

»Was um alles in der Welt haben Sie getan!«, sagt er, sehr leise, zum Eigner. Der ist wieder auf die Beine gekommen und sieht Fabian hasserfüllt an. Kreischt dann mit eigenartig hoher Stimme: »Ich? Sie! Sie waren es doch! Was haben Sie angerichtet! Dafür werden Sie bezahlen, auf die eine oder andere Art, das schwöre ich Ihnen!«

Plötzlich herrscht Stille auf dem Achterdeck. Fabian, Catherine, Leona, Harry und einige andere starren den Eigner ungläubig an.

»Er hat doch gesteuert!«, sagt der Eigner in die Runde. Und zu Fabian: »Ich werde dafür sorgen, dass Sie nie wieder ...«, aber der Blick von Fabian bringt ihn zum Verstummen. Fabian hat die Fäuste geballt, aber Catherine hält ihn am Arm, flüstert offenbar beruhigend auf ihn ein. Fabian nickt und entspannt sich, sehr langsam. Dennoch bleibt der Eindruck, als habe der Eigner diesen Moment eher knapp überlebt.

Leona betrachtet Fabian nachdenklich.

Spricht dann laut und deutlich.

»Wir alle hier haben ja alles beobachtet. Ich werde darüber berichten, denn ich weiß, wie schnell sich Falschnachrichten verbreiten können. Keine Sorge!«

Dabei lächelt sie.

Die AEOLUS dümpelt hilflos in der See.

Begleitboote kommen heran, darunter auch Mike und Felix mit ihrem Boot.

Fabian ist immer noch fassungslos, aufgewühlt, schockiert. Eine Mischung aus Traurigkeit und Zorn schüttelt ihn, die Wut pumpt Wellen von Adrenalin durch seinen Körper.

Der Eigner hat sich unter Deck verzogen, Gary und die Crew haben die Aufräumarbeiten an Deck gut im Griff, bald werden sie die Maschine starten und mit Motorkraft in den Hafen zurückfahren können.

Catherine und Harry sind dicht bei Fabian, betrachten ihn besorgt.

Leona hält sich nur wenig mehr abseits, beobachtet aber auch Fabian.

Mike kommt mit seinem Boot dicht an die AEOLUS heran, Fabian kann erkennen, dass Felix weint.

Das bricht ihm fast das Herz, mehr noch als alles andere ist dies das Schlimmste für ihn.

Harry sieht eine Chance.

»Du kannst hier an Bord nichts mehr tun«, sagt er. Catherine nickt, beide haben seinen Gesichtsausdruck gesehen und fürchten, dass er dem Eigner etwas antun wird, sollte der sich wieder an Deck blicken lassen.

»Hey, Fab!«, ruft Mike herüber, und Catherine winkt ihn dichter heran.

»Kannst du uns nicht an Land fahren?«, ruft sie.

Mike nickt und hebt einen Daumen in die Luft, manövriert sein Boot längsseits an die Bordwand des Schoners heran.

»Komm, Fabian. Du kannst hier nichts mehr tun. Lass uns weg von hier«, sagt Catherine zu ihm und zieht ihn sanft, aber bestimmt am Arm. Fabian schaut sie an, dankbar, und nickt dann. Blickt sich um, sieht Harry und sagt zu ihm: »Tut mir leid. Hätte ein spannendes Rennen werden können!«

»Ich weiß«, lächelt Harry. »Du warst großartig!«

»Danke, Harry.« Fabian ist sichtlich emotional. »Für alles. Deine Hilfe und so!«

»Ist doch klar«, sagt Harry. »Wir sehen uns!«

Mike wird ungeduldig.

»Kommt schon! Ich muss an Land!«

Harry sagt noch: »Die Mannschaft. Sie dürfte komplett hinter dir stehen!«

Fabian aber hilft schon Catherine, über Bord und in das Boot von Mike zu klettern. Spürt Leona neben sich, die ihn fragt: »Nehmen Sie mich bitte mit an Land? Ich würde dieses Schiff auch gerne verlassen.«

Aus ihrem schönen Mund klingt es gar nicht wie eine Frage. Eher wie eine Feststellung. Oder ein Befehl …

Ihr Muskelmann telefoniert unterdessen und steigt schließlich, ohne zu fragen oder gefragt worden zu sein, mit in Mikes Boot. Das wirkt allmählich schon fast überladen. Aber Leona scheint man ohne ihren Schatten wohl nicht zu bekommen.

An Land.

Nicht Fabians liebster Aufenthaltsort und heute schon gar nicht.

Seit sich die Sache mit der Kollision herumgesprochen hat, gibt es auf der Pier und in allen Bars und Restaurants entlang der Wasserfront kein anderes Thema mehr.

Die unfassbare Kollision der beiden großen Schoner.

Wie kann so etwas nur passieren?

Alle reden darüber, jeder weiß plötzlich Bescheid und selbst die blutigsten Laien, vor allem die, haben ihre Meinung ... Die besten Kapitäne stehen eben immer an Land. Vor allem, wenn etwas gründlich schiefgeht und die Meute sich ihre Mäuler zerreißen kann.

Schon bald kursieren die wildesten Gerüchte, Spekulationen, Anschuldigungen.

Wie kann man nur so blind sein, so waghalsig, so dies, das und jenes.

Fabian ist an Bord der MELODIA abgetaucht, Gottseidank lassen sie ihn hier in Frieden. Er selbst findet keine Ruhe, Fabian fürchtet um seinen Ruf als Segler, als Steuermann, immerhin galt er bis heute als einer der Besten. Na ja. Andererseits kocht der Zorn immer wieder in ihm hoch und sein Entschluss steht fest, dass er ohnehin nicht mehr für diese Millionärszicken segeln wird.

Selbst wenn er noch mal gefragt würde.

Was eher unwahrscheinlich ist.

Vor allem aber hätte er es alles gerne Felix erklärt.

Aber er wird es ja auch gesehen haben? Wie der Eigner ins Steuerrad gegriffen hat?

Sein Ruf in der schicken Welt der Klassiker ist ihm im Grunde egal. Aber seine Rolle als Vater, als Vorbild und Idol, das ist ihm überhaupt nicht gleichgültig.

Als sie an Land kamen, ist Felix nach anfänglichem Zögern mit Mike mitgegangen. Der arme Junge war völlig durcheinander, aber Fabian ist froh, jetzt mit Catherine alleine an

Bord sein zu können. Und Mike hatte gleich die Situation erfasst und Felix quasi überredet, ihm zu helfen: Er müsse sofort alle Bilder des Nachmittages sichten, bearbeiten und versenden. Und dafür, das behauptete er einfach, brauche er dringend Hilfe.

Fabian ist ihm dafür dankbar und glaubt, dass es auch für Felix gut sei, wenn Mike den Verlauf und die Ursache der Kollision Felix erklärt. Besser, als würde er, Fabian, sich vor seinem eigenen Sohn rechtfertigen ...

Leona war, dicht gefolgt von ihrem Schatten, zu einer wartenden Limousine entschwebt. Nicht, ohne zuvor Catherine und vor allem Fabian sehr freundlich, aber auch schon fast insistierend zu einer Cocktailparty eingeladen zu haben, morgen Nachmittag bei ihr an Bord.

Es ist 18 Uhr durch. Alle Yachten des Rennens liegen wieder im Hafen, auch die verkrüppelte AEOLUS, vor der sich immer wieder Gruppen von Schaulustigen versammeln.

Fabian hat sich zumindest äußerlich etwas beruhigt und entkorkt im Cockpit der MELODIA eine Flasche Rotwein – einen Médoc Cru Bourgeois aus seinen Beständen für besondere Anlässe.

»Eigentlich ist es zu früh am Tag für so einen schweren Tropfen«, sagt er zu Catherine. »Aber heute ist mir nun mal einfach danach!«

Catherine nickt und versichert ihm, sie könne es verstehen. Die Ereignisse dieses Nachmittags haben sie wieder und immer wieder besprochen, obwohl es eigentlich nicht mehr viel zu sagen gibt.

»Der Typ ist einfach vollkommen durchgeknallt und muss dringend seinen Psychiater konsultieren«, ist Fabians Meinung.

Armer reicher Millionär.

Spannender ist die Frage, wie Catherines Versicherung nun mit dem Schaden umgehen wird. Fabian schätzt diesen auf einen sechsstelligen Betrag.

Schaut sich dann seufzend um, im Cockpit seiner MELODIA. Es sieht alles so solide aus, zweckmäßig und doch schön und auch komfortabel, auf eine einfache Art. Zum Segeln gemacht und für die Segler an Bord.

»Für einen Bruchteil des Geldes, das dieser Wahnsinnige heute vernichtet hat, könnte ich mein Schiff, meine Welt retten!«

Catherine nickt.

»Du schaffst das«, sagt sie. »Wir schaffen das.«

Fabian sieht sie an. Dankbar. Aber nicht wirklich überzeugt.

Dann reißt er sich zusammen.

»Wir lösen diesen Fall, oder?«

»Natürlich«, sagt Catherine, ohne eine Spur von Zweifel.

Wo nimmt sie bloß diese Zuversicht her?

Eine Weile trinken sie schweigend.

»Diese Fernsehfrau …«, beginnt Fabian.

Catherine schaut ihn an.

»Also, Cocktails bei ihr an Bord, das brauche ich nun wirklich nicht auch noch! Und auf welchem Schiff? Hat sie etwa eine dieser hässlichen Fähren da drüben?« Damit dreht er den Kopf zu den auf der anderen Hafenseite liegenden Megayachten.

Catherine lächelt.

»Ja, hat sie. Und du solltest hingehen.« Erklärt ihm dann, warum. Ihre Präsenz in den Medien. Und dass sie gerade seine wichtigste Verbündete ist, wenn es darum geht, seinen Ruf als Segler zu retten. Falls ihm etwas daran liegt. Was ja aber ganz gut wäre. Auf der anderen Seite, falls er sie brüskieren würde, ihre Einladung ausschlagen oder gar ignorieren, dann könnte sie sich ganz schnell gegen ihn wenden und dann stünde er ziemlich schnell ziemlich schlecht da ...

»Du hast recht«, seufzt Fabian.

»Ach, ich denke in letzter Zeit oft, ich hätte damals einfach weitersegeln sollen, in den Pazifik.«

»Dein Sehnsuchtsort, ich weiß«, nickt Catherine, und Fabian meint, es wäre ja auch so viel einfacher gewesen als all dies hier. Und Catherine fragt ihn, was viele Menschen fragen, die Fabian etwas näher kennen lernen. Ob er denn so gar keinen Ehrgeiz habe?

»Ehrgeiz?« Er lacht.

»Oh ja, sehr viel sogar. Ich habe den Ehrgeiz, glücklich zu werden. Auf meine Art. Bei mir zu bleiben, ganz egal, wo auf der Welt. Gerade entgleitet mir das etwas ...«

Catherine nickt und streichelt mit ihren Fingern über

seinen tätowierten Handrücken. Schweigend trinken sie und Fabian rückt näher. Atmet ihren dezenten Duft ein, so verführerisch, aber auch so flüchtig, dass er ihn erst riechen kann, als er ihr endlich so nahe ist, dass er mit seiner Nasenspitze ihre Haare berührt.

»Du duftest so wundervoll«, murmelt er genießerisch und sie dreht ihm ihr Gesicht zu. Blinzelt kurz in der Sonne, schließt die Augen und erwidert Fabians Kuss, lange und langsam.

»Hallo Papa!«, kommt ein Ruf von der Pier.

Fabian und Catherine schrecken auf, lösen sich voneinander, zwei ertappte Teenager.

Felix springt an Deck entlang nach achtern.

Catherine steht auf, lächelt Fabian kurz an: »Wir sehen uns morgen, ja?«

Fabian nickt, überrumpelt, sein Sohn begrüßt Catherine knapp und kühl, redet dann auf ihn ein, von Mikes Bildern und was sie alles noch bearbeiten mussten und dass es großartige Fotos seien, die sie gleich an die wichtigen Zeitungen geschickt hätten …

Fabian nickt wieder, ohne ihm wirklich zuzuhören.

Catherine wirft ihm, hinter Felix' Rücken, eine Kusshand zu und entschwindet an Land.

»Was gibt es zum Abendessen?«, fragt Felix.

Fabian schaut ihn an.

Liebevoll.

Willkommen zurück in der Realität.

»Baguette. Käse. Wieder nicht mehr, der Kocher ist ja noch kaputt!« Bemerkt Felix' Enttäuschung.

»Oder wir lassen uns eine Pizza bringen, was meinst du?«

Felix stimmt begeistert zu.

Während Fabian die Nummer vom Pizzaservice wählt, sagt er zu ihm: »Was ich dir noch gar nicht sagen konnte, bei all der Aufregung ... Moment.« Bestellt ihre zwei Lieblingspizzen und ein Dessert für Felix.

»Was wolltest du gerade sagen?«, fragt Felix neugierig.

»Ach ja. Deine Mama kommt uns besuchen. Morgen schon!«

»Was?!« Felix stimmt vor Freude ein Indianerjubelgeheul an oder zumindest das, was er sich darunter vorstellt. Fabian windet sich innerlich, kann es seinem Sohn aber überhaupt nicht verübeln, dass der sich so auf seine Mutter freut. Wird aber sofort von seinem schlechten Gewissen geplagt.

Vermisst er sie wirklich so sehr?

Aber, ç'est la vie, das ist etwas, was Fabian nicht ändern kann. Oder möchte.

Dafür muss er Felix versprechen, dass sie Julia morgen gemeinsam vom Flughafen abholen. Und ihr noch eine entsprechende SMS schicken.

Segeln wird er morgen nun ja sowieso nicht mehr.

Samstag

Rums. Mit einem Knall landet die dicke Wochenendausgabe der Tageszeitung »Nice Matin« auf dem Tisch, dass Fabians geliebter Milchkaffee fast umgefallen wäre.

Heute Morgen hat er sich mit Felix in das ›Tour du Monde‹ begeben, obwohl am Samstag hier immer besonders viel Betrieb ist.

Aber es ging nicht anders, Fabian hat die Gasanlage an Bord noch nicht reparieren können und so muss er seinen Kaffee notgedrungen hier an Land trinken.

Die Dinge entgleiten mir gerade wirklich etwas.

Tatsächlich ist Fabian ja gerne im ›Tour du Monde‹, seinem Wohnzimmer an Land, wie er es nennt. Doch ihm steckt noch der Schock von gestern in den Knochen, vor allem aber hat er immer noch keine Lust, mit irgendjemanden darüber zu sprechen. Sich erklären zu müssen. Zu diskutieren.

Abwegig!

Jacques und Kate kennen ihn gut genug, um ihn in Ruhe zu lassen, ihn nur mit Milchkaffee und Croissants zu versorgen. Selbst Felix ist heute noch etwas verunsichert, in Fabians Gegenwart. Obwohl andererseits auch aufgedreht.

Denn heute kommt Julia. Seine Mama. Die er ja doch vermisst, auch, wenn es ihm mit Fabian normalerweise sehr gut geht.

Die beiden funktionieren in ihrer schwimmenden Jungs-WG einfach sehr gut.

Es sei denn, ihr Schiff sinkt. Oder ein anderes, von Fabian gesteuertes, wird gerammt. Oder Felix wird von der üblen Gang aufgelauert und bedrängt.

Und jetzt Mike. Lachend zeigt er auf die Zeitung.

»Schon gesehen?«

Fabian schaut ihn an, schüttelt den Kopf, nimmt das Blatt in die Hand und bleibt gleich auf der Titelseite hängen. Felix ist aufgesprungen, steht jetzt schräg hinter ihm und schaut ihm über die Schulter.

»Papa! Schau! Das bist du, auf dem Titel!«

Das gibt es doch gar nicht!

»Es ist das Foto, was Mike gestern geschossen hat!«, redet Felix aufgeregt weiter.

»Ja, schon klar«, brummt Fabian und es klingt unfreundlicher, als es gemeint ist.

Das Aufmacherfoto zeigt die Kollision. Fabian zuckt zusammen, als er es sieht, hört geradezu das Holz krachen und splittern. Darunter aber ist noch ein kleineres Bild. Das ist genau in dem Moment aufgenommen, als der Eigner Fabian vom Steuerrad wegstößt.

Dazu die Schlagzeile.

CRASH – BOOM – BANG!
Yachteigner verursacht Kollision
der Klassiker in den Régates Royales

Fabian sieht Mike dankbar an.

Er hat verdammt viel Glück gehabt.

Die ganze Sache hätte auch ganz anders ausgelegt werden können, normalerweise hätte der Eigner ihm die Schuld an der Kollision angehängt und wäre damit vermutlich auch durchgekommen. Das ist ihm durchaus klar.

Aber die Bilder von Mike lassen das nicht zu.

Und dann der Text. Ausführlich wird Leona zitiert, wie sie ihre Sicht der Dinge, ganz in Fabians Sinne, darlegt.

Noch ein Glück. Dass eine so prominente und in der Öffentlichkeit beliebte Person sich so deutlich und klar äußert, ist alles andere als selbstverständlich.

Ohne Mike und Leona hätte die Meute mich in der Luft zerrissen. Aber so ist alles anders.

Fabian atmet langsam und lange aus, lehnt sich zurück, lässt die Schultern sacken und entspannt sich zum ersten Mal seit dem Crash wirklich.

»Danke, Mike, für deine hervorragende Arbeit!«, grinst Fabian. Mike zuckt die Schultern.

»Das ist doch nur mein Job. Davon lebe ich …«

Fabian nickt, wissend, dass Mike von Zeitungsaufträgen überhaupt nicht leben könnte – die Honorare, die von Zeitungen und Magazinen gezahlt werden, schrumpfen seit Jahren kontinuierlich und sind einfach miserabel geworden. Aber seine Fotos auf dem Titel der größten Tageszeitung an der Côte d'Azur, das ist schon wichtige Werbung für ihn selbst. Das macht es ihm leichter, die Aufträge an Land zu ziehen, von denen er tatsächlich sehr gut lebt. Bilder von den großen Yachten zu schießen, im Auftrag entweder der Eigner selbst, oder der Charteragenturen, die diese Schiffe im Angebot haben.

»Und danke, Felix«, fügt er hinzu. »Schließlich bist du ja jetzt offenbar ein winnig team gemeinsam mit Mike, oder?«

Mike nickt lächelnd, Felix strahlt.

»Mike hat mir gestern noch gezeigt, wie er die Bilder bearbeitet und dann gleich wegschickt«, berichtet er. »Das ist ganz schön viel Arbeit. Aber jetzt ist dann ja alles gut, oder?«

»Ja«, nickt Fabian. »Alles gut, Felix. Dank eurer Hilfe!«

Wie eine frische Windbö kommt Catherine hereingeweht und Fabian freut sich, sie zu sehen.

»Du hast recht gehabt, mit Leona«, sagt er.

Catherine nickt und küsst ihn.

»Du hast die Zeitung also schon gesehen.«

Felix nimmt sich noch einen Croissant vom Tresen. Bleibt unschlüssig stehen, während Catherine sich neben Fabian setzt, wie selbstverständlich und viel zu dicht.

Mike sagt zu ihm: »Na Felix, kommt du mit und hilfst mir, mein Boot klar zu machen für heute?«

Felix strahlt, schaut dann Fabian fragend an.

Der nickt und sagt: »Klar. Aber bleibe nicht zulange, du weißt ja …«

Felix fällt ihm ins Wort und sagt in die Runde: »Ja, Mama kommt heute und wir holen sie am Flughafen ab! Wann fahren wir los, Papa?«

Fabian setzt sich im Stuhl zurecht, spürt Catherines Blick, sieht aber Felix an.

»Gegen 11. Bringst du ihn mir rechtzeitig zurück, Mike?«

Der nickt, dann gehen beide.

Catherine und Fabian bleiben alleine zurück, aber die Stimmung ist deutlich abgekühlt.

Fabian versucht ihr zu erklären, dass sie wegen ihrer Aussage bei der Polizei anreist, aber es klingt nicht überzeugend. Auch Catherine kommt sofort auf die Idee, dass sie das ja auch bei einer Polizeidienststelle in Hamburg hätte machen können.

»Warum kommt sie wirklich?«, fragt sie ihn also und Fabian bleibt ausweichend, sagt, es sei wohl wegen Felix, und Catherine lässt es so stehen. Sie spürt wohl, dass Fabian sich da selbst unklar ist.

Eine Weile reden sie über den Schaden an beiden Schiffen. Das ist ein vergleichsweise unverfängliches Thema, was sie aber beide beschäftigt. Fabian überschlägt noch einmal grob die Kosten für die Reparaturen an der AEOLUS. Sechsstellig, mit Sicherheit, meint er, wie gestern schon, und sie nickt.

»Werdet ihr das bezahlen?«, fragt Fabian und sie zuckt die Schultern.

»Eigentlich ist der Fall klar, für mich zumindest, es ist wenigstens grobe Fahrlässigkeit vom Eigner, er hat den Schaden ja fast schon vorsätzlich herbeigeführt. Aber regeln werden die beiden, Breuer und er, das wohl unter sich …«

Fabian nickt und wundert sich schon über gar nichts

mehr. Denkt nur wieder, was gewesen wäre ohne die Bilder von Mike und ohne die Gäste an Bord. Sagt laut: »So einer kommt wohl immer davon, oder? Er ist ein großer Kunde?«

Catherine nickt.

»Ja. Und alle anderen zahlen es im Grunde mit!«

Dieses Thema bringt sie wieder ein wenig näher zueinander, und als Fabian um kurz vor elf geht, verabreden sie sich für den späten Nachmittag, um gemeinsam zu den Cocktails auf Leona Lewronas Yacht zu gehen.

***

Langsam und vorsichtig biegt Fabian in den Kreisverkehr vor dem Flughafen Nice–Côte d'Azur ein. Sein Bein schmerzt jetzt wieder, vor allem beim Kuppeln, dabei hatte er seit dem Crash gestern nichts mehr davon gespürt.

Sein Ellenbogen ist auch noch bandagiert, macht ihm aber keine Probleme mehr.

»Da! Da vorne müssen wir abbiegen!«

Felix zappelt ungeduldig auf dem Beifahrersitz, ihm geht alles viel zu langsam.

»Ich weiß«, sagt Fabian. »Nur die Ruhe, wir kommen schon rechtzeitig!«

»Mit welcher Airline kommt Mama?«

»Lufthansa«, erwidert Fabian. »Terminal 1.«

»Das ist gleich da drüben!«

»Ja, Felix!«

Fabian fährt in die Zufahrt zum Terminal 1, auf den »Kiss & Fly«-Bereich zu. Hier soll man Personen nur schnell absetzen – und zum Abschied noch einmal küssen.

So viel Zeit muss sein, denkt Fabian. Und: So ist es in Frankreich! Wie gerne ich doch hier lebe!

Dann biegt er nach links ab auf den Kurzzeit-Parkplatz, quetscht den Lieferwagen des ›Tour du Monde‹ in eine Parklücke und geht mit Felix die paar Schritte in den Terminal hinein.

»Sind wir auch nicht zu spät?«

Das Flugzeug befindet sich im Landeanflug auf den Flughafen Nice–Côte d'Azur.

Julia sitzt in einer der hinteren Reihen am Fenster und schaut hinaus, während sie eine weite Kurve hinaus aufs Wasser drehen.

Unter ihr glitzert das Mittelmeer freundlich in der Sonne, deutlich kann sie einige Segelyachten und noch viel mehr Motorboote erkennen, die ihre Furchen ins Meer ziehen. Dann kommt wieder die Küste in ihr Blickfeld, ein Yachthafen, Häuser, Palmen – sie sind schon sehr tief und haben immer noch Wasser unter sich.

Aber Julia kennt den Anflug auf Nizza schon, sie weiß,

dass sie gleich auf der Landebahn sein werden, die weit ins Meer hinaus gebaut ist.

Als das Flugzeug sanft aufgesetzt hat und zum Terminal rollt, spürt sie eine zunehmende Nervosität.

Wie es wohl werden wird, mit Fabian und Felix?

Vor allem jetzt, wo Fabian über Sergio und sie selbst Bescheid weiß?

Wie wird er sich ihr gegenüber verhalten?

Als die Anschnallzeichen erlöschen und die meisten Passagiere schon aussteigen, nimmt sie sich ihre Tasche aus der Gepäckablage über ihrem Sitz und hängt sie sich über die Schulter. Wenigstens muss sie nicht auf irgendein Gepäckstück warten, sie ist es gewöhnt, mit leichtem Gepäck zu reisen.

Klopfenden Herzens marschiert sie die langen Gänge entlang, an der Gepäckausgabe vorbei und hinaus.

Julia.

Ihr lockiges blondes Haar wie immer zu einem nachlässigen Pferdeschwanz gebunden, lose Haarsträhnen im Gesicht.

Sie sieht ja immer noch verdammt gut aus.

Dieser Gedanke segelt von ganz alleine durch Fabians Kopf.

Große, weiche Lederreisetasche über der Schulter, Lächeln

auf den Lippen, der Blick allerdings abwartend, vorsichtig. Dann nimmt sie Felix in den Arm und ihre Augen leuchten auf. Drückt ihn fest an sich, wuschelt ihm durchs Haar: »Ach Felix! Wie froh bin ich, hier zu sein! Bei euch – beiden!«

»Hallo Julia«, sagt Fabian schlicht. »Guten Flug gehabt?«

»Na ja, danke! Wie Flüge eben so sind.«

Fabian nickt, nimmt ihre Reisetasche, die ihr von der Schulter gerutscht ist und auf dem Boden liegt, dreht sich um und meint: »Dann lass uns gehen.«

Felix sagt zu ihr: »Mama, hast du auch Hunger? Wir, also Papa und ich, dachten, wir sollten gleich auf dem Weg was essen, es ist doch schon Mittag!«

»Ja, gute Idee, Felix.«

»Und wie lange bleibst du? Und kommst du heute Nachmittag zu uns aufs Schiff? Oder was machen wir?« Felix ist sehr aufgekratzt.

Fabian, der vorausgegangen ist, dreht sich kurz um.

»Das besprechen wir am besten alles beim Lunch!«

Draußen in der hellen Sonne führen die beiden sie zu einem verbeulten R4-Kastenwagen auf dem Parkplatz.

»Was ist denn das für eine luxuriöse Limousine?«, fragt Julia, lächelnd.

Felix antwortet ihr.

»Na, ist doch klar, unser Auto vom ›Tour du Monde‹!«

Unser Auto, denkt sie.

Na, Felix ist hier eben auch zuhause.

Hier, und nicht bei ihr.

Sie fahren etwa 20 Minuten.

Julia fragt vor allem Felix aus, über seine Schule und Freunde und was er sonst so macht. Fabian sitzt eher schweigend daneben und tut, als müsse er sich sehr aufs Fahren konzentrieren.

Nein, die Stimmung zwischen ihnen beiden ist alles andere als entspannt.

Schließlich hält Fabian auf einem öffentlichen Parkplatz, am Ortseingang irgendeines Dorfes in den Hügeln oberhalb von Antibes.

»Dies ist Biot«, erklärt er knapp. »Sehr alt und sehr schön. Felix und ich dachten, es würde dir gefallen.«

»Na, da bin ich gespannt«, sagt Julia. Einige Minuten laufen sie durch die engen und schattigen Gassen bergan, über flache Stufen, zwischen hohen Steinfassaden hindurch, in denen kleine Fenster mit blassblauen Läden und schwere Holztüren eingelassen sind. Palmen und Blumen in Terracotta-Kübeln überall, hier und da ein Stuhl vor einer Tür.

»Schön ist es hier«, sagt Julia. »Aber wo gehen wir hin?«

»Ja, dieser Ort ist ein kleines Juwel«, meint Fabian. »Und das so dicht an der Küste. Wir gehen ins ›Arcades‹, das älteste Restaurant hier!«

Julia nickt, weiß nicht recht, was sie sagen soll. Lässt die beiden machen.

»Es ist toll«, sagt Felix an ihrer Seite. »Das Essen ist super lecker – ganz französisch!«

»Provenzalisch«, korrigiert Fabian ihn.

»Dann wart ihr also schon mal hier?« Julia schaut sich um, staunend. Für sie ist es neu.

»Manchmal«, sagt Felix. »Wenn wir sonntags einen kleinen Ausflug machen wollen, dann kommen wir her!«

»Nur ihr zwei?«

»Nö – meistens mit ein paar Freunden. Und die Wände hängen voller Bilder!«

»Da ist es!«, sagt Fabian.

»Wo?«, fragt Julia.

Sie stehen mitten im Dorf auf einem gepflasterten Platz ohne Autos. Mosaiken an den Häuserwänden, in der Mitte ein kanalisierter Bach, der träge vor sich hinplätschert. An einer Längsseite zieht sich ein steinerner Bogengang, die kurzen, stämmigen Säulen pockennarbig, von Hunderten von Jahren angefressen.

Zielsicher steuert Fabian auf eine eher unscheinbare Glastür zu, hält sie auf und schon sind sie in einem schmalen Raum voller lachender und redender Menschen.

Fabian wird von einer jungen Frau hinter der langen Theke freundlich begrüßt, dann bringt sie die drei in den hintersten Teil des Raumes, zwei Steinstufen hinab und um eine Ecke herum. Sie schlängelt sich so schnell zwischen den voll besetzten Holztischen hindurch, dass Fabian, Julia und Felix kaum nachkommen.

Zeigt lächelnd auf den letzten freien Tisch in der Ecke, legt die Menükarten auf das grob karierte Tischtuch und verschwindet mit den Worten: »Bin gleich wieder da!«

»Bring dann doch bitte gleich zwei Kir blancs und eine große Flasche Wasser mit!«, ruft Fabian ihr nach und sie nickt, ohne sich umzudrehen.

Julia setzt sich und schaut sich um.

Rot gefliester Steinfußboden, Balkendecke, vor allem aber: »All diese Bilder …!«

Portraits, Stillleben, Mosaiken, Landschaften.

»Werke von Künstlern, die hier in Biot mal gearbeitet haben oder es immer noch tun«, erklärt Fabian.

»Dass wir hier noch einen Tisch bekommen haben …«, wundert sie sich.

»Ist kein Zufall. Ich hatte Marie angerufen, dass wir höchstwahrscheinlich kommen würden. Allerdings«, er sieht sich um in dem vollen Raum, »viel länger hätte sie uns wohl selbst diesen kleinen Tisch nicht freihalten können. Na, schön, dass wir jetzt hier sind!«

»Ja«, sagt sie und nimmt die Karte zur Hand. »Kannst du mir was empfehlen, Felix?«

»Ehm, klar«, sagt Felix, der neben ihr sitzt. »Also, ich mag ja die Ravioli mit Ziegenkäse …«

Kurz darauf erscheint Marie wieder, stellt eine große Flasche Badoit und zwei Kir auf den Tisch und nimmt ihre Bestellung auf. Fabian ordert auch eine Karaffe Rosé, aber Julia meint, mit einem Blick auf ihren noch nicht angerührten Kir: »Es ist erst Mittag, ich glaube, ich möchte keinen Alkohol trinken!«

Fabian hebt die Augenbrauen.

»Nein? Samstagmittag, Wochenende? Na, wenn du meinst, ich trinke deinen Kir mit ...«

»Ich soll doch noch zum Kommissar«, erklärt sie.

»Heute? Am Samstag?« Fabian ist überrascht. Nimmt einen Schluck Kir.

Julia nickt. Zögert, sagt dann: »Trinkst du eigentlich sehr viel?«

Genervt sieht Fabian sie an.

»Gar nicht. Ich trinke keinen Alkohol, ich trinke Wein! Das ist von Hilaire Belloc. Wir sind in Frankreich, Herrgott, ich genieße den Wein und ich genieße das Leben hier!«

»Schon gut«, meint Julia. »Reg dich nicht gleich wieder auf!«

Aber er regt sich auf, das kann sie sehen.

Jetzt kippt er ein halbvolles Weinglas fast in einem Zug in sich hinein.

Julia will etwas sagen, besinnt sich dann aber. Lieber nichts mehr dazu sagen, auch wenn er definitiv zu viel trinkt.

Sagt stattdessen: »Hier ist ja einiges los, bei euch. Du bist sogar auf dem Titel der ›Nice Matin‹, Fabian!«

»Ja!«, sagt Felix begeistert. »Toll, oder? Das Foto hat Mike gemacht, ich war mit auf seinem Boot, wir haben gestern Abend noch alle Bilder bearbeitet und verschickt!«

Fabian nickt Felix anerkennend zu. Erzählt Julia von dem Rennen, von seinem gelungenen Start, von Nicholas, der von den Engländern an Bord nur Harry genannt wird. Und natürlich von dem Eigner, diesem armen Würstchen von Millionär, wie Fabian ihn nennt, der offenbar so voller Komplexe steckt und so unter Druck ist, dass er sogar diese Kollision riskiert hat.

»Vielleiht konnte er es einfach nicht überblicken«, wendet Julia ein.

»Vielleicht«, sagt Fabian und wirkt plötzlich ganz übel gelaunt. »Aber dafür hat er schließlich Leute wie mich. Und Harry-Nicholas. Verflucht, solche Idioten sollten einfach an Land bleiben! Menschen hätten verletzt werden können. Wenn es richtig gekracht hätte, wäre vielleicht jemand umgekommen!«

»Immerhin bezahlen solche Idioten, wie du sie nennst, solche Schiffe«, sagt Julia. »Aber du hast ja …«

Weiter kommt sie nicht, Fabian haut mit der Faust krachend auf den Tisch, dass es scheppert und selbst die Gespräche an den Tischen ringsum für eine Sekunde verstummen.

»Verdammt, Julia, was sagst du da! Weißt du denn nicht, was da hätte passieren können? Und was mit mir passiert wäre, wenn nicht Mike – mit Felix – diese Fotos gemacht hätte? Und Leona nicht an Bord gewesen wäre und sie sich nicht so geäußert hätte, wie sie es getan hat?«

»Du meinst … was?«

»In der Luft zerrissen hätten sie mich, mir womöglich noch den Schaden angehängt!

Ist dir das denn überhaupt nicht klar?«

»Ich meinte ja nur …«, beginnt sie. Aber schon wieder wird sie von Fabian unterbrochen: »Ach, lass mich in Ruhe!

Diese Arschlöcher sind doch alle gleich! Blankenese! Ist doch klar, was das für einer ist!«

Erschrocken sieht Felix ihn an, Julia legt ihren Arm um ihn.

»Lass gut sein, Fabian«, sagt sie leise. »Du kennst es doch so gut. Du mochtest Blankenese einmal ...«

Fabian holt tief Luft, entspannt sich ein wenig.

»Lange ist es her, das weißt du auch. Mein Blankenese gibt es schon lange nicht mehr. Wie jeder schöne Ort stirbt es, sobald solche Typen aufkreuzen und das Dorf kapern und alles aufkaufen und die Preise versauen, dass niemand sonst mehr dort leben kann – ach, das muss ich doch nicht auch noch alles erklären!«

»Sei doch nicht so verbittert!«

Plötzlich ruhig, sieht er sie an.

»Nein, ich bin nicht verbittert. Es ist so, wie es ist, und es ist scheiße so, aber verbittert bin ich nicht. Jetzt leben wir erst einmal hier, Felix und ich, und das ist gut so. Ich hänge ja sowieso nicht an einem festen Ort ...«

»Nein«, seufzt Julia. »Du willst ja am liebsten immer nur unterwegs sein.«

Glücklicherweise kommt in diesem Moment Marie mit den Vorspeisen. Sieht die leere Karaffe.

»Noch ein Rosé?«, fragt sie und Fabian nickt.

»Lecker!«, sagt Felix, zaghaft, und Fabian sagt: »Ja. Und wie! Dies sind gegrillte Paprika mit Sardellenfüllung. Und hier, eingelegte Artischocken.«

Eine Weile essen sie schweigend, bis Fabian Julia fragt:

»Und wie ist es bei dir so, in Hamburg?« Es klingt halbherzig, aber Julia antwortet voller Enthusiasmus.

»Super! Ganz klasse. Es tut so gut, meine Freundinnen um mich zu haben. Beate zum Beispiel, ausgerechnet die hat neulich geheiratet, du erinnerst dich doch an sie, oder? Sie wohnt jetzt mit ihrem Mann in, ehm ...« Hier gerät sie ins Stocken, wird rot, spricht aber weiter: »Blankenese. Ja, stell dir vor!«, fügt sie, trotzig, hinzu. »Sie hatten eine riesige, tolle Hochzeitsparty am Strand, unten an der Elbe ...«

Fabian verdreht die Augen.

»Hochzeitsparty. In Blankenese! Super!«

Bevor sie reagieren kann, fragt Felix dazwischen. »Bist du oft an der Elbe, Mama? Früher waren wir doch immer am Strand, in Övelgönne ...«

»Ja, Felix, ich weiß, schön war das, oder? Ich wohne jetzt in Eimsbüttel, aber mein Büro liegt direkt an der Elbe!«

»Musst du denn viel arbeiten?«

»Ja, zum Glück habe ich viel zu tun, ich muss ja schließlich Geld verdienen.«

Fabian fragt nicht weiter nach, und ihr ist die Lust gründlich vergangen, ihm noch mehr von Hamburg oder ihrer Arbeit an der Megayacht zu erzählen. Beim Hauptgang spricht sie lieber mit Felix, über seine Schule.

»Wie immer«, sagt Felix wie immer, aber Julia lacht.

»Komm, erzähl mir mehr, bitte!«

Felix zögert, sagt, er erzähle ihr doch schon immer alles bei ihren Skype-Unterhaltungen. Kommt aber dann doch nach und nach damit heraus, dass ihn die Bande der älteren Jungs drangsaliert habe und dass die auch Drogen an der Schule verkauft hätten.

Julia ist entsetzt.

»Das sind ja Zustände, hier bei euch!«

»Die haben es schon im Griff«, sagt Fabian, in dem Versuch, sie zu beruhigen. »Die Polizei weiß Bescheid, die Lehrer sowieso, einer der Dealer ist schon verhaftet worden. Die Jungs, die zur Bande gehören, sind bekannt und werden von der Schule geworfen. Ich habe gestern noch mit dem Schuldirektor gesprochen!«

»Tatsächlich?« Julia ist nicht überzeugt.

»Ja«, sagt Felix eifrig. »Und ich habe die fotografiert und auch deswegen bekommen die jetzt Ärger!«

»Du hast – was?«

Und Felix erzählt die ganze Geschichte, wie er sich abends verstecken musste vor der Gang und sie dann fotografiert hat und sie ihn doch noch erwischt haben und wie dann Mike und Papa ihn gerettet haben.

Julias Gesicht wird lang und immer länger.

»Davon hast du mir auf Skype nichts erzählt«, sagt sie endlich, sichtbar erschüttert.

Felix verstummt und Fabian springt für ihn ein.

»Und du ahnst ja noch gar nicht, wer der Anführer der Gang ist. Oder war. Je nachdem, wie man es sieht.«

Erwartungsvoll sieht sie ihn an.

»Es ist der Sohn unseres Kommissars Raynaud!«

»Wie bitte?«

»Tja, Polizisten sind wohl auch nicht unfehlbar! Sein Vater war gar nicht begeistert, als er das von mir hörte. Aber er wird sich kümmern, soviel ist sicher. Und mein Gefühl sagt mir, die Sache ist Montag endgültig aus der Welt!«

»Na, du hast ja Nerven! Und ich muss nachher mit diesem Kerl reden!«

»So ist es wohl. Und dieser Kerl ist nicht sehr sympathisch. Aber schlau. Und du solltest ihn vielleicht nicht wissen lassen, dass ich dir das von seinem Sohn erzählt habe!«

Julia schüttelt den Kopf.

»Ich kann das alles noch gar nicht fassen!«

»So schlimm ist es nun auch wieder nicht«, meint Fabian, leider mit wenig Überzeugungskraft. »Da ist allerdings etwas, worüber du mit Raynaud dringend sprechen solltest!« Und er erzählt ihr, dass die Polizei ihn verdächtigt, Sergio aus Eifersucht umgebracht zu haben.

»Du weißt ja, warum«, sagt er, ohne das Thema weiter zu vertiefen. Es ist schon schlimm genug, dass Felix neben ihnen sitzt und das jetzt mit anhört, aber Fabian kann das nicht ändern. »Sage ihm aber bitte unbedingt, dass Sergio mit diesem Makler Dollmann in Kontakt war, wegen des Jobs. Das rückt alles in ein ganz neues Licht!«

»So?« Julia ist verwirrt und wenig überzeugt.

»Ja«, sagt Fabian, bestimmt. »Wirklich. Versprich mir, dass du das tust, Julia!«

»Ist gut«, sagt sie zögerlich.

Fabian schaut sie an, prüfend, merkwürdig. Dann wechselt er das Thema und kommt auf ihre Pläne für den Rest des Tages zu sprechen. Und für die kommenden Tage. Beiläufig erklärt er Julia, dass er später zu einer Cocktailparty an Bord einer Yacht im Hafen müsse, und dass Felix ja am besten bei ihr aufgehoben sei, wenn sie mit ihrer Aussage bei Raynaud fertig sei. Julia ist unschlüssig. Sie möchte gerne Zeit mit Felix verbringen, aber dass Fabian zu einer Cocktailparty geht, wo sie doch gerade angekommen ist, passt ihr überhaupt nicht.

Fabian sieht sie an.

»Ihr macht euch einen schönen Nachmittag«, sagt er. »Und was haltet ihr beiden davon, wenn Felix vielleicht die paar Tage bei dir im Hotel wohnt, Julia?«

Felix ist begeistert.

»Super Idee! Ja! Oder, Mama?«

Julia nickt. Was Fabian wohl vorhat? Aber sie ist natürlich gerne mit Felix zusammen.

»Schon gut, Fabian«, sagt sie. »Keine Angst, ich werde dich schon nicht behindern, während ich hier bin, ganz gleich, was du vorhast.«

Und zu Felix: »Wir machen es uns schön, oder, Felix?«

Auf dem Jetée Albert-Edouard, der langen Pier vor dem Palais des Festivals, an der die größten Yachten im Hafen mit ihren Hecks zur Pier festgemacht liegen, stehen vor der gigantischen SERENDIPITY einige sehr auffällige Autos.

Schwere Limousinen von Marken wie Maybach oder Bentley, mitsamt ihren wartenden Chauffeuren.

Aber auch sehr flache, sehr skurril aussehende Rennwagen italienischer Herkunft, unter denen ein Ferrari noch ziemlich alltäglich wirkt.

Ein erstaunlicher Fuhrpark, der hier zur Schau gestellt ist, bemerkt selbst Catherine, die hier in Cannes ja wahrhaftig schon so einiges gesehen hat.

»Ob die mit dem Schuhlöffel ein- und aussteigen?«, fragt Fabian angesichts der flachen Rennwagen.

Aber Catherine hört nicht weiter auf ihn.

Sie sind vor dem scheunentorgroßen Heck angekommen, auf dem in futuristischer Typografie und silbernen Lettern SERENDIPITY steht. Darunter der so genannte »Heimathafen«: London.

Die Adresse der Briefkastenfirma, unter der das Schiff registriert ist.

Fast alle Megayachten fahren unter englischer Flagge, einige sind auch nach Luxemburg, Malta oder exotischen Inselstaaten der Südsee oder der Karibik ausgeflaggt. Die Nationalität, die Identität des wahren Yachteigners bleibt in jedem Fall verschleiert. Am beliebtesten oder am billigsten oder am einfachsten ist es in London. Das Paradies für zwielichtige Milliardäre aus aller Welt, die dort in aller Seelenruhe ihr Geld anlegen können, in Luxusimmobilien, Fußballclubs, Megayachten oder was auch immer, ohne dass ihnen jemand unangenehme Fragen stellt.

Links und rechts vom Scheunentor führen breite, geschwungene Treppen wie bei einem Märchenschloss vom Achterdeck hinab auf eine mit Teakholz belegte Terrasse auf Wasserhöhe, die alleine schon fast die Fläche von Fabians MELODIA hat.

»Madame, Monsieur?«

Zwei weiß uniformierte Crewmitglieder stehen bei der breiten Gangway, die direkt hinauf auf das Achterdeck führt.

Fabian und Catherine nennen ihre Namen. Einer der beiden blättert in einer längeren Namensliste. Sieht die beiden prüfend an. Nickt freundlich.

»Willkommen!«

Gibt die Gangway frei, indem er elegant einen halben Schritt zurückmacht.

»Dann wollen wir mal«, sagt Fabian, nimmt Catherine bei der Hand und marschiert voraus, ganz der Gentleman, der seine Dame auf unbekanntes Terrain führt. Oben an Deck angekommen, werden sie von einer süß lächelnden Stewardess begrüßt, die ihnen Champagner anbietet. Catherine verzichtet, Fabian greift zu, dann sehen sie sich um.

Leer ist es.

»Die meisten Gäste befinden sich auf dem Oberdeck«, erklärt die Stewardess. »Dort drüben geht es hinauf!«

Eine freischwebende Treppe schwingt sich elegant nach oben, durch eine rechteckige Öffnung in der weiß lackierten

Decke kann Fabian ein Stück Himmel sehen. Fabian trägt sein Champagnerglas hinauf, Catherine folgt ihm.

»Eine Ankunft auf Raten«, sagt er zu ihr, und: »Das sind schon lange Wege hier an Bord!«

In etwa 20 Meter Entfernung befindet sich eine Bar unter freiem Himmel, dahinter geht es durch offenstehende Glastüren in einen Salon hinein. An beiden Seiten des Decks aus hell geschrubbten Teakplanken reihen sich halbkreisförmige und ovale Polstermöbel aneinander, abwechselnd in Quietschgelb und hellem Türkis, teilweise beschattet von dekorativ gespannten Sonnensegeln.

Schräg gegenüber der Bar steht auf einer Art Podest ein runder Whirlpool, in dem Wasser einladend plätschert. Zwei aufreizend schöne Bikinischönheiten räkeln sich behaglich darin und schauen die Gäste erwartungsvoll an, aber kaum jemand beachtet die beiden.

Die meisten stehen oder sitzen in kleinen Grüppchen beieinander, lachen und reden.

Bevor Catherine etwas sagen kann, kommt Leona in einem atemberaubend engen und knallroten Kleid angesegelt.

Wie sie sich darin überhaupt bewegen kann, überlegt Fabian und ertappt sich bei dem Gedanken, dass sie darunter bestimmt nichts weiter anhaben könne, weil sich an dem hautengen Kleid jedes noch so winzige Teil deutlich abzeichnen würde.

Strahlend und überschwänglich werden sie begrüßt, mit einem Wortschwall inklusive Küsschen links und rechts für beide. Fabian ist etwas abgelenkt von der Umgebung, kann also nicht wirklich folgen, aber das spielt auch gar keine Rolle. Soviel versteht er, dass sie sich freue, Catherine und ihn an Bord begrüßen zu dürfen nach ihrem kleinen Segelabenteuer, wie sie es etwas beschönigend nennt. Tauscht noch ein paar Worte mit Catherine aus und wendet sich schon den nächsten Ankömmlingen zu.

Fabian holt einmal tief Luft, bemerkt überrascht, dass der Champagner aus seinem Glas wie von alleine offenbar verdampft ist und steuert mit Catherine auf die Bar zu.

Die meist älteren Herren sind auf lässige, aber unübersehbar teure Art gekleidet, die jüngeren Damen dazu oftmals mit auffälligem, aber, wie Fabian zugeben muss, überwiegend geschmackvollem Schmuck behangen.

Außerdem haben sich mehrere junge Männer in engen Anzügen unter die Gesellschaft gemischt.

Sie sehen aus wie Anwälte. Oder Bodyguards.

Immerhin fügt Fabian sich zumindest rein äußerlich ganz gut ein. Mit seiner weiten Leinenhose mit dezent eingewebtem Muster und dem luftigen weißen Hemd, das er offen über dem Gürtel trägt, hat er genau jenen legeren, sommerlich-mediterranen Stil getroffen, der hier angemessen scheint. Catherine bewegt sich hier mit einer Eleganz und Leichtigkeit, als sei dies ihre ganz natürliche Umgebung.

»Kennst du hier irgendjemanden?«, fragt Fabian. »Immerhin sollte dies doch eine Regattaparty sein, oder nicht? Segler erkenne ich jedenfalls keine …«

»Sind wohl eher die Eigner unter sich«, meint sie. »Ein paar von den Gesichtern hat man ja schon mal gesehen.«

»So?«

»Naja, im Fernsehen oder in der Presse.«

Fabian zuckt mit den Schultern. Kenne ich nicht, interessiert mich nicht.

»Was machen denn ausgerechnet Sie hier?«

Diese Stimme allerdings kennt er. Langsam dreht Fabian sich um.

»Ach, Herr Dollmann! Wie geht es Ihnen?«

»Was machen Sie hier? Wie sind Sie hierher gekommen?«

»Über die Gangway, achtern. Wie Sie vermutlich auch.«

Dollmann schüttelt irritiert den Kopf. Catherine hat sich etwas abseits gehalten, beobachtet, jetzt begrüßt sie Dollmann auch. Der beachtet sie kaum, will etwas zu Fabian sagen, als Leona lächelnd auftaucht.

»Günther?« sagt sie leise. Zu Catherine und Fabian: »Entschuldigen Sie uns«, womit sie Dollmann anscheinend sanft, aber unübersehbar bestimmt am Ellenbogen einhakt und mit ihm auf die offenen Glastüren zum Salon zusteuert. Dabei redet sie eindringlich auf ihn ein, er schüttelt den Kopf, bleibt stehen. Sie redet eine Spur lauter, gestikuliert kurz, wirkt gereizt.

Was die beiden miteinander sprechen, können Catherine und Fabian jedoch nicht verstehen.

Leona dreht sich einmal um, sieht, dass Fabian sie beobachtet und wendet sich wieder Dollmann zu. Geht mit ihm tiefer in den Salon hinein, schließlich verschwinden beide durch eine Tür weiter vorne.

»Das ist ja interessant«, sagt Fabian zu Catherine. »Was die wohl mit unserem Dollmann zu tun hat? Es wirkt jedenfalls nicht gerade so, als wolle sie sich ein Anwesen bei ihm kaufen!«

»Nein«, meint Catherine nachdenklich. »Es wirkt eher, als würde sie ihn irgendwie zurechtweisen. Aber warum?«

Weiter kommen sie nicht.

»Sie sind doch … Sie haben doch gestern die AEOLUS gesteuert!«

Ein dröhnender Bass als Stimme, doch Fabian zuckt nicht wegen der Lautstärke zusammen. Dreht sich um zu dem Mann, weicht dabei einen halben Schritt zurück.

»Ja. Das habe ich!«

Fabian sagt es in einem Ton, der diese Unterhaltung eigentlich beenden soll, bevor sie überhaupt begonnen hat.

So leicht aber kommt er nicht davon.

»Dachte ich mir doch! Ich muss sagen, gestern habe ich Sie ganz schön verflucht!«, sagt der Mann. Reicht Fabian dann aber eine Hand.

»Bill Andrews.«

Pause, erwartungsvoll, aber Fabian reagiert auf den Namen nicht. Ein englischer Fernsehmoderator, den er nicht kennt.

»Ich bin der Eigner der NORTH STAR!«

Auch das noch!

»Fabian Timpe.«

»Was bei Ihnen an Bord vorging konnte ich gestern auf dem Wasser nicht genau erkennen. Aber als ich heute Morgen die Zeitung sah!«

Fabian nickt, sagt nichts weiter, aber Andrews will es genau wissen. Wie das alles war. Zögernd und widerwillig erzählt Fabian es ihm, so knapp wie möglich.

»Der Kerl ist ein Idiot, das habe ich schon immer gedacht«, sagt Andrews und meint damit den Eigner der AEOLUS. »Verliert zu leicht die Nerven. Beim Segeln nun offensichtlich auch, wie sonst beim Spielen.«

Fabian horcht auf.

»Beim Spielen? Sie meinen, im Casino?«

»Pah, Casino. Nein! Hier an Bord!« Besinnt sich kurz, redet dann weiter. »Wissen Sie das nicht? Hier wird richtig gespielt, um echte Einsätze. Ganz anders als in diesen billigen Staatscasinos da drüben an Land! Aber das muss man auch abkönnen!«

Fabian ist baff.

»Hier an Bord?«

Andrews grinst die beiden an, komplizenhaft.

»Es ist eine Art privater Spielclub!«

Wie aus dem Nichts ist Leona neben ihnen aufgetaucht.

»Ich zeige es Ihnen, wenn Sie möchten.«

Und, zu Andrews: »Sehen wir uns nachher, Bill, beim Black Jack?«

Sie führt Catherine und Fabian auf ein weiter unten gelegenes Deck, durch den wohnlichen Salon hindurch, vor der Brücke dann eine breite Treppe hinab, tief in den Schiffsbauch hinein.

Dieser Auf- oder auch Abgang, je nach Perspektive, zieht sich zentral im Schiff von ganz oben bis weit unten, sehr breit und großzügig mit viel Glas und Chrom und Tageslicht, das von einem großen Oberlicht an Deck und auch einigen seitlichen Bullaugen hereinfällt.

Umso größer ist dann der Kontrast zum bordeigenen Casino, ein eher dunkler Raum mit holzgetäfelten Wänden und schummrigem Licht.

Ein dicker Teppich dämpft die Schritte, schwere rote Vorhänge an den Wänden sperren das Tageslicht aus.

Es ist wie eine kleine Kapsel für sich, nach einer Weile ließe sich hier vollkommen vergessen, welche Tages- oder Nachtzeit gerade ist.

An einem der zwei Black-Jack-Tische wird gespielt, der Dealer schaut kurz auf und nickt Leona zu, bleibt aber auf die Partie konzentriert.

Abgesehen von den kurzen Kommentaren der Spieler und dem leisen Rascheln der Karten ist es still.

Der Tisch ist mit sieben Spielern voll besetzt, aber niemand sagt etwas.

Fasziniert schaut Fabian zu, kann aber nicht herausfinden, was genau dort abläuft, wann warum welche Karten wem ausgegeben werden, zum Beispiel.

Dann scheint eine Runde vorbei zu sein. Oder nicht?

»Bust«, murmelt der Dealer und zieht mit einer raschen, eleganten Bewegung die Karten und Geldscheine eines jüngeren Spielers ein. Anders als in den offiziellen Casinos wird das hier nicht erst in Jetons gewechselt. Hier liegt Bargeld auf den Tischen. In erheblichen Mengen.

Erwartungsvoll sieht der Dealer den nächsten Spieler an. Der macht ein unauffälliges Handzeichen und zieht nervös an seiner Zigarette. Nickt erleichtert, als er seine nächste Karte erhält. Offenbar war es die Richtige. Oder zumindest keine ganz falsche.

Fabian spürt die Anspannung der Spieler und beginnt zu ahnen, welchen Reiz dieses Spiel um große Summen auf manche Menschen ausüben kann.

So geht es weiter bis die Runde durch ist und, mit einem verheißungsvollen Rascheln, Geldscheine eingezogen und ausgeteilt werden.

»Drink?«, fragt Leona und führt sie zu einer kleinen Bar, an der sich die Gäste ganz offenbar selbst bedienen können. Schenkt drei Gläser Champagner ein und sagt leise zu Catherine: »Schauen Sie, hier hat Walter Lang auch oft gespielt.«

Catherine verschluckt sich fast an ihrem Champagner.

»Ja, sicher. Er war sehr oft hier und hat um sehr hohe Einsätze gespielt …«

Catherine ist fassungslos. Warum sie ihr das erzähle, fragt sie.

»Ich nahm an, Sie hätten es gewusst. Er hat doch hauptsächlich für Sie gearbeitet.«

Catherine bleibt verwirrt, fragt sich, warum Leona jetzt

ausgerechnet auf Walter kommt. Ob sie denn auch wisse, dass er einen Unfall gehabt habe, fragt sie, und Leona nickt.

Als Catherine ihr sagt, dass er im Krankenhaus gestorben sei, legt Leona eine Hand auf ihre Schulter und verkündet, wie leid ihr das tue.

Allerdings bricht sie deswegen nicht gerade in Tränen aus, sondern bleibt ganz cool.

Vor allem wirkt sie keineswegs überrascht.

Aber das sind solche Showpersönlichkeiten wie sie in der Öffentlichkeit wohl niemals. Egal, was passiert, die haben zumindest ihre Gesichtszüge fest unter Kontrolle.

»Was ist mit Dollmann?«, fragt Fabian.

Leona sieht ihn an.

»Sie kennen ihn ja, das sah ich eben. Der spielt hier auch sehr gerne mal, steht allerdings derzeit ziemlich tief in meiner Schuld.«

Fabian nimmt einen Schluck Champagner, ein hervorragender, trocken prickelnder Krug, aber er hätte doch allmählich lieber wieder einen ehrlichen Roséwein mit bodenständigem Charakter getrunken.

Lässt das halbvolle Glas Champagner auf der Bar stehen.

Was soll das hier, fragt er sich, was haben die mit Leona zu tun und wie hängt das alles zusammen? Lang und Dollmann, beispielsweise?

Die gedämpfte Atmosphäre hier drinnen lullt ihn ein.

Fabian schlägt vor, wieder nach oben, an Deck, an das Licht und in die Sonne zu gehen.

Leona begleitet sie bis auf das oberste Deck, wo Fabian dankbar den Blick schweifen lässt.

Weite.

Von hier oben hat man tatsächlich schon einen Blick, über die anderen Schiffe hinweg auf das Meer, aber auch zum Esterel-Gebirge und zu den Hügeln der Provence oberhalb von Cannes.

Auf der anderen Hafenseite liegen die Klassiker aufgereiht, das heutige Rennen war schon früh vorbei.

Etwas weiter die Pier entlang kann er auch seine MELODIA erkennen. Von hier aus wirkt sie ziemlich klein, obwohl sie doch mit ihren 14 Metern und den zwei Masten eine imposante Yacht ist, die in jedem anderen Hafen auffallen würde. Dennoch genießt Fabian den Blick aus dieser ungewohnten Perspektive, zumal er sich an der Bar ein Glas seines geliebten Rosés von Listel organisiert hat.

Leider ist der Zauber schnell vorbei. Catherine kommt mit einem distinguierten Herrn ins Gespräch, den sie ihm als Monsieur Frey, den Präsidenten des Yachtclubs vorstellt. Fabian rollt innerlich mit den Augen, nach außen jedoch ist er bemüht, freundlich zu sein, obwohl er auch jetzt wieder über die gestrige Kollision sprechen muss.

Nun erklärt Monsieur Frey ihm, dass der Herr Himmelheber sicher nicht mehr zu irgendeiner Regatta hier in Cannes eingeladen oder zugelassen werde.

Fabian ist kurz irritiert, er kannte den Namen des Eigners der AEOLUS noch nicht einmal.

Also Himmelheber. An Bord hatten sie ihn schlicht beim Vornamen, Peter, genannt.

Aber wie auch immer, Fabian ist es völlig gleichgültig, ob sie diesen Peter Himmelheber hier oder anderswo noch einmal segeln lassen.

Am großen und ganzen Bild ändert das auch nichts.

Catherine merkt, dass Fabian die Nase voll hat.

»Komm, wir gehen«, flüstert sie ihm zu, vertraulich, als seien sie ein altes Paar.

Leona ist nirgends zu sehen. Sie gehen trotzdem, wenn es sein muss ohne sich zu verabschieden. Auf der Pier bleiben sie nach wenigen Schritten stehen und schauen sich an.

»Uff«, meint Fabian. »So eine Party ist anstrengender als eine Woche auf See. Bei Mistwetter!«

Catherine lächelt und hakt sich bei ihm ein. Schmiegt sich ein wenig an seinen Arm. »Wohin jetzt?«

Fabian ist nur eine Sekunde lang überrascht.

»Ich weiß nicht«, sagt er langsam, fast schnurrt er dabei wie ein alter Kater.

»Wonach steht dir der Sinn?«, fragt sie.

»Party hatten wir ja nun schon genug, für heute.«

»Allerdings«, bestätigt Fabian. »Am liebsten verkriechen, niemanden sehen, Ruhe haben. Die Stadt ist ja mindestens bis morgen Abend noch voll mit den Crews der Klassiker. Von denen will ich wirklich keinen mehr sehen!«

»Du möchtest also wirklich niemanden mehr sehen, heute?«

Fragt es und dreht ihm ihr Gesicht zu, nahe. Fabian lächelt, beugt sich leicht zu ihr.

»Mit einer Ausnahme«, murmelt er und küsst sie. Lange und genussvoll.

Als sie einmal Luft holen, sagt sie: »Dann komm doch heute einfach mal mit zu mir …«

Ihre Wohnung ist wunderschön gelegen, im zweiten Stock eines sehr alten Hauses am Markt Forville.

Aus den schmalen, aber hohen Fenstern mit den schmiedeeisernen Geländern davor kann sie morgens direkt auf den Markt schauen, genauer: auf die roten Dachziegel der Markthalle, aber eben auch auf all das Leben rundherum.

In einem der kleinen Läden rings um den Markt holen sie sich ein paar Kleinigkeiten zum Abendessen. Wein, so versichert sie, habe sie noch. Hand in Hand steigen sie die schmale Treppe zu ihrer Wohnung hinauf, die sie bis zum nächsten Tag nicht mehr verlassen werden.

Felix und Julia essen in einer kleinen, einfachen, lauten und fröhlichen Pizzeria am Boulevard Carnot, nicht weit vom

Hotel entfernt, wo sie ein großes Familienzimmer mit zwei Betten bekommen haben.

Nach dem Essen bleiben sie eine Weile sitzen, spazieren aber bald zum Hotel. Beide sind müde vom langen Tag, und morgen wollen sie zu den Inseln hinausfahren, mit einem der Ausflugsboote. Als Felix schon schläft, denkt Julia noch lange über ihr merkwürdiges Gespräch mit Raynaud nach.

Der Kommissar war höflich und entgegenkommend gewesen, was sie einigermaßen überrascht hat. Als sie ihm von Sergios Verbindung zu Dollmann berichtete, wurde er beinahe schon fürsorglich.

Aber er war ja auch schon bei ihrem ersten Telefonat sehr angenehm gewesen. Überhaupt nicht so unangenehm, wie Fabian ihn angeblich immer erlebt.

Julia kann sogar den Eindruck nicht loswerden, als schätze der Kommissar ihn beinahe. Aber das ist vielleicht doch übertrieben, denkt sie.

In jedem Fall ist er ganz anders, als Fabian es ihr gesagt hat. Am Ende hat sich der Kommissar auch noch ausgiebig und anscheinend ehrlich interessiert nach Felix erkundigt.

Na, ist ja auch klar, findet Julia dann, vermutlich plagt ihn das schlechte Gewissen wegen seines eigenen Sohns.

Raynards Verhalten ist außerordentlich höflich. Er hat einen Stil, der in ihrem Hamburger Büro leider von niemandem gepflegt wird.

Es hat schon einen Grund, dass Fabian Frankreich zu einem seiner Lieblingsländer erklärt hat. Mal abgesehen von seiner Liebe zum Wein. Die Julia bekanntlich eher negativ sieht.

Die Geschichte, in die Fabian und nun auch sie geraten sind, ist mehr als unheimlich. Was für ein Spiel wird hier gespielt?

Dann schläft sie ein.

Die MELODIA liegt an diesem Abend und in dieser Nacht verwaist und verlassen an der Pier, was ja vollkommen ungewöhnlich ist. Trotzdem bleibt sie nicht unbeachtet. Ein junger Mann in schwarzer Lederjacke sitzt vor einem der Cafés an der Wasserfront und behält sie im Auge.

Lu.

Aber es regt sich nichts, nicht auf dem Schiff und auch nicht davor. Als das Café schließt, telefoniert er kurz, nickt, und fährt auf seinem Motorrad davon.

Für heute hat man ihm frei gegeben.

Aber morgen muss er handeln. Das wurde ihm unmissverständlich klargemacht. Es sei außerordentlich wichtig, dass morgen alles nach Plan verlaufe.

Falls nicht, würde Lu ein sehr hässliches Problem bekommen.

Der zweite Sonntag

Franck ist wütend. Stinksauer. Der Anruf von Lu eben hat ihn völlig aus der Fassung gebracht.

Was bildet sich der Kerl bloß ein, denkt er, dieser Neandertaler. Alles Muskeln, kein Gehirn! »Loser« hat er ihn genannt, »Lutscher« und Schlimmeres. Und als ob er, Franck, wüsste, was dieser widerliche Fabian und sein Balg am Wochenende machen würden. Oder Catherine.

Das macht ihn noch wütender.

Allerdings war Lu, dieser Halbaffe, auch völlig durch den Wind gewesen. Extrem nervös, offenbar ganz mächtig unter Druck.

Aber was er vorhatte, geht wirklich zu weit. Damit will er, Franck, nichts mehr zu tun haben. Kinder entführen, Menschen töten, das ist nicht seine Welt. Und in seiner ganzen Dumpfheit und Nervosität hat Lu auch noch alles ausgeplaudert.

Fast alles.

»Wir holen ihn und bringen ihn in unsere Garage nach La Bocca.«

Zum Beispiel das.

»Welche Garage«, hat Franck geistesgegenwärtig gefragt. Und der Idiot hat es doch tatsächlich gesagt.

»Die meine Jungs immer benutzen, als Lager für den Stoff, ist jetzt aber nichts drin.«

Mehr war dann aber nicht aus ihm heraus zu holen, Lu war wohl aufgefallen, dass er schon zu viel verraten hatte. Und begann dann wieder mit seinen albernen, wüsten Drohungen.

Obwohl – waren die wirklich albern? Oder vielleicht doch ganz ernst gemeint?

Franck hatte also mehr als nur einen Grund, die Polizei anzurufen. Und von der unmittelbar bevorstehenden Kindesentführung zu berichten. Und von dem Tod des Gutachters Wilhelm Lang.

Als er Lang erwähnte, wurde er von dem Polizisten am Telefon endlich ernst genommen. Und binnen Minuten zurückgerufen, von einem Kommissar Raynaud.

Filmschauspieler und Katzen.

Das ist der überwältigende Eindruck im kleinen Frühstücksraum des Hotels.

An den Wänden Fotos von Schauspielern, meist in schwarz/weiß, und dazu enorme Mengen an Katzen in allen Formen und Größen.

Künstlich, gemalt, fotografiert, aus Metall geformt oder Holz geschnitzt.

Die Skulpturen stehen überall herum. Auf der Anrichte, in der Rezeption, einige größere Exemplare auf dem Boden.

»Das ist doch lustig, oder, Mama? All diese Katzen?«

Julia nickt.

»Wie das wohl kommt? Und dann all diese Filmtypen!«

Sie gehen die Bilder an den Wänden durch, während sie auf ihr Frühstück warten, erkennen aber nur wenige Schauspieler. Julia weiß einige Namen, doch Felix geht nicht oft ins Kino. Und es sind meist Fotos aus älteren Filmen. Im Flur und im Treppenhaus hängen noch etliche Plakate von weiteren Filmen und von den Filmfestspielen hier in Cannes.

Aber die Katzen? Keine Ahnung, sagt Julia, vielleicht mögen sie hier einfach Katzen. Wir könnten sie ja mal fragen, meint sie, da kommt auch schon eine freundliche ältere Dame an ihren Tisch.

»Bonjour, Madame, Monsieur! Café? Thé? Chocolat chaud?«

Julia wendet sich an Felix. »Möchtest du einen heißen Kakao?«

»Du musst für mich nicht übersetzen!«, erwidert Felix. Und in einem Anflug von Erwachsen-sein-wollen fügt er hinzu: »Nein, ich nehme ein Milchkaffee. Du auch?«

Julia ist verblüfft. Nickt mechanisch. Felix bestellt zwei große Milchkaffee, sein Französisch ist akzentfrei. Die Dame lacht und zwinkert ihnen zu und geht wieder.

»Aber Felix!« Julia hat sich berappelt. »Trinkst du immer Kaffee? Das ist nicht gut für dich, du bist doch noch …«

»Nein, Mama, ich bin kein Baby mehr!«

»Schon. Klar. Aber Kaffee …«

An Bord bei Fabian trinkt er Kakao, ab und zu probiert er mal einen Schluck Kaffee. Heute Morgen aber hat er den Drang, Julia zu zeigen, dass er groß geworden ist. Dass es ihm prächtig geht.

Julia lächelt dazu und beschließt, Kaffee Kaffee sein zu lassen und nicht mit ihm darüber zu streiten, sondern ihn machen zu lassen. Auch wenn es sie schmerzt, genau das ansehen zu müssen: dass er groß wird. Sogar ohne sie.

Bei frischem Baguette, Marmelade und Croissants reden sie über den bevorstehenden Tag. Und über Cannes.

Über seine Schule erzählt Felix nicht viel und wieder beschließt sie nachzugeben, ihn nicht zu bedrängen. Das Gröbste und Wichtigste hat sie ja schon gehört. Und zu seinen schulischen Leistungen wird sie Fabian befragen.

Wenn es nicht um seine Schule geht, erzählt Felix stolz und ausführlich.

Vom Segeln mit Papa, von den Häfen und Inseln und Buchten entlang der Küste.

Von Mike, der ihm das Fotografieren beibringt und ihn auf seinem Fotoboot mitnimmt.

Von Ausflügen mit Fabian ins Hinterland, oft mit Freunden, zu bunten Märkten in kleinen Ortschaften, immer verbunden mit fröhlichen und langen Mittagstafeln. Oder vom

Marinemuseum in Antibes, welches Felix so gerne besucht. Und natürlich von den Inseln, die Lérins gleich hier in der Bucht von Cannes, zu denen sie heute auch wollen.

Es klingt ganz wie das wunderbare, bunte, sorgenfreie Leben. Welches es bis vor ein paar Tagen ja auch gewesen ist.

Julia hört sich alles aufmerksam an, fragt hier und da nach und freut sich mit Felix über diese Dinge. Dabei ist sie allerdings tief gespalten. Auf der einen Seite ist da die Freude, dass es ihm offensichtlich so gut geht. Andererseits aber denkt sie an Hamburg und wie es Felix dort wohl ginge.

Denn, das ist die Absprache mit Fabian, irgendwann bald wird Felix eine Zeit bei ihr in Hamburg wohnen.

Weil sie es so möchte. Aber auch weil sie weiß, dass Fabian es nicht zu lange an einem Ort aushält.

Trotzdem scheint er ein guter Vater zu sein, das muss sie zugeben.

»Was ist mit deinen Freunden?«, fragt sie Felix.

Ein Junge in seinem Alter sollte Kumpels haben, findet sie, aber die Schule lässt nicht viel Raum und Zeit für tiefgehende Freundschaften. Natürlich hat er unter seinen Mitschülern einige, mit denen er sich gut versteht und mehr zu tun hat als mit anderen. Aber Freunde?

»Na, Mike! Außerdem habe ich doch Papa!«, erklärt Felix und, ja, die beiden unternehmen offenbar wirklich viel zusammen und Julia spürt wieder die Eifersucht, wie schon gestern, bei ihrem gemeinsamen Lunch in Biot.

Sie beschließen aufzubrechen.

Felix erklärt, er wolle noch schnell seine Badehose und Handtücher und seine Kamera vom Schiff holen. Aber das liegt ja auch dem Weg zum Anleger der Ausflugsboote, die sie zu den Inseln bringen.

Plötzlich lacht Julia.

»Weißt du, wie blöd das ist, aber ich habe noch nicht einmal einen Badeanzug dabei!«

»Och«, sagt Felix enttäuscht. »Wir wollen doch schwimmen gehen!«

»Dann kaufe ich mir auf dem Weg eben schnell einen. Ich könnte sowieso mal einen neuen Badeanzug gebrauchen!«

Das klingt schon besser, findet Felix, aber es ist Sonntag, erinnert er sie.

»Verflixt, das stimmt«, sagt Julia. »Dann schwimmst du alleine. Oder ich bade in meinem Unterzeug, das geht sicher auch!«

Felix guckt sie komisch an.

Weiß nicht, was er davon halten soll.

Julia fällt noch etwas ein, sie müsse noch schnell eine E-Mail schreiben, für ihre Arbeit.

Am Sonntag, wundert Felix sich, aber Julia meint, ja, es sei wichtig und bevor sie es vergisst, die Daten müssten ihre Kollegen gleich morgen früh haben.

Felix ist enttäuscht, dass sie nicht sofort losgehen können. Also schlägt Julia vor: »Warum läufst du nicht schon mal vor, zum Schiff, ich komme dann gleich nach und wir treffen uns am Anleger von den Ausflugsbooten.

Papa wird ja wohl an Bord sein, oder?«
»Klar!«, strahlt Felix. »Bestimmt! Dann bis gleich«

***

Lu hat sich schon seit einer Weile wieder auf der Terrasse des Cafés eingerichtet, von wo aus er die MELODIA beobachten kann. Noch aber scheint niemand an Bord zu sein. Nichts rührt sich und das macht ihn allmählich nervös.

Noch trinkt er Kaffee, blättert in der Zeitung und wartet ab. Kann aber seine Unruhe bald nicht länger beherrschen. Mittags, haben sie ihm gesagt, spätestens mittags muss der Junge in seiner Gewalt sein.

Jetzt vergeht der Vormittag, Minute um Minute, und nichts passiert.

Damit hat er nicht gerechnet. Wo zum Teufel sind sie nur? An Bord offenbar nicht.

Schließlich hält er es nicht länger aus.

Irgendwie muss er herauskriegen, wo Fabian und sein Sohn sich aufhalten.

Vielleicht kann ja Franck, dieser Loser, ihm was sagen.

Der ist doch so hinter dieser Schlampe, Catherine, her …

Bestimmt weiß er, wo die stecken.

Lu ruft Franck an.

Der ist völlig überrascht, überfordert.

Weiß natürlich nicht, worum es geht.

Lu erzählt ihm, warum es so wichtig ist, den Jungen zu finden. Da flippt Franck aus. Heult rum, dass sie das nicht machen können. Lu staucht ihn zusammen, am Telefon, bringt ihn zum Schweigen. Behält aber ein sehr ungutes Gefühl.

Vielleicht muss ich mich um den kümmern, wenn ich den Jungen erstmal habe, denkt er. Aber noch hat er ihn nicht und Franck konnte ihm auch nicht weiterhelfen.

Jetzt aber wendet sich sein Glück. Der Junge kommt pfeifend die Pier entlanggelaufen. Alleine und vollkommen arglos. Jetzt geht er an Bord.

Bestimmt ist er dort alleine.

Lu grinst.

Steht auf und gibt seinen Leuten im Auto ein Zeichen.

Sie haben sehr lange geschlafen.

Die Sonne steht schon hoch und ist nun weit genug gewandert, dass ein erster Sonnenstrahl durch das gardinenlose Schlafzimmerfenster fällt, direkt in Fabians Gesicht.

Der räkelt sich wohlig, blinzelt, öffnet ein Auge. Das erste, was er, noch im Halbschlaf, sieht, sind die zerwuselten Haare von Catherine, auf dem Kissen neben seinem. Sachte rückt er ein Stückchen näher, atmet ihren Duft ein, glücklich, bis ihn eine ihrer Haarsträhnen an der Nase kitzelt und er sich vorsichtig wieder abwendet. Sieht sich verstohlen um. Wundert sich als erstes, wie gestern schon, über die unglaubliche Höhe dieser schönen alten Räume ihrer Wohnung. Vor allem im Vergleich zur niedrigen Kajüte der MELODIA, gerade mal zwei Meter hoch, kommt ihm das geradezu verschwenderisch vor. Alte, vergilbte Tapeten und nur wenige, dafür ganz moderne Möbel.

Sehr cool.

Dazu der schöne Holzfußboden, auf dem, unordentlich verstreut, ihre und seine Klamotten herumliegen. Hingefallen und liegen geblieben, in etwa in der Reihenfolge, in der sie sich ihre Kleidung gestern Nacht geradezu fieberhaft gegenseitig von den Leibern gezerrt haben.

Die Erinnerung an alles das, was dann folgte, lässt ihn selig lächeln, aber auch wacher werden.

Vorsichtig dreht er sich auf die Seite, legt unter der Decke einen Arm um ihren wunderschönen nackten Körper und kuschelt sich dicht an sie.

Sie wacht ein wenig auf, streckt sich in seinem Arm, dreht ihren Kopf zu ihm und lässt sich küssen; die Nasenspitze, das Gesicht, Mund, Hals … sie seufzt wohlig und kichert, spürt unter der Decke, dass er hart wird, sie greift zu und sie schmiegen sich noch enger aneinander.

Die Sonne scheint nun schon mehr ins Zimmer, die Decke rutscht zu Boden, aber es stört sie nicht.

Was sie stört, ist Fabians Telefon, als es klingelt.

Irgendwo, in seiner Hosentasche, auf dem Fußboden. Leise, aber durchdringend.

»Lass es klingeln«, stöhnt Fabian, so ein Mist, ausgerechnet jetzt, »das hört bestimmt gleich wieder auf.«

Es hört auf, doch ein deutlicher »Pieps« einige Sekunden später verrät ihm, dass jemand eine Nachricht hinterlassen hat.

Catherine sitzt rittlings auf ihm, so kann sie ihn am besten spüren, dann beugt sie sich zu ihm und sie küssen sich. Dann klingelt das Telefon wieder.

Was für ein Scheiß!

Warum habe ich das Ding bloß nicht ausgeschaltet!

Die Stimmung ist hin, enttäuscht rollt Catherine von ihm herunter und legt sich wieder an seine Seite, sagt leise zu ihm, dass es ja vielleicht doch wichtig sein könne und ob er den Anruf nicht lieber mal annehmen wolle.

»Was kann schon wichtiger sein als wir beide, jetzt, hier«, sagt er und sie lächelt.

Was kann an einem sonnigen Sonntagmorgen schon wichtiger sein als diese wunderbare schöne Frau …

Das Telefon klingelt weiter.

»Na los, mach schon«, sagt sie und gibt ihm einen sanften Schubs.

Widerwillig wendet er sich ab von ihr, stellt die Füße auf den Boden, sucht sein Telefon. Es hat wieder aufgehört zu klingeln. Aber die Nummer des verpassten Anrufs, auf dem Display, die erkennt er.

Er weiß nicht, warum, aber plötzlich muss er lachen.

Obwohl ihm wirklich nicht danach zumute ist.

»Was ist?«, fragt Catherine vom Bett aus.
»Julia«, sagt Fabian. »Sie hat angerufen.«
Wortlos steht Catherine auf und verschwindet im Badezimmer.

***

Felix kommt die Pier entlanggelaufen und klettert an Bord der MELODIA. Er poltert wie immer laut den Niedergang hinab in die Kajüte.
»Papa?«, ruft er, bekommt aber keine Antwort. Schaut sich um. Alles ruhig. Öffnet die Tür zu Fabians Kabine.
»Papa?«
Aber auch da: Nichts.
Kurz ist Felix enttäuscht, dass Fabian nicht an Bord ist. Dann schnappt er sich eine Segeltuchtasche, stopft seine Badehose, ein paar Handtücher und seine Kamera hinein. Will gerade in das Cockpit hinaus klettern, besinnt sich dann. Geht zurück in die Kajüte, schreibt einen Zettel und legt ihn auf den Navigationstisch.

HALLO PAPA.
BIN MIT MAMA AUF DEN INSELN.
BIS DANN, FELIX.

Als er an Land kommt, spricht Lu der Lederjackenmann in sein Telefon.

»Jetzt!«

Felix geht auf der Pier entlang, in Richtung der Ausflugsboote. Ein dunkler Peugeot, der etwas weiter weg geparkt hatte, nähert sich ihm von hinten, bleibt dann ganz kurz stehen, die hintere Tür wird geöffnet.

Lu in seiner Lederjacke springt Felix an, rempelt ihn um wie beim Football, stößt ihn in das Auto hinein.

Bevor Felix weiß, wie ihm geschieht, landet er unsanft halb auf der Rückbank, halb zwischen den Sitzen, rumst mit dem Kopf ziemlich schmerzhaft gegen den Türholm.

Der Mann in der Lederjacke hat sich neben ihn auf die Rückbank gequetscht und die Tür zugezogen, das Auto ist schon längst angefahren und braust nun auf der Küstenstraße am Wasser entlang aus Cannes heraus, Richtung La Napoule.

Felix hat Tränen in den Augen, rappelt sich auf, weiß aber überhaupt nicht, was das hier alles zu bedeuten hat.

Da! Das Auto hält kurz an, es ist wohl an einer Ampel, Felix rüttelt an der Tür an seiner Seite, aber die ist verriegelt. Er schreit und schlägt von innen gegen die Scheibe, aber der Kerl neben ihm zieht ihn unsanft weg, will ihm die Arme an den Körper pressen. Felix schreit weiter, dann wird ihm ein Arm brutal umgedreht, fast bricht er, Felix weint und würgt vor Schmerz.

»Verhalte dich ruhig und dir passiert nichts«, sagt der Mann neben ihm. »Aber sonst …!«

An dem umgedrehten Arm drückt der Mann seinen Oberkörper nach vorne, Felix zappelt.

»Aua! Sie tun mir weh! Lassen Sie das!«

Aber der Mann lässt es nicht, erhöht nur den Druck und sagt noch einmal: »Sei endlich ruhig! Sonst breche ich dir den Arm. Klar?«

Felix nickt, verstummt, schluchzt aber leise, zitternd, weiter. Sitzt immer noch krumm vornübergebeugt. Plötzlich werden ihm die Hände auf den Rücken gefesselt, jetzt tun ihm beide Arme weh, dann bekommt er eine Augenbinde um den Kopf geschlungen und verknotet.

»Au! Nicht so fest!«, fleht er, aber der Mann hört es nicht. Oder es interessiert ihn nicht.

»Was machen Sie mit mir? Wohin bringen Sie mich jetzt?«, fragt Felix leise.

Aber auch jetzt bekommt er keine Antwort.

Still weint er weiter und flüstert, nur für sich selbst hörbar: »Papa, kannst du mich nicht holen? Bitte!«

Natürlich hat Julia für ihre Mail länger gebraucht, als gedacht. Und sie musste auch noch mit einem Kollegen in Hamburg telefonieren, Sonntagmorgen hin oder her. Morgen früh kommt der Eignervertreter für das neue Megayachtprojekt. Und dann will er Antworten haben auf sehr spezielle Fragen, ob gewisse Ideen, die sein Auftraggeber hat, technisch überhaupt realisierbar seien.

Ein völliger Wahnsinn, was diese Leute sich ausdenken, findet Julia, aber immerhin wird sie bezahlt, um sich damit zu beschäftigen. Und das auch gar nicht mal schlecht. Nein, ganz und gar nicht schlecht, im Gegenteil.

Dafür kann man sich auch sonntags morgens ruhig mal eine halbe Stunde mit dem Thema beschäftigen.

Schließlich hat sie alle Infos beisammen und schickt ihre Mail los. Schaut auf die Uhr, erschrickt, es ist viel mehr als die halbe Stunde geworden. Felix wird schon auf sie warten. Dass es auch wieder so lange dauern würde. Na ja, redet sie sich ein, wahrscheinlich wird er ja mit Fabian irgendwo sein, schließlich werden sie sich an Bord getroffen haben. Eilig macht sie sich auf den Weg hinunter zum Hafen, die Pier entlang und an der ihr noch so vertrauten MELODIA vorbei, bis sie endlich beim Anleger der Ausflugsboote angekommen ist.

Kein Felix, kein Mensch weit und breit.

Das letzte Boot ist vor einer halben Stunde gefahren, das nächste geht in einer weiteren halben Stunde.

Was nun?

Zögernd geht sie bis zur MELODIA zurück. Bleibt vor ihr auf der Pier stehen.

Ruft.

Ruft noch einmal, aber an Bord rührt sich nichts.

Sie hatte sich fest vorgenommen, nicht wieder an Bord zu gehen. Nicht die alten Erinnerungen aufkommen lassen, wieder all die kleinen Dinge sehen auf diesem Schiff, das ja auch einmal ihr Zuhause gewesen ist. Und vor allem auch nicht all die Dinge sehen, die sich seither vielleicht geändert haben. Nein, das möchte sie nicht.

Also nimmt sie ihr Telefon aus der Tasche und wählt Fabians Nummer. Irgendwo werden sie ja sein, die beiden. Aber Fabian nimmt den Anruf nicht an. Dafür springt seine Mailbox an, sie sagt nur kurz: »Hallo Fabian, hier ist Julia, ruf mich doch bitte möglichst gleich zurück, danke!«

Ungeduldig geht sie auf der Pier hin und her. Plötzlich fällt es ihr ein. Das ›Tour du Monde‹, natürlich, davon hat Felix ihr erzählt, das muss doch gleich hier irgendwo sein. Blickt sich um und sieht es dann, auf der Landseite, ein freundlich wirkendes kleines Bistro, ein paar Tische und Stühle auf der Holzterrasse in der Sonne vorm Haus, große Fensterflächen, hellblaue Fassade.

Irgendwie fröhlich. Schnell geht sie hinüber.

Auch innen wirkt es hell und einladend, viel Tageslicht, ein großer, frischer Blumenstrauß auf dem Tresen, Fotos von klassischen Yachten an den Wänden.

Suchend blickt sie sich um. Jacques steht hinter der Bar, bemerkt ihren Blick.

»Kann ich Ihnen irgendwie helfen?«

Julia dreht sich zu ihm. »Ich weiß nicht. Ich suche Fabian?«

»Ach, Fab!« Jacques Lächeln wird breiter. »Ja, den finden Sie hier oft. Heute allerdings habe ich ihn noch nicht gesehen. Soll ich ihm etwas ausrichten, wenn er herkommt?«

»Ach, nein, danke!«

Ein blödes, gemeines Gefühl macht sich in ihr breit, erste Anzeichen von Verwirrung, vielleicht auch Angst. Was ist hier los?

Sie geht nach draußen und wählt nochmal Fabians Nummer, wieder geht er nicht ran. Wo sind die beiden? Einfach abgehauen, ohne ihr eine Nachricht zu hinterlassen?

Endlich ruft er zurück, aber er ist schlecht gelaunt und lässt das an ihr aus. Was zum Teufel sie wolle, fragt er sie, was könne denn an einem Sonntagmorgen wohl so verdammt wichtig sein?

Doch Julia hört gar nicht richtig hin.

»Wo seid ihr beiden denn nur?«, fragt sie.

Fabian ist auch noch nicht so ganz bei der Sache.

»Zuhause bei …« sagt er, bevor er sich stoppen kann, dann dämmert es ihm.

Natürlich meint sie nicht ihn und Catherine.

»Wie meinst du das?«, fragt er sicherheitshalber nach.

Julia wird schwach, sie muss sich setzen.

»Ist Felix etwa nicht bei dir?«

»Natürlich nicht, wie kommst du denn darauf«, brummt Fabian irritiert. »Der ist doch bei dir!«

Julia spürt ihr Herz rasen und hämmern. Krampfhaft umklammert sie das Telefon, damit es ihr nicht aus der Hand fällt. Sie atmet heftig und Fabian fragt: »Was ist? Julia, was ist los?«

Aber sie kann gerade nichts sagen.

Fragen wirbeln ihr durch den Kopf: Wo kann er sein? Was kann passiert sein?

»Nein«, sagt sie endlich. »Felix ist nicht bei mir. Und ich weiß auch nicht, wo er ist.«

Fabian ist einen Moment still.

Sagt dann: »Ich bin gleich bei dir. Wo bist du jetzt?«

Sie sagt es ihm, gereizt fragt er, was zum Teufel sie denn im ›Tour du Monde‹ mache, dann wird er aber ruhiger und meint, er sei in ein paar Minuten da.

»Ist gut«, sagt Julia, drückt das Gespräch weg. Bei wem auch immer er die Nacht verbracht hat, sehr weit weg kann sie ja nicht wohnen.

Fabian sieht sie schon auf der Terrasse des ›Tour du Monde‹ sitzen.

Selbst aus der Entfernung sieht sie aus wie ein Häufchen Elend. In sich zusammengesunken.

Nichts mehr von der dynamischen Frau Ingenieurin, auf einmal tut sie ihm leid, obwohl er bis eben noch wütend auf sie war.

Wütend, weil Felix verschwunden ist, und wütend, weil sie seinen Tag mit Catherine so gründlich versaut hat.

Aber ihr Vorwürfe zu machen, das spürt er, das wäre jetzt nicht richtig. Obwohl er es sich so einfach machen könnte: Ständig ist er bei mir und jetzt hast du ihn und gleich am ersten Tag verschwindet er … Nein, das zielt daneben.

Er setzt sich zu ihr. Lässt sich von ihr die ganze Geschichte berichten. Und von Kate einen Milchkaffee bringen, endlich, seinen ersten an diesem Tag.

»Er wollte an Bord, Sachen holen?«

Julia nickt. Fabian fragt nicht einmal, warum sie denn nicht selbst auf dem Schiff war, um nachzuschauen, kann es sich aber auch denken.

Frauen sind immer so sentimental.

Also geht er stattdessen selbst die paar Schritte bis zur MELODIA, findet dort sofort den Zettel von Felix und kommt damit zu Julia zurück.

HALLO PAPA.
BIN MIT MAMA AUF DEN INSELN.
BIS DANN, FELIX.

Ihr kommen die Tränen, als sie es liest.

»Ihm muss etwas passiert sein!«

Und Fabian nickt. Jetzt ist er selbst auch wirklich beunruhigt.

Aber was? Was kann ihm passiert sein?

Ist es die Gang von Raynaud?

Fabian grübelt, ohne darüber mit Julia sprechen zu können.

Sein Telefon klingelt. Schon wieder.

Fabian schaut auf das Display. Nummer unterdrückt. Solche Anrufe nimmt er normalerweise gar nicht an, aber seine

Intuition sagt ihm, dass er es diesmal vielleicht doch besser tun sollte.

Leona.

Wir sollten uns treffen, sagt sie, nach einer Begrüßung, die selbst am Telefon noch übertrieben wirkt. Diese Showleute können wohl gar nicht mehr normal reden. Fabian bemüht sich um Fassung, darum, höflich zu bleiben, sagt aber sehr deutlich, dass er heute ganz bestimmt keine Zeit habe.

Leona lässt sich von solch läppischen Einwänden natürlich nicht beeindrucken.

»Am besten gleich«, sagt sie, als habe sie Fabian gar nicht gehört, »ich bin in dieser wunderbaren Rooftop Bar, gleich bei Ihnen nebenan, ganz oben auf dem Dach des Radisson.«

»Ich sagte doch gerade …«, weiter kommt Fabian nicht.

»Und ich sagte, wir sollten uns treffen. Ach übrigens, falls Sie sich Sorgen um Ihren Sohn machen, da kann ich Sie beruhigen. Also, bis gleich.«

Fabian glaubt, er habe eben geträumt.

Was zum Teufel hat Leona mit Felix zu tun? Was weiß sie?

Er schließt die Augen und versucht, seine Gedanken zu fokussieren.

Ich muss mit Catherine reden. Mit ihr könnte er sich über alles am besten austauschen. Dabei fällt ihm die Szene mit Dollmann ein, gestern, bei Leona an Bord.

Es gibt da doch irgendwie eine Verbindung …

Julia unterbricht seine Gedanken.

»Fabian, was ist los? Wer war das?«

»Leona …«

»Wer? Sag doch was!«

»Diese Medienfrau. Die vorgestern mit an Bord war, auf der AEOLUS. Die über den Crash berichtet hat, auf allen Kanälen, und zwar so, wie es war, dass nämlich der Eigner schuld war und nicht ich.

Und jetzt weiß sie anscheinend, was mit Felix ist!«

Julia starrt ihn an. Verständnislos.

»Ich weiß auch nicht viel mehr als du, Julia«, sagt er.

»Aber ich treffe mich mit ihr. Jetzt gleich!«

»Ich komme mit!«

Fabian zögert, kurz nur. Sein Bauch sagt »Nein«. Er versucht, es ihr zu erklären. Dass es komplizierter sei, als sie vielleicht denken. Dass diese Leona in irgendeinem Zusammenhang steht mit dem Eigner der verschwundenen Yacht, Dollmann, mit dem wiederum Sergio in Kontakt war …

»Es ist besser, du bleibst hier. Oder wartest im Hotel, falls Felix doch wieder auftaucht und nach dir sucht.«

»Das halte ich nicht aus!«

»Dann warte an Bord. Da würde er ja auch hinkommen. Ich bleibe hoffentlich nicht lange!«

Der Blick über die Bucht von Cannes, auf den alten Hafen und die Stadt, ist von hier oben aus wirklich atemberaubend, aber das interessiert Fabian gerade überhaupt nicht. Leona lächelt ihn an.

Dass sich in den Loungemöbeln nebenan zwei dunkel gekleidete Kerle fläzen, denen man ihre Berufsbezeichnung »Bodyguard« auch gleich auf die Stirn hätte tätowieren können, verunsichert ihn noch weiter.

Sie jedoch scheint die Aussicht zu genießen.

»Schauen Sie mal, dort drüben, mein Schiff. Sie kennen es ja schon. 59 Meter. Augenblicklich wohl die größte Yacht hier im Hafen«, sagt sie, unschuldig lächelnd.

Sieht aus wie eine Fähre. Drei oder vier Decks, ein Pool ganz oben und dazu Antennen wie ein Raumschiff auf dem Weg zum Mars.

Und im Schiffsbauch ein illegales Spielcasino.

»Ihr Schiff ist ja sehr schön«, sagt Fabian.

»Aber was ist mit meinem Sohn?«

Nimmt einen Schluck von dem kleinen schwarzen Kaffee, den ein Kellner ihm ungefragt hingestellt hat.

»Der befindet sich in meiner Obhut.

Ein Pfand für Ihre Kooperation.«

Fabians Kinnlade klappt herunter, fast fällt ihm der Kaffee aus dem Gesicht, er verschluckt sich und muss husten.

»Wie meinen Sie das?«, bringt er unter Keuchen hervor.

Der berühmte Medienstar. Redet plötzlich wie eine Mafiosa. Falscher Film, definitiv.

»Sie haben meinen Sohn – entführt?«

Sie lächelt ihn immer noch an.

»Sagen wir, es ist eine kleine Demonstration. Was passieren könnte, wenn …«

»Wo ist er? Was haben Sie mit ihm gemacht?«

»Sie bekommen ihn zurück. Heute noch.«

Fabian starrt sie an, versteht nichts mehr.

»Tatsächlich?«

»Ich möchte ja nur, dass Sie für mich arbeiten. Und für diese Versicherung. Was Sie ja schon tun.«

Fabian wird erst heiß, dann kalt. Wer ist diese Frau?

»Wie meinen Sie das?«

»Genauso wie ich es eben gesagt habe. Sie können viel Geld bei mir verdienen. Sehr viel Geld! Sie brauchen es doch«, fügt sie hinzu, »für die dringend notwendige Renovierung Ihres Schiffes. Oder?«

»Woher wissen Sie das?«

»Ich weiß viel über Sie. Vielleicht nicht alles. Aber genug. Meine Leute sind sehr gut darin, Informationen zu beschaffen.«

Fabian versucht erfolglos, seine sich überschlagenden Gedanken zu ordnen.

»Also.« Sie lehnt sich nach vorne, spricht langsam und deutlich, wie mit einem Kind. »Ich möchte, dass Sie die Rolle von Walter Lang übernehmen.«

Fabian starrt sie an. Das ist es also.

»Die Rolle von Walter Lang …«, sagt er langsam.

»So ist es. Sie arbeiten bereits für die Fleury. Sie haben ihr ganzes Vertrauen, wie es scheint.«

Fabian ist sprachlos.

Sie lacht.

»Ach übrigens, Sie sollten sich vor diesem Mitarbeiter von ihr in Acht nehmen!«

»Franck?«

»Genau der. Der findet es offenbar gar nicht amüsant, dass Sie mit seiner Chefin vögeln. Stimmt doch, oder? Der arme kleine Kerl ist unsterblich in sie verliebt. Und höllisch eifersüchtig.«

Fast hätte Fabian grinsen müssen. Aber nur fast.

»Was hat Felix mit alldem zu tun?«

»Nichts«, gibt sie kühl zu. »Aber Sie müssen begreifen, dass wir über bestimmte Mittel und Wege verfügen ...«

»Wie bei Walter Lang? Was ist mit ihm passiert?«

»Lang hatte einen sehr guten Job bei uns.«

»Nun ist er tot.«

»Sein Autounfall war tatsächlich ein Unfall. Das passte gar nicht in meine Pläne.«

»Und warum ist er dann im Krankenhaus gestorben?«

Sie zuckt die Schultern.

»Das muss Sie nicht belasten. Seine Stelle ist frei. Sie sollen sie besetzen.«

Das klingt wie ein Bewerbungsgespräch bei der Behörde. Absurd.

»Was genau war die Aufgabe von Walter Lang?«, fragt Fabian.

Sie ist tatsächlich überrascht.

»Das wissen Sie immer noch nicht?«

»Ich glaube, doch«, sagt Fabian. »Er hat verschiedene Yachten versichert, für verschiedene Kunden – Ihre Strohleute?«

Sie sagt nichts, sieht ihn mit einem leicht amüsierten Ausdruck an, während er weiter spricht.

»Dann verschwanden diese Yachten nach einiger Zeit und Lang hat als Gutachter der Versicherung die Claims bearbeitet. Und durchgewunken. Die Versicherungssummen wurden ausbezahlt. Und das Geschäftsmodell besteht darin ...« Fabian zögert nur kurz und schließt die Augen, als könne er es immer noch nicht glauben. »Es bestand darin, dass es diese Yachten tatsächlich niemals gab!«

Sie nickt ihm zu und hebt ihr Cocktailglas: »Cin!«

»Aber diese Masche funktioniert jetzt nicht mehr.

Ich kenne sie ja.«

»Stimmt«, sagt Leona Lewrona.

»Aber Sie werden ja auch für mich arbeiten!«

»Und Catherine, ähm, Fleury wird auch darauf kommen, denke ich ...«

»Sie können ihr doch alles Mögliche erzählen. Vergessen Sie nicht: Lang und sie hatten ein besonders gutes Verhältnis. Nicht ganz so wie Ihres, derzeit«, fügt sie lächelnd hinzu. »Eher wie Vater und Tochter, aber emotional auch sehr stark!«

Fabian verzieht das Gesicht.

»Warum hat Lang das getan?«

»Warum? Geld, natürlich! Er war einsam, spielsüchtig

und dadurch sehr hoch verschuldet. Er konnte gar nicht anders ...«

Aber ich kann anders, denkt Fabian, als sie sagt: »Genau, wie Sie jetzt.«

»Wie ich?«

Doch er ahnt, er weiß, was kommt.

»Natürlich. Sie wissen viel. Zuviel, als dass ich Sie jetzt noch so einfach würde laufen lassen!«

»Warum musste Lang im Krankenhaus sterben?«, fragt Fabian noch einmal.

»Er war labil. Sehr emotional. In dieser Situation, nach solch einem Unfall, überdenkt man vieles. Ich konnte nicht riskieren, dass er sich am Ende doch noch Madame Fleury anvertraut!«

Fabian läuft es eiskalt den Rücken hinab. Oder dass ich mich irgendwem anvertraue.

»Und mich wollten Sie auch schon umbringen lassen.«

»Sie?«

»Nein? Der Rempler vom Motorrad? Die manipulierte Gasanlage an Bord meines Schiffes? Wenn es nach Ihnen gegangen wäre, hätte ich mich doch längst in die Luft gesprengt, womöglich zusammen mit meinem Sohn!« Fabian ist ehrlich wütend und empört.

Sie sagt sehr deutlich und betont: »Das ist nicht von mir ausgegangen. Davon wusste ich bis eben nichts. Gut, dass ich es jetzt weiß.«

»So? Wer, wenn nicht Sie ...«

»Dollmann.«

Fabian nickt.

»Wenn ich Ihnen glauben würde, könnte, wäre das die einzig andere logische Erklärung.«

»Sie sollen für mich arbeiten. Warum also sollte ich Sie umbringen lassen?«

Fabian nickt wieder und blickt auf die Stadt und den Hafen unter ihnen.

In der Tat. Warum jetzt schon. Vielleicht später ...

Dort drüben, am Jetée Albert-Edouard, vor dem modernen und protzigen Palais des Festivals, liegen die ebenso protzigen Megayachten aufgereiht, darunter auch die SERENDIPITY dieser kriminellen Madame Lewrona.

Und gegenüber, auf dieser Seite des Hafens, direkt unterhalb des Hotels, auf dessen Dachterrasse sie sitzen, liegen die »kleinen« Segelboote, zwischen 12 und 15 Meter Länge. Darunter auch seine treue, aber derzeit arg gebeutelte und gefährdete MELODIA.

Ein Hafenbecken, zwei Welten.

Welten? Ach was – diese Lewrona kommt aus einem anderen Universum!

Was auch immer sie sonst noch macht.

Nur von diesen paar Versicherungsbetrügereien wird sie ihre Yacht und ihre Bande von Verbrechern kaum unterhalten können ...

Laut sagt er: »Was ist mit diesem Dollmann?«

»Er hat sich zu einem Problem entwickelt.«

»Was hatte er mit meinem Freund Sergio Amaral zu tun? Warum musste Amaral sterben?«

Sie sieht ihn direkt an.

»Eben. Das zum Beispiel ist das Problem. Durch seine panische, unüberlegte Aktion hat er die Polizei aufgeweckt und wer weiß ...«

»Ich verstehe nicht. Was für eine Aktion?«

»Ihr Freund war natürlich völlig unbeteiligt und harmlos. Nur, dass Dollmann sich in seiner Nervosität einbildete, er habe etwas gesehen oder gehört, über unsere, Dollmanns, nicht existente Yacht. Als nächstes rennt sein Handlanger, dieser halbstarke Affe, los und Ihr Freund landet mit eingeschlagenem Kopf im Hafenbecken.«

Sie schüttelt den Kopf.

»Stümperhaft. Unprofessionell. Und vollkommen überflüssig!«

»Vollkommen überflüssig? Sie meinen, er sei einfach mal eben so umgebracht worden, ohne Grund?«

Sie hebt in einer theatralischen Geste des Bedauerns die geöffneten Arme ein wenig hoch. »Glauben Sie mir, es wäre nicht passiert, wenn ich vorher von Dollmanns Absicht erfahren hätte. Es war eine panische Reaktion, eine Art Kurzschlusshandlung.«

Fabian lässt sich zurück in seinen Designer-Sessel fallen.

»Ich glaube das alles nicht«, murmelte er verzweifelt.

»Lassen Sie doch Dollmann hochgehen«, schlägt sie vor. »Sie liefern der Polizei die entscheidenden Hinweise, die Sie natürlich von mir bekommen. Das würde Ihre Glaubwürdigkeit erhöhen, bei der Polizei, aber auch bei Ihrer reizenden Freundin Catherine Fleury!«

Fabian sackt tiefer in seinem Sessel zusammen.

Ich soll Dollmann entlarven, bei der Polizei. Das würde dann auch von ihr ablenken.

Interessiert beobachtete sie ihn. Endlich rafft er sich auf.

»Ich denke, wir sollten das Gespräch beenden.«

Sie lächelt spöttisch.

»Beenden? Sicher nicht. Denken Sie an ihren Sohn!«

»Wann bekomme ich ihn wieder? Wo ist er überhaupt?«

»Kommen Sie heute Nachmittag auf meine Yacht. 17 Uhr. Dort werden wir über die Details sprechen.«

»Was passiert mit Felix?«, fragt Fabian noch einmal.

»Wenn wir uns einig werden, wovon ich ausgehe, ist er heute Abend wieder bei Ihnen an Bord.«

Und danach?

»Ich könnte es mir später anders überlegen ...«

»Seinen Sie nicht so naiv. Das können Sie doch jetzt schon nicht mehr. Und denken Sie immer daran, Sie tragen Verantwortung. Auch für Ihren Sohn!«

Julia sitzt im Cockpit der MELODIA in der Sonne.

Zögernd legt sie die rechte Hand auf die schwere Holzpinne, schließt die Augen und alles ist sofort wieder da. Der salzige Passatwind im Gesicht. Das Rauschen der Brandung auf dem Riff, in dessen Schutz sie ankern. Diese wunderbare, feuchte, samtwarme Luft der Tropen.

Und Sergio.

Die langen Gespräche mit ihm, nachts, unter dem Sternenhimmel, als Felix schläft und Fabian in Hamburg ist. Dann, sehr bald, die Liebe.

Sie meint, ihn jetzt noch spüren zu können.

Jetzt ist er tot.

Weil sie ihm diesen verfluchten Job vermittelt hat, über Dollmann?

Und Felix ist entführt, vermutlich, und diese Medienfrau, mit der Fabian sich deswegen trifft, hat irgendeinen Kontakt zu Dollmann.

Sie kann das alles nicht fassen, vor allem nicht einordnen. Wie passt das alles zusammen?

Eins aber weiß sie.

Sie wird hier nicht einfach nur herumsitzen und heulen, während ihr Sohn in Gefahr ist.

Dieser Kommissar.

Raynaud.

Er hatte ihr seine persönliche Handynummer gegeben, für den Fall, dass etwas sei.

Nun ist ja wohl etwas.

Plötzlich entschlossen nimmt sie ihr Handy und ruft ihn an.

Er beruhigt sie, durchaus galant:
Sie solle sich bitte keinerlei Sorgen machen, seine Leute würden ihren Sohn gleich abholen.
Es klingt, als würde Felix vom Spielplatz abgeholt.
Oder aus der Schule.
Nicht so, als sei die Sache für Raynaud eine Neuigkeit.

Die Fahrt geht noch eine ganze Weile weiter. Meist bergan über kurvenreiche Straßen, es wird aber auch oft angehalten, Felix hört viele Verkehrsgeräusche, sie sind eher in der Stadt als außerhalb.

Ihm tut alles Mögliche weh, seine Arme, seine Schultern, der Kopf, wo er sich gestoßen hat.

Er wagt aber nicht, noch etwas zu sagen. Ab und zu schüttelt ihn ein Schluchzen, sonst bleibt er still.

Das ist alles nur ein Traum, redet er sich immer wieder ein, gleich weckt Papa mich auf, an Bord, mit einem heißen Kakao und alles ist gut wie immer …

Aber es ist kein Traum und wenn, dann ein Albtraum.

Irgendwann halten sie an, der Motor geht aus, er hört die Männer aussteigen, ohne ein Wort. Seine Tür wird aufgerissen, sie zerren ihn hinaus, Felix stolpert, sie schleifen ihn hinter sich her.

»Aua!«, ruft Felix wieder, da stellen sie ihn auf die Füße,

lassen ihn stehen. Dann nehmen sie ihm die Augenbinde ab, immerhin, und machen die Fesseln auf seinem Rücken los.

Felix blinzelt, schaut sich um. Sie befinden sich in einer alten Garage, ziemlich viel Gerümpel stapelt sich an einem Ende, es ist schmutzig und die Luft staubig.

Die zwei Typen haben Masken auf, wollene Mützen, die über das ganze Gesicht reichen und nur einen Schlitz für die Augen haben. Von außen strömt Sonne herein, es ist warm, Felix schwitzt und denkt, wie heiß es wohl unter diesen Mützen sein muss.

Einer von denen redet mit ihm.

»Hast du verstanden?«

Aber Felix schüttelt den Kopf, er hat nicht zugehört.

»Hier bleibst du, bis wir dich wieder abholen.

Solange verhältst du dich ruhig! Ganz still.

Sonst passiert was! Klar?«

Felix nickt.

Ohne ein weiteres Wort verschwinden die zwei, das Garagentor wird heruntergeklappt. Scheppernd fällt es zu, dann hört Felix, wie es von außen abgeschlossen wird.

Es ist plötzlich dunkel hier drinnen.

Stockdunkel.

Bloß das nicht!

Im Dunkeln tastet er sich, ängstlich aber auch entschlossen, an der Wand entlang auf das Tor zu, dort irgendwo muss es doch einen Lichtschalter geben. Und er hat Glück. Findet den Schalter und das Licht funktioniert sogar.

Schon viel ruhiger, lässt er sich auf den staubigen Boden sinken und wartet ab.

Von draußen hört er Stimmen, gedämpft.

Jemand telefoniert anscheinend.

Felix kann kaum etwas verstehen, aber das schon.

»Ja, Monsieur Dollmann«, sagt einer der Kerle, die ihn entführt haben.

Dollmann – das habe ich schon gehört. Ja, das ist dieser Typ, über den Papa gesprochen hat, der hat mit dem Fall zu tun.

Das beunruhigt ihn, einerseits. Andererseits beruhigt es ihn auch. Denn nun kann Felix alles irgendwie besser einordnen.

Und Fabian ist, wie auch immer, mit im Spiel.

Papa.

Er wird mich hier rausholen!

Wie lange er hier in der Garage sitzt und wartet, kann er später nicht sagen.

Aber dieser Gedanke ist es, der ihm hilft, das alles auszuhalten.

Diesmal warten keine weiß uniformierten Crewmitglieder auf der Pier, aber die Gangway der SERENDIPITY ist herabgelassen.

Ein großes Schild stellt unmissverständlich klar: »Privat – kein Zutritt!«

Fabian zuckt die Schultern, winkt freundlich in die Überwachungskamera und geht an Bord. An Deck taucht gleich einer der Muskelmänner auf und beäugt ihn kritisch.

»Monsieur?«

»Oh, ich habe ein Date mit Madame Lewrona!«, erklärt Fabian.

Ohne sichtbare Gemütsregung spricht der Mann in ein winziges Mikrofon, das ihm an einem Kabel neben dem Gesicht baumelt.

Nickt dann und befiehlt Fabian, ihm zu folgen.

Das obere Deck ist heute leer, die Bar geschlossen. Leona empfängt Fabian an der gläsernen Schiebetür und führt ihn in den, wie sie es nennt, kleinen Salon. Polstermöbel, moderne Skulpturen im Stil von Picasso und Miró, Türgriffe aus geschliffenem Glas, die wir riesige Diamanten aussehen. Ein Teppich, in dem Fabian bis zu den Knöcheln versinkt.

Wenn dies hier der kleine Salon ist, wie groß ist denn bloß der große Salon, wundert er sich, aber dann staunt er noch mehr.

In einem ledernen Sessel sitzt Dollmann.

Und der wundert sich ganz offensichtlich ebenso, Fabian hier zu sehen.

»Leona«, fragt er und sieht Fabian an, »was hat das zu bedeuten?«

»Wir gehen in mein Büro«, sagt Leona und geht voran,

ohne sich umzudrehen. In der Gewissheit, dass beide Männer ihr schon folgen werden.

Vorbei an dem hellen Lichtfoyer, das sich vertikal von oben bis unten durch alle Decks zieht.

Weiter nach vorne, zunächst bis zur Brücke.

Hier hätte Fabian sich gerne noch ein wenig mehr umgesehen.

Der ganze Raum ist in Anthrazit gehalten, trotz der hellen Sonne draußen ist es hier drinnen dunkel, schummrig, kühl. Über den Brückenfenstern verläuft ein matt schimmerndes Lichtband, das nur wenig Helligkeit verströmt. Ein geschwungenes Pult in Mattschwarz erstreckt sich in einem Oval-Ausschnitt von einer Seite bis zur anderen, darauf nur vier große Monitore, sehr wenige Schalter und noch weniger Instrumente.

Ein Steuerrad gibt es nicht, dafür genau in der Mitte der Konsole einen kleinen Joystick, beidseitig davon vier kurze Fahrthebel. Zwei schwarze, hydraulisch gefederte Ledersessel stehen nebeneinander, mit Armlehnen, Fuß- und Nackenstützen. Ein langes Ledersofa und ein lackierter Mahagonitisch stehen an der Rückwand, darüber drei Uhren, die jeweils eine andere Ortszeit anzeigen, ein Funkgerät sowie ein Kasten mit einem grünen Kreuz, der offenbar die Bordapotheke enthält.

Leona öffnet eine dezent in der Wand versteckte Tür neben dem Ledersofa.

»Kommen Sie!«

Dieser Raum ist in einem ähnlichen Stil wie die Brücke gestylt, kühl, minimalistisch und maskulin. Dunkle Wände, ein großer Schreibtisch aus poliertem Mahagoni in einem schweren Edelstahlrahmen, darauf zwei Monitore und eine kleine, drahtlose Tastatur. Leona lässt sich in den schwarzen Sessel hinter dem Tisch sinken, Dollmann und Fabian bleiben stehen, die einzige andere Sitzgelegenheit ist ein ebenfalls schwarzes Ledersofa an der Wand gegenüber dem Fenster.

Mit einem Knopfdruck an einer Konsole am Schreibtisch schließt sie die Jalousie, die in einer Mehrfachverglasung im Fenster eingebaut ist.

Es wird schummrig und still im Raum.

»Leona, was soll das?«, sagt Dollmann schließlich, geht nervös einen Schritt vor und legt seine Hände auf ihre Schreibtischplatte. »Warum ist er hier? Was hast du mit ihm vor?«

»Zurück!«, sagt sie und zeigt mit dem ausgestreckten Finger auf ihn. »Du hast Fehler gemacht!«

Dollmann protestiert, tritt aber einen Schritt zurück.

»Ich? Was meinst du?«

»Diesen Amaral umzubringen!«

Schweigen.

Endlich stammelt er: »Ich ...« Unsicher schaut er Fabian an, der sich auch nicht gerade behaglich fühlt. »Es ging nicht anders«, meint er dann. »Er kam in mein Büro, während ich mit Lu sprach, über – na, du weißt schon. Ich weiß nicht, was er gehört oder mitbekommen hat, aber wir konnten doch nicht riskieren, dass er etwas ausplaudert. Lu hat sich dann um ihn gekümmert.«

Fabian ballt vor plötzlicher Wut die Faust und wäre fast auf Dollmann losgegangen. Will etwas sagen, aber die Lewrona fährt dazwischen.

»Ja, ich weiß, dein wild gewordener Bodyguard oder was auch immer er darstellen soll. Ist wohl etwas außer Kontrolle geraten, oder?«

»Wie meinst du das?«

»Erst dieser Amaral. Das hat überhaupt erstmal die Polizei auf den Plan gerufen. Und dann die Angriffe auf Timpe hier. Die hat Lu doch wohl inszeniert. Hast du das auch angeordnet oder hat er das aus eigener Initiative gemacht?«

Fasziniert sieht Fabian, dass sie eine Schublade in ihrem Schreibtisch öffnet. Und eine kleine, hinterhältig aussehende Pistole in der Hand hält.

Dollmann wird bleich. »Leona, ich … ich …«

»Du hast ihn nicht im Griff. Und dich selbst auch nicht. Das ist gefährlich und das kann ich mir nicht leisten!« Kühl richtet sie die Pistole auf ihn.

»Leona! Nein …!«

»Du hast uns in Gefahr gebracht.«

»Leona, bitte …«

Weiter kommt er nicht. Es knallt.

Dollmann reißt die Augen auf, starrt sie ungläubig an, taumelt rückwärts gegen die Wand und hält sich beide Hände vor den blutenden Bauch.

Er öffnet den Mund, bringt aber kein Wort heraus.

Es knallt wieder, sein Kopf zuckt zurück, kracht gegen die Wand, wo er zusammenbricht.

Fabian kann kaum glauben, was er gerade erlebt.

Ihm ist kotzübel.

»Wollen Sie sich lieber setzen?«, fragt sie ihn liebenswürdig und zeigt auf das Sofa. Mit dem Lauf der Pistole, die sie nicht aus der Hand legt.

Fabian nickt und lässt sich in das Ledermöbel fallen.

»Nun, zufrieden?«

Fabian starrt sie an, ohne etwas zu sagen.

»Der Mörder Ihres Freundes ist gerade gestorben. Oder, wenigstens, der Auftraggeber. Den anderen werde ich auch noch kriegen. Das muss Sie doch erfreuen?«

Fabian schüttelt mechanisch den Kopf.

Ungerührt redet sie weiter: »Sie sehen, ich mache keine leeren Drohungen. Merken Sie sich das, Herr Timpe.«

Weiter kommt sie nicht.

Draußen gibt es Krach, einen kurzen Tumult, es klingt wie Schläge, dann brüllt eine Stimme: »Aufmachen! Polizei!«

Im gleichen Moment fliegt die Tür schon krachend auf und zwei Männer in Kampfmontur stehen im Raum, Pistolen in den ausgestreckten Armen vor sich.

»Waffe runter!«

Gelassen richtet Leona Lewrona ihre Pistole auf Fabian.

»Ich denke ja überhaupt nicht daran«, sagt sie.

»Waffe weg! Sofort!«, brüllt der Mann wieder.

Fabian schließt die Augen.

Lieber Gott, bitte nicht. Nicht jetzt. Nicht hier.

Und: Scheiße, warum ist der Kerl so nervös?

Dann hört er sie sagen, unnatürlich ruhig: »Verlassen Sie sofort mein Schiff. Sonst ...«

Es knallt noch einmal. Fabian zuckt zusammen, spürt aber nichts. Keinen Schmerz, nichts.

Sie aber schreit auf.

Was ist jetzt los?

Vorsichtig öffnet er die Augen.

Sie hat die Pistole fallen gelassen, der Schreibtisch, alles ist voller Blut, sie hält sich die stark blutende rechte Hand mit der Linken. Starrt die Polizisten hasserfüllt an: »Das können Sie nicht ... Das werden Sie bereuen ...«

»Ruhe!«, sagt der Mann, jetzt selbst sehr viel ruhiger.

Sein Kollege spricht schon in ein Handy, oder ist es ein Funkgerät? Scheißegal.

Wie im Traum hört Fabian seine Stimme: »Eine erschossene Person. ... Ja, wir haben sie ... In einem Raum hinter der Brücke ... schick die Kollegen sofort an Bord, haltet die Crew in Schach.

Und wir brauchen einen Arzt oder Sanitäter ... Ja. Machen Sie schnell ... Danke!«

Die Lewrona ist leichenblass geworden und tatsächlich ruhig. Ihre Wunde blutet stark. Einer der beiden geht nach draußen, auf die Brücke.

»Was ist hier los?«, eine aufgebrachte Stimme von dort.

»Polizei«, sagt, draußen, der andere. »Nehmen Sie das Verbandszeug und kommen Sie!«

Sein Kollege hier im Raum hält immer noch die Waffe auf Leona gerichtet. Seinem Kollegen draußen ruft er zu: »Er soll reinkommen und sie verbinden! Schnell! Sonst schmiert sie uns noch ab!« Zu ihr: »Halten Sie durch. Sie werden gleich versorgt. Hier – Ihr Kapitän, nehme ich an!«

Sie nickt schwach. »John ...«

Mit einem Satz ist er bei ihr.

»Madame Lewrona! Was haben die ...«

Er sieht die Wunde, schweigt und beginnt sofort, sie zu verbinden.

»Warum haben Sie auf sie geschossen?«

»Notwehr«, sagt einer der Polizisten gelassen.

»Und um wenigstens ein Leben zu retten!«

»Ich verstehe nicht, was Sie meinen«, sagt der Kapitän eisig, den toten Dollmann hat er offenbar noch gar nicht bemerkt.

»Spielt auch keine Rolle«, meint der andere Polizist.

Allmählich kommt Fabian wieder zu sich, als käme er gerade aus einem schlechten Film. »Vielen Dank«, sagt er. »Ich glaube, Sie haben mich wirklich gerettet. Vielen herzlichen Dank dafür, meine Herren!«

»Und wer zum Teufel sind Sie?«, raunzt der Kapitän, der jetzt mit der Erstversorgung seiner Chefin fertig ist.

Von draußen hörten sie aufgeregte Stimmen.

Der Kapitän dreht einen der Monitore so, dass sie darauf

schauen können. Tippt auf der Tastatur und schon erscheint ein Bild vom Achterdeck.

Polizisten in Uniform sind an Bord gekommen.

Einige elegant gekleidete Menschen drängen zur Gangway, offenbar Gäste des Casinos, sie haben es plötzlich sehr eilig, möglichst unbehelligt und unerkannt an Land zu kommen.

Die Ratten verlassen das sinkende Schiff.

Dann steht Kommissar Raynaud in der Tür.

»Mein lieber Monsieur Timpe«, ruft er. »Sie zetteln uns ja Sachen an, mon Dieu!«

Trotz allem muss Fabian grinsen. Dass ich diesen Kerl noch mal mögen würde, das hätte ich vor zwei, drei Tagen gewiss noch nicht gedacht!

Raynaud nickt ihm zu und sagt:

»Ich denke, jetzt sind wir quitt.«

Auf der Pier hat sich sofort eine kleine Menschenmenge angesammelt, der Polizeieinsatz ist natürlich auffällig.

Auch von den benachbarten Yachten schauen einige Crewleute neugierig herüber.

Als Leona mit ihrer dick bandagierten Hand und bleichem Gesicht von zwei bewaffneten Polizisten zum wartenden Polizeiwagen eskortiert wird, geht ein Raunen durch die Menge. Handykameras klicken.

Wütend, aber auch kämpferisch wirft sie ihre Löwenmähne zurück, bevor sie im Wagen verschwindet.

Fabian blickt ihr nach.

Selbst jetzt hat sie noch Stil, außerdem denkt er daran, dass sie bis heute Mittag noch seine beste Verbündete war, solange es um den Crash auf der Regattabahn ging.

Und eben hätte sie dich auch erschießen können!

Verwirrt schüttelt er den Kopf.

Leonas Bodyguards werden gleich mit abgeführt, ebenso wie die Angestellten aus dem Casino.

Unübersehbar der elegante Dealer vom Black-Jack-Tisch. Groß, schlank, stolz. In seiner üblichen Arbeitskleidung mit schneeweißem Hemd, Fliege und schwarzer Weste.

Fabian erkennt ihn wieder, erst gestern hatte er ihn ja bei der Arbeit im Schiffscasino gesehen. Nun kreuzen sich ihre Blicke.

Irgendetwas geschieht in Fabian.

Er kennt Levent Belmadi nicht, weiß nichts von dessen Leben. Aber nun fragt er Raynaud.

»Was geschieht mit allen diesen Leuten?«

Der weiß gar nicht, was Fabian meint.

»Wer?«

»Die Leute hier vom Schiff, die Angestellten ...«

»Ach so!« Raynaud lacht kurz auf. »Das gibt noch viel Arbeit für die Staatsanwaltschaft. Glücklicherweise nicht für mich.«

Fabian nickt, kann sich aber kaum vorstellen, welch eine

Lawine an Konsequenzen mit der Verhaftung von Leona Lewrona ausgelöst worden ist. Wischt den Gedanken dann wieder beiseite.

Catherine steht auf der Pier. Zwischen vielen anderen Menschen, aber sie schaut ihn direkt an. Fabian läuft auf sie zu, die Gangway hinab, direkt in ihre Arme.

Sie aber bleibt kühl.

»Ich gratuliere. Fall gelöst, Herr Yachtdetektiv. Aber jetzt kümmere dich lieber mal um deine Familie!« Damit entzieht sie sich seiner Umarmung und zeigt mit dem Kopf auf einen Polizeiwagen, der etwas Abseits steht.

Erst jetzt sieht Fabian sie auch.

Felix und Julia.

Sein Blick verschwimmt. Die beiden steigen aus, als er näherkommt. Schon nimmt er Felix in den Arm.

»Es ist alles gut, Felix!«

Mehr kann er nicht sagen. Tränen laufen über sein Gesicht, beide weinen, halten einander sehr fest.

Julia steht daneben. Fabian und Felix nehmen sie mit in ihre Arme. Zu dritt stehen sie lange dort, eng umschlungen, ohne zu sprechen.

Einfach so.

Catherine betrachtet das Bild dieser kleinen Familie und wendet sich ab. Schnell geht sie die Pier entlang aufs feste Land zu. Wohin genau, weiß sie gerade gar nicht.

Vielleicht in ihr Büro.

Sie hat dort ja noch so viel zu regeln.

Der zweite Montag

Das letzte Rennen der »Régates Royales« wird am Sonntag gesegelt. Die meisten Klassiker haben Cannes bereits wieder verlassen.

Die halb abgetakelte AEOLUS aber liegt noch an der Pier, sie ist zwar mittlerweile aufgeräumt, bietet jedoch insgesamt ein trauriges Bild.

Ein Mast fehlt komplett und die ganze vordere Steuerbordseite des Rumpfes ist zertrümmert. Glücklicherweise befinden sich alle Schäden weit oberhalb der Wasserlinie, so dass sie immer noch schwimmt.

Von der Crew befindet sich niemand an Bord, außer Gary, dem Kapitän.

Joachim Breuer läuft über Deck, auf Socken, und ist dabei in ein langes Gespräch mit Fabian vertieft, der, barfuß, neben ihm hergeht. Die Schuhe stehen auf dem Achterdeck gleich neben der Gangway.

Nur weil das Schiff stark beschädigt ist, muss man das Deck nicht unbedingt mehr als nötig strapazieren oder gar die guten Yachtgebräuche aufgeben.

Und die besagen nun einmal, dass man das Deck eines

solchen Klassikers nicht mir Straßenschuhen betritt. Und auch nicht mit Segelschuhen, die man an Land als Straßenschuhe trägt.

Breuer nimmt den Schaden vor allem am Rumpf genauestens in Augenschein. Stellt Fabian viele Fragen.

Weniger über den Hergang auf dem Wasser, denn Breuer hat auch sämtliche Zeitungen gelesen und schon mit so einigen Seglern gesprochen.

Nein, es geht ihm mehr um den Schaden an sich, um das Schiff, um Details vom Bootsbau und wie eine Reparatur ausgeführt werden könnte.

Joachim Breuer ist aus Hamburg persönlich eingeflogen, um das kaputte Schiff zu besichtigen.

Das kommt sonst selbst bei größeren Schäden gar nicht vor und Catherine ahnt, dass hinter seinem Besuch noch mehr steckt.

Nun steht sie mit Gary an Deck, beobachtet die beiden und dabei verfestigt sich ihr Eindruck, dass Breuer sich weniger ein Bild von der AEOLUS, sondern vor allem von Fabian macht.

Catherine lässt ihren Blick über das Deck des Schoners schweifen.

»Nice Ship«, sagt sie anerkennend zu Gary, denn trotz des Unfalls ist alles andere makellos aufgeräumt.

Das Deck wie immer hell geschrubbt, sämtliches Tauwerk akkurat aufgeschossen, das Messing geputzt und das Leder eingefettet.

Ein, zwei andere Klassiker liegen noch an der Pier.

Und, natürlich, ein paar hundert Meter weiter, wie immer, die MELODIA.

Catherine betrachtet diese Schiffe, die Pier, die hier schon seit rund 200 Jahren Anlandeplatz für Fischerboote ist, die Altstadt von Cannes und, weit über ihren Köpfen, die Zitadelle von Le Suquet.

Sie versucht dabei, die sehr modernen, sehr großen und sehr aufdringlichen Megayachten auf der anderen Hafenseite auszublenden.

Nein, denkt sie, die Klassiker und die kleinen Boote passen doch viel besser ins Bild dieses alten Hafens …

Rückt sich ihre Sonnenbrille zurecht und denkt: Komisch, eigentlich, vor einer Woche wäre ihr das so noch gar nicht aufgefallen.

Woran liegt das?

Es muss, lächelt sie still in sich hinein, irgendwie mit Fabian zusammenhängen.

Irgendetwas hat er in ihr – ja, was? Geweckt?

Nun weckt Gary sie aus ihren Gedanken.

»Ich glaube, die beiden wollen wieder an Land«, sagt er zu ihr, und da kommen sie auch schon.

Trotz des sicher extrem teuren Schadens an der AEOLUS wirkt Breuer erstaunlich gut gelaunt.

»Kommen Sie, Catherine«, sagt er zu ihr und nimmt sie halb in den Arm. »Gehen wir mit diesem fabelhaften Timpe mal einen Kaffee trinken, in seiner Kneipe, diesem …«

»Ins ›Tour du Monde‹ «, hilft sie ihm lächelnd aus.
»Aber gerne doch!«
Es ist erstaunlich, was der Ort mit den Menschen macht. Breuer ist hier ein ganz anderer als in Hamburg.

***

Als sie an einem der kleinen Tische vor dem ›Tour du Monde‹ sitzen, rührt Breuer eine Weile nachdenklich in seinem Café au Lait. Sagt dann zu Fabian: »Sie wissen, dass ich Ihren Vater gut kannte?«

»Ja, ich weiß …«, murmelt Fabian und würde sich von Kate am liebsten einen Kir bringen lassen, lässt es dann aber. »Er hat mir von Ihnen erzählt.«

Breuer nickt. »Leider konnte ich nichts für ihn tun, damals. Das belastet mich noch heute.«

»Niemand hätte etwas tun können, vermutlich«, meint Fabian. Aber es klingt vage und nicht sehr überzeugend.

»Jedenfalls«, sagt Breuer, »war ich froh, als ich hörte, dass Sie in der Nähe sind und ich Sie von unserer Madame Fleury anheuern lassen konnte.«

Fabian schaut beide an. Catherine lächelt schief.

»So war das also?« Ich brauche doch einen Kir!

»Nennen Sie es sentimental. Oder wie auch immer. Ich möchte Ihnen aber sagen, dass ich sehr, sehr froh über diese Entscheidung bin.«

»So? Das freut mich.« Ist das jetzt ein Kompliment? »Trotz des Schadens an der AEOLUS?«

Breuers Blick wird einen Moment härter.

»Ja. Den Schaden regulieren wir, aber nach meinen Vorgaben und gemeinsam mit dem Eigner. Wir sind zwar nur eine Agentur, aber wir müssen natürlich sehr genau darauf achten, dass unsere Schadensquote nicht ausufert!«

»Natürlich«, stimmt Fabian zu. Was will er eigentlich?

»Jedenfalls. Das konnte ich nicht wissen, allenfalls hoffen, dass sich alles andere so gut entwickelt.«

Fabian sagt nichts dazu.

Ich habe doch gar nichts getan, bin da nur so durchgestolpert ... aber nun, wenn er meint.

Catherine aber lächelt strahlend, als wüsste sie, was jetzt kommt.

»Kurz und gut, ich würde mich freuen, lieber Fabian Timpe, wenn Sie uns – und vor allem Catherine hier – auch in Zukunft weiter helfen könnten. Die Arbeit wird nicht weniger, und es ist wichtig, einen Experten wie Sie an Bord zu haben. Sie wissen schon, für Gutachten, aber auch weitere spezielle Nachforschungen!«

Fabian nickt.

Aber eins möchte er doch gerne wissen.

»Vielen Dank, lieber Herr Breuer, das weiß ich zu schätzen. Aber was genau passiert jetzt mit der AEOLUS?«

Breuer schmunzelt.

»Dazu wäre ich gleich gekommen. Wie gesagt, mit dem

Eigner werde ich mich einigen. Der Schoner wird nur unter der Ägide der Versicherung repariert werden. Auf einer Werft in La Ciotat, nur wenige Meilen die Küste entlang. Dafür aber benötige ich auch jemanden, eine geeignete Person mit Sachkenntnis und Durchsetzungsvermögen.«

Fabian nickt und wartet ab.

Aber ein Kribbeln im Bauch verspürt er schon.

Was genau meint er?

Breuer erklärt, er würde sich freuen, wenn Fabian die Bauaufsicht im Auftrag der Versicherung übernähme.

Fabian ist sprachlos.

Bauaufsicht. Das ist ein verdammt gut bezahlter Job. Normalerweise ...

Und Breuer nennt auch gleich ein Honorar, der geschätzten Schadenshöhe angemessen, dass Fabian einen leichten Schwindel verspürt.

Den »Coup de grace« aber führt Breuer aus, indem er wie selbstverständlich erklärt, dass Fabian auf der gleichen Werft zur gleichen Zeit ja auch seine MELODIA restaurieren lassen könne.

Fabian solle eine Kostenschätzung einreichen und Breuer würde sehen, ob sich das mit dem Honorar für die Lösung des Falles der verschwundenen Yacht verrechnen ließe.

Die Werft, sagt er, werde für die Arbeiten an der MELODIA ganz sicher einen sehr, wie er sich ausdrückt, »gutmütigen« Preis akzeptieren – wenn sie gleichzeitig den doch immerhin sehr großen Auftrag der AEOLUS erhalten.

Erwartungsvoll sieht Breuer ihn an.

Das kann Fabian nicht ausschlagen.

Er nickt und ergreift die ihm ausgestreckte Hand.

So war es bei meinem Vater auch. Ein Handschlag genügt, unter Hanseaten.

***

An diesem warmen Montagabend ist das ›Tour du Monde‹ nicht übermäßig voll und die meisten Gäste sitzen draußen auf der Terrasse. Im hinteren, ruhigen Teil des Bistros hat Jacques einen länglichen Tisch für viele Personen hergerichtet, liebevoll eingedeckt und mit Kerzen dekoriert.

Fast sieht es aus, als es würde sich hier eine Geburtstagsgesellschaft vergnügen.

Fabian fühlt sich tatsächlich so, als habe er gerade gestern erst einen unverhofften zweiten Geburtstag geschenkt bekommen. So nahe war er selbst in seinem bisher schlimmsten Sturm, einem Orkan in der Irischen See, den er als ganz junger Segler überlebt hatte, noch nicht am finalen Abschied vorbeigeschrammt.

Ohne aufzustehen erhebt er sein Glas.

»Liebe Freunde, schön dass wir alle hier sind.

Auf das Leben!«

Julia strahlt ihn an, Catherine betrachtet ihn intensiv, doch mit einem eher neutralen Gesichtsausdruck. Felix sitzt neben seiner Mutter. Offensichtlich froh, weiß er aber doch nicht so recht, was mit diesem Moment anzufangen ist. So nippt er eher verlegen an seiner Limonade. Mike hebt lachend sein Glas und nickt Fabian zu.

»Auf dich, du Held!«

»Und auf meinen besonderen Gast, Jean Raynaud!«, sagt Fabian. »Der mich gestern gerettet hat.«

»Und auf Pedro«, ruft Jacques dazwischen, als er zwei große Silbertabletts voller dampfender Pasta und verschiedener Saucen auf den Tisch stellt, »Der euch all diese Köstlichkeiten beschert!«

»Auf Pedro!«, rufen alle, als Kate noch Schüsseln mit frischem Salat, gegrilltem Gemüse, gehobelten Parmesan und Baguette bringt.

Jacques findet so gerade eben noch Platz, um zwei weitere, vor Kälte beschlagene Flaschen Rosé abzustellen, und setzt sich dann selbst mit in die fröhliche Runde.

»Pedro!«, ruft Fabian noch einmal Richtung Küche. »Komm her und iss und trink mit uns! Du auch, Kate, natürlich!« Der Koch steckt seinen verschwitzten Kopf aus der Küchentür.

»Später, ich habe noch ein paar Gerichte zu machen!«

Kate kommt, stellt sich hinter Fabian, schenkt sich Rosé in ein selbst mitgebrachtes Glas ein und trinkt.

»Salute!«

Dann verschwindet sie wieder, um Bestellungen an andere Tische zu bringen.

Eine Weile reden alle durcheinander, essen und trinken. Dann spricht Mike aus, was alle wissen wollen: »Monsieur Raynaud, verraten Sie uns, wie Sie es geschafft haben, unseren Helden hier vor sich selbst zu beschützen?«

Raynaud lächelt geschmeichelt.

»Das war tatsächlich nicht sehr einfach. Sie müssen wissen«, holt er aus, »dass es selbst für uns als Polizei fast unmöglich ist, auf diese Yachten zu kommen ...«

Catherine nickt und sieht ihn aufmerksam an.

»... einen Durchsuchungsbefehl zu bekommen ist kompliziert und fast unmöglich. Streng genommen könnte man argumentieren, diese Yachten seien noch nicht einmal französisches Territorium. Und die Eigner dieser Schiffe sind meist sehr gut vernetzt, und zwar ganz weit oben. Die haben keinerlei Interesse daran, mit uns zusammen zu arbeiten, oftmals leider aus gutem Grund, und sie wissen, wie sie das durchsetzen.«

»Welche Gründe meinen Sie?«, fragt Julia.

»Diese Yachten«, doziert Raynaud, »sind meist so gut wie rechtsfreie Räume. Auf einigen davon passieren Dinge, die man sich kaum vorstellen mag. Prostitution Minderjähriger. Drogen, Glücksspiel wie in diesem Fall, Steuerhinterziehung im großen Stil, schon alleine bei den Gehältern der Crews. Und das alles in unserem Hafen, vor unserer Nase! Eine unglaubliche Schweinerei!«

Er hat sich in Rage geredet, beruhigt sich mit einem Schluck Wein. Blickt in die Runde und spricht weiter. Erwähnt auch, dass dies alles eigentlich Julia zu verdanken sei, die ihn angerufen hat. Und Franck Dupont aus dem Büro von Madame Fleury, natürlich, der ebenfalls entscheidende Hinweise geliefert habe.

Dann aber auch Fabian, der ihn dazu gebracht habe, sich intensiv mit seinem Sohn zu beschäftigen – hier bleibt er vage –, und dass es letztendlich auch sein Sohn gewesen sei, der die genaue Lage von der Garage in La Bocca angeben konnte.

So konnten Raynauds Leute dann Felix befreien.

Und wie er dann den Einsatz auf der SERENDIPITY so kurzfristig organisiert hat. Schließlich berichtet Raynaud nicht ohne Stolz, dass Leona Lewrona schon eine ganze Weile im Visier der Polizei gestanden habe, wegen des illegalen Spielcasinos an Bord, aber auch anderer Verdachtsmomente, auf die er, Raynaud, hier nicht näher eingehen könne. Nun aber haben sie ja Handfestes gegen Leona Lewrona.

Selbstgefällig doziert Raynaud weiter, die Aufmerksamkeit der kleinen Gesellschaft ist ihm gewiss.

»Dass sie diesen Dollmann schon erschossen hatte – das bricht der Lewrona jetzt das Genick, sozusagen. Diese Leute denken ja immer, sie seien unantastbar. Aber dann, irgendwann, passiert doch etwas. Und bei Mord, tja, da hört selbst im Umgang mit diesen Menschen der Spaß auf. Ich hätte sonst aber auch mächtigen Ärger bekommen können …!«

»Was passiert denn jetzt mit der Dame?«

»Sie wird wegen Mordes angeklagt, an Dollmann. Der

Fall ist klar und dürfte für eine Verurteilung eindeutig ausreichen. Die Pistole, aus der Dollmann erschossen wurde, noch in ihrer Hand. Sie, Timpe, als Zeuge, meine Leute, die dazu kamen, als Sie bedroht wurden. Dabei werden wir dafür sorgen, dass auch so viel wie möglich von ihren anderen Aktivitäten untersucht werden, auch der Mord am Sachverständigen Lang. Höchstwahrscheinlich wird sie verurteilt und für lange Zeit eingesperrt.«

Mike ist überrascht.

»Höchstwahrscheinlich?«

»Vor Gericht passieren zuweilen erstaunliche Dinge«, sagt Raynaud resigniert. »Und sie hat natürlich ihre Beziehungen, man könnte sie zum Beispiel ins Ausland abschieben ... Aber ich denke, eher nicht. Diese Herrschaften sind ja nicht besonders loyal. Wenn einer von ihnen fällt, dann wird er oder, in diesem Fall, sie, auch sofort von allen anderen fallen gelassen!«

»Wie reizend«, murmelt Julia.

»Auf jeden Fall bin ich Ihnen zu großem Dank verpflichtet«, sagt Fabian etwas gespreizt.

»Ach, lieber Monsieur Timpe, ich bin Ihnen ja auch dankbar«, sagt Raynaud. »Sie wissen schon, mein Sohn ...«

»Was wird denn jetzt mit ihm?«

Jetzt lächelt Raynaud.

»Ich werde ihn, zunächst einmal für ein Schuljahr, zu meinem Schwager aufs Land schicken, in die Provence, hinter Aix. Dort kann er einmal ein ganz anderes Umfeld kennen lernen. Und obendrein in der Familienwinzerei mithelfen. Das wird ihm bestimmt guttun!«

Fabian nickt und sieht hinüber zu Felix und Julia, aber die beiden sprechen mit Jacques, der gerade zwei weitere Flaschen Rosé an ihren Tisch bringt. Ein Glück, dass jetzt nicht wieder das Thema Drogen und Schule aufkommt.

Genau darüber hat er erst am Nachmittag eine unangenehme Diskussion mit Julia führen müssen. Aber eigentlich nur als Scheingefecht für das wirkliche Thema: Wann kommt Felix zu Julia, dauerhaft?

Bisher war Julia doch verdammt noch mal froh, in Ruhe in Hamburg an ihrer Karriere basteln zu können. Aber jetzt sind ihre Mutterinstinkte erwacht, oder wie?

Fabian schwankt zwischen Ärger und Erleichterung, Traurigkeit und Zukunftsplänen.

Ein Leben ohne Felix? Sehr schmerzhaft.

Ein Leben in Sesshaftigkeit? Noch schmerzhafter.

Er hört, wie Julia schon die Mutterrolle übernommen hat.

»Du Felix, komm, es ist schon ziemlich spät und du musst morgen wieder in die Schule …«

»Mama, och nö!«

»Doch. Und morgen fliege ich ja auch schon wieder zurück. Da wollen wir ausgeschlafen noch etwas voneinander haben.«

»Musst du wirklich schon wieder zurück?«

»Ja, das weißt du doch. Aber in den Ferien, die sind ja bald, da kommst du zu mir!«

Felix strahlt und Fabian krampft sich das Herz zusammen. Wenigstens hat Catherine sich mittlerweile neben ihn gesetzt. Unter dem Tisch nimmt sie seine Hand und drückt sie.

»Du musst dich um deine Schiffsreparatur kümmern! Vielleicht lässt du das am besten in den Ferien machen, wenn Felix nicht da ist? Weil – dann bist du ja obdachlos«, fügt sie, unschuldig lächelnd, hinzu.

Fabian sieht sie nachdenklich an.

»Ja, tatsächlich. Wo ich dann wohl abbleibe?«

»Keine Ahnung«, meint sie. »Vielleicht haben Sie, Monsieur Raynaud, ja eine Zelle frei für ihn?«

»Aber selbstverständlich. Mit allem Komfort, natürlich!«

Fabian lächelt säuerlich. Genauso kommt er sich bereits vor. Als würde er eingesperrt. Zur Sesshaftigkeit gezwungen. Detektiv, Gutachter, alles das. Solch eine »Karriere« hat er für sich niemals angestrebt.

Er muss weg. Schnell. Sobald sein Schiff wieder seetüchtig ist und Felix es sich bei Julia in Hamburg eingerichtet hat. Das ist das Einzige, was ihm wirklich wehtut. Da hilft nur eines. Hinter den Horizont und noch ein Stück weiter.

Catherine unterbricht seine Gedanken. »Siehst du, das hätten wir dann auch geregelt. Es sei denn …«

»Was?«

»Vielleicht fällt uns ja auch noch eine andere Möglichkeit ein!«

Fabian nickt.

Sie wird er auch vermissen.

Nachwort

Diese Geschichte und alle in ihr handelnden Personen sind vollkommen frei erfunden. Dennoch gibt es eine Entsprechung im wahren Leben. »Mike the Gun« wurde er genannt in den Häfen und Seglerkneipen rund um die Meere und an allen möglichen Küsten dieser Welt. Michael Kurtz ist sein richtiger Name. Vor vielen Jahren lebte er tatsächlich das auch in der Wirklichkeit überaus gefährliche und abenteuerliche Leben eines Yachtdetektivs. Im Auftrage verschiedener Versicherungen spürte er geklaute oder auf andere Arten abhanden gekommene Yachten wieder auf und machte sie und meist auch die Täter dingfest.

Seine Ähnlichkeit mit Fabian Timpe, unserem Helden in diesem Buch, beschränkt sich jedoch im Wesentlichen auf diese Tätigkeit. Beide segeln natürlich viel und beide lieben Südfrankreich. Michael Kurtz baute in den Jahren nach seiner wilden Detektiv-Zeit in Monaco das Mittelmeer-Büro einer großen Yachtversicherung auf und ist heute sesshaft. Wenn er nicht gerade wieder irgendwo in der Welt Regatten segelt oder besondere Yachten oder klassische Automobile fotografiert, denn das Bildermachen ist seine zweite Leidenschaft.

Seine Fotos können Sie entdecken und genießen auf
www.michaelkurtzphoto.com.

Über den Autor

DETLEF JENS war Matrose auf einem Dreimastschoner in der Karibik, Redakteur bei der Zeitschrift *segeln* und gründete selbst Fach- und Wassersportzeitschriften. Immer wieder schrieb er über das Reisen und Segeln, unter anderem für *GEO, Stern, Zeit, Yachting World* u. a. m.

Heute ist Detlef Jens in Flensburg Blattmacher der Zeitschrift *goose*, er veranstaltete in Flensburg ein maritimes Literaturfestival und eröffnete eine schwimmende Weinbar.

Die Orte seiner Romane kennt er auf dem Effeff, in kaum einem Hafen in Europa war er noch nicht. Die Fälle von Fabian Timpe sind Stoffe von Jens' Touren und Recherchen an Europas Küsten: Nahezu immer haben sie einen sehr realen Bezug.

AUF SEE UND IM HAFEN

Detlef Jens • HAFENJAHRE

Ich genoss die wunderbare Ruhe auf dem winterlich stillen, schwarzen Wasser vor der abends so schön erleuchteten Altstadt, deren Schiffe sich an der »Schiffbrücke« aneinanderreihten ...

Hardcover mit Schutzumschlag
18,00 € (D), ISBN 978-3-945465-51-6

Detlef Jens • LAND'S END

Beim Sonnenuntergang war es sehr still, als hielte die Welt den Atem an. Eine kleine Brise kam auf, und »Enterprise« und ich segelten weiter, Kurs West zu Süd. Um 01.30 Uhr war es dann völlig windstill. Die See war spiegelglatt ...

Hardcover mit Schutzumschlag
18,00 € (D), ISBN 978-3-945465-35-6

Eigel Wiese • Mary Celeste

An den Schlafplätzen der Mannschaft lagen Pfeifen, Tabaksbeutel und persönliche Gegenstände, alles Dinge, die jeder Seemann mitgenommen hätte, wenn er mit einigermaßen klaren Gedanken das Schiff verlassen hätte ...

Ein Schiff auf ewiger Reise
Großformatiges Paperback
15,00 € (D), ISBN 978-3-96194-066-0

DIE KÜSTENTHRILLER
von Jan von der Bank

Jan von der Bank • In den Sturm

Die Welle war etwa einen Meter hoch und von einem kleinen, weiß schäumenden Kamm gekrönt. Als einzelner, dunkler Rücken lief sie quer über die ansonsten spiegelglatte, gleißend helle Oberfläche der Kieler Innenförde auf sie zu. Sie war absolut perfekt und ebenmäßig ...

großformatiges Paperpack
15,00 € (D), ISBN 978-3-96194-048-6

»*Dem Drehbuchautor für Tatort, Küstenwache und andere Serien ist wieder ein atemberaubender Thriller gelungen.*«
Land und Meer

Jan von der Bank
Die Farbe der See

An diesem Morgen hatte die See die Farbe von purem Gold. Eine gleißende Fläche aus Abermillionen glitzernder und tanzender Lichtreflexe. Ole Storm hatte es schon von Weitem durch die Bäumen leuchten sehen. Nun stand er unten am Uferweg und kniff die Augen gegen die noch niedrig stehende Sonne zusammen. Ein Lächeln breitete sich auf seinem Gesicht aus. Wind. Endlich wieder Wind ...

Großformatiges Paperback
15,00 € (D), ISBN 978-3-945465-36-3

»*Die deutsche Antwort auf den Klassiker ›Das Rätsel der Sandbank‹*«.
Segeljournal

JAN BLAUFINK -
ein Abenteuerroman über die Revolution, Piraterie und die Liebe

Jürgen Drese • Jan Blaufink

Ein viruoser Abenteuerroman über eine Zeit, in der in Hamburg und Norddeutschland die Grundfesten der Gesellschaft wankten.

Band 1
Der Club der abben Köppe
Jan Blaufink in der Karibik
ISBN 978-3-96194-055-4

Band 2
Jan Blaufink in Ägypten
Jan Blaufink im Krieg
ISBN 978-3-96194-080-6

großformatige Paperbacks, jeweils 15,00 € (D)

PIKKOFINTES WELT

Jan von der Bank
Die 7 magischen Klabauterknoten

Pikko ist ein kleiner Klabautermann. Es gibt sie auf allen Holzschiffen. Schiffe aus Stahl mögen sie gar nicht.

Klappenbroschur
10,00 € (D)
ISBN 978-3-945465-03-5

Jan von der Bank
Die magische Flaschenpost

Sie spuken und klabautern an Bord, was das Zeug hält – damit die Seeleute schön wachbleiben und aufpassen.

Klappenbroschur
10,00 € (D)
ISBN 978-3-945465-17-2

Jan von der Bank
Der Schatz des schwarzen Klabauters

Welche Knoten gewinnen? Die guten oder die bösen, schwarzen …?

Klappenbroschur
10,00 € (D)
ISBN 978-3-961940-15-8

www.pikkofinte.de